VB 2066

D1479345

ME VUELVES loco

ME VUELVES loco

ISABEL KEATS

amazonpublishing

Los hechos y/o personajes de este libro son ficticios. Cualquier parecido con la realidad es mera coincidencia.

Publicado por:
Amazon Publishing, Amazon Media EU Sàrl
5 rue Plaetis, L-2338, Luxembourg
Septiembre, 2017

Copyright © Edición original 2017 por Isabel Keats

Todos los derechos están reservados.

Producción editorial: Wider Words
Ilustración de cubierta: lookatcia.com

Impreso por: Ver última página
Primera edición digital 2017

ISBN: 9781542045476

SOBRE LA AUTORA

Isabel Keats es una valiente. Después de leer muchos libros se atrevió a contar sus propias historias, y la vida le demostró que no se equivocaba cuando se alzó con el Premio HQŃ digital con *Empezar de nuevo*; desde entonces, no ha parado. Fue finalista del I Premio de Relato Corto Harlequin con su novela *El protector* y finalista también del III Certamen de novela romántica Vergara-RNR con *Abraza mi oscuridad*.

Se decidió a autopublicar en el 2012, y su novela *Algo más que vecinos* tuvo tanto éxito que fue publicada por Harlequin en papel y traducida al alemán e inglés por AmazonCrossing. *Me vuelves loco* es su novela número catorce (y las que faltan).

Detrás del seudónimo encontrarás a una publicista madrileña que vuela entre el colegio y las clases de *ballet* y *hockey* de sus tres niñas, que la hacen tan feliz como escribir.

http://www.isabelkeats.com/

Puedes saber más de ella en su blog: http://isabelkeats.blogspot.com.es/

Se abre una nueva etapa en mi vida de escritora y me gustaría
dar las gracias a todos los que me han hecho crecer como
autora. A las lectoras, porque sin ellas nada es posible. A mi
familia, por su apoyo y su paciencia. A los grandes profesionales
del mundo editorial que me han ayudado a llegar hasta aquí.
A las personas que me sirven de inspiración cada día.
A María José, que me «prestó» su pañuelo de pensar.

Il faut presque toujours un coup de folie pour bâtir un destin.
MARGUERITE YOURCENAR

Capítulo 1

Konrad

Sí. No cabía duda; eran el maldito timbre y los puños de alguien aporreando la puerta los que me habían despertado. Solté un juramento y aparté las sábanas arrugadas. Hacía una semana que se me había fundido la bombilla de la lámpara que tenía sobre la mesilla de noche, así que caminé a tientas en la penumbra y me golpeé un dedo del pie con la pata de una silla, lo que me hizo soltar un nuevo rosario de juramentos.

Por fin encontré las zapatillas de estar por casa (una imitación gigantesca de los pies peludos de un hombre de las cavernas que me había regalado mi amigo Martin un día que entramos medio borrachos en unos grandes almacenes) y me puse el viejo batín morado sin molestarme en atar el cinturón. El batín se lo había olvidado en mi piso de Nueva York un invitado después de un fin de semana de alcohol y desenfreno, y en la espalda llevaba una frase lapidaria serigrafiada en rojo: «Si quieres embutido, pregunta delante».

Bajé la escalera lo más rápido que me permitían las aparatosas zapatillas cavernícolas y abrí la puerta de entrada de malos modos.

—¿Te importaría desincrustar el dedo del puto timbre de una

vez? —La aparición que me recibió al otro lado de la puerta me hizo lanzar un gritito de temor nada varonil—: ¡Ah, joder!

—¿De verdad es necesario que amontone tantas barbaridades en tan pocas frases, buen hombre? —La educada voz femenina tenía un tono claramente desaprobador.

El atuendo de la recién llegada —un abrigado chaquetón, guantes y botas de agua— hizo que asomara un poco más la cabeza por la puerta para escrutar el cielo.

No, me dije con alivio al ver el resplandor del sol de principios de septiembre. No era que hubiera estado tan borracho los últimos meses que se me hubieran pasado el verano y el otoño sin darme cuenta, y ya nos hubiéramos plantado en el invierno. No. Era esa mujer —si es que aquello era en verdad una mujer— la que se había confundido de estación.

Clavé los ojos en los inusuales iris del color de una castaña a la que alguien hubiera sacado brillo con la manga, que eran el único rasgo que asomaba por encima de la mascarilla sanitaria que le cubría la boca y por debajo del aparatoso turbante confeccionado con un pañuelo rosa.

—¿Ha estallado ya la Tercera Guerra Mundial? ¿Con armas bacteriológicas a diestro y siniestro? ¿Eres una de esas yihadistas que odian Occidente?

Los grandes ojos se abrieron un poco más con desconcierto. Saltaba a la vista que no tenía la menor idea de qué le estaba hablando.

—Soy… —Se detuvo un segundo antes de continuar—: Soy la vecina.

Señaló con la mano en dirección a la casa de al lado que, junto con la mía, eran las únicas construcciones que había en ese lado de la playa de Corn Hill. Eso sí, al contrario que en la mía, en su casa la fachada de listones de madera superpuestos típica de las edificaciones de Nueva Inglaterra estaba recién pintada del mismo rojo oscuro que un buen cabernet sauvignon.

Examiné a la mujer con curiosidad; aunque llevaba viviendo allí varias semanas, el único rastro de presencia humana que había detectado en la casa de al lado eran las luces que se encendían y se apagaban por la noche a intervalos regulares.

—¡La vecina! ¡Joder, acabáramos! ¿Has venido en busca de sal o es café lo que necesitas? Me gustaría ayudarte, ¿sabes? Pero hace un par de eones que no voy a la compra y no sé lo que tendré. Pasa, pasa. —La animé con un gesto de la mano y avancé hacia el pasillo esperando que me siguiera.

Sin embargo, ella se quedó clavada en el umbral de la puerta, probablemente leyendo horrorizada el letrero de mi espalda. Entonces, me volví de nuevo hacia ella con los brazos en jarras.

—¿Es que piensas que voy a violarte? —Un rápido parpadeo me informó de que algo parecido se le había pasado por la cabeza—. Olvídalo. Yo solo violo los martes y los jueves, y creo que hoy es viernes.

—Miércoles —me corrigió con suavidad.

—Pues eso, miércoles, hoy no toca. Además, tengo una resaca de tal calibre que creo que no me inmutaría ni aunque una diosa desnuda de grandes pechos bamboleantes bailara para mí el hula-hula. —La recorrí de arriba abajo con repentino interés, pero la volví a descartar en el acto—. Y tú no pareces ocultar grandes curvas debajo de toda esa ropa, qué quieres que te diga.

Ella también me examinaba con curiosidad. Desde la punta de los peludos pies de peluche hasta la cabeza. Me pasé una mano por el pelo, consciente de que se había convertido en el característico revoltijo de cuando estaba recién levantado, e intenté verme con los ojos con los que debía de mirarme ella en ese momento: la oscura pelambrera despeinada, unos legañosos ojos azules, la barba de tres días y el abdomen —algo prominente, he de reconocerlo— que asomaba por encima de los calzoncillos de rayas arrugados que el batín abierto dejaba a la vista.

—Confieso que no entiendo ni la mitad de lo que dices. —La recién llegada movió la cabeza con perplejidad, y el extremo del pañuelo que colgaba a un lado de su rostro siguió ese movimiento con una sincronía perfecta—. Pero no vengo a pedirte sal ni café. Verás, es por *Mizzi*.

Esperé a que continuara, pero al parecer aquella mujer, mezcla de jawa del planeta Tatooine y exploradora polar, pensaba que con esa pizca de información ya estaba todo dicho.

—¿*Mizzi*?

—Ah, claro, perdona. *Mizzi* es mi gata. Está preñada. Sí, sí. —Alzó ambas manos como para detener un aluvión de reproches—. Ya sé que debería esterilizarla y todo eso, pero me da mucha pena. Es que es tan buena madre. Y esa, hoy en día, no es una virtud muy extendida, la verdad sea dicha. Tendrías que verla cómo disfruta trayendo y llevando a sus gatitos de un lado a otro. A veces me da miedo que se le olvide dónde los ha puesto y los pobres se mueran de hambre, pero… —se detuvo bruscamente—. Creo que me estoy yendo por las ramas. Imagino que estarás muy ocupado y yo también tengo un montón de cosas pendientes.

—No, ocupado, lo que se dice ocupado, no estoy. —Me rasqué la barriga con parsimonia y dije con mi habitual sinceridad—: En cuanto te vayas, me vuelvo a dormir.

—¡Pero si son las once y media de la mañana!

Claramente, había logrado escandalizarla.

—Eso mismo. —Le lancé una blanda sonrisa—. Pienso dormir hasta las cuatro. Luego pediré una pizza o una hamburguesa y veré el partido. Pero, bueno, no nos desviemos. Me estabas contando lo de tu gata. Venga, entra y me lo cuentas. Por cierto, me llamo Konrad Landowski.

—Yo soy Alicia Palafox, pero llámame Ali.

—¿De dónde eres?

Antes de que me dijera su nombre, ya había notado que hablaba con un ligero acento.

—Soy española, pero llevo más de cuatro años viviendo en Estados Unidos.

—Yo soy americano de tercera generación. Mi abuelo vino desde Polonia huyendo de los nazis. Por eso en mi familia nunca hemos tratado de americanizar nuestro nombre; estamos muy orgullosos de nuestra herencia polaca. Eso sí, aclarar que mi nombre se escribe con K y no con C puede llegar a ser agotador.

Aquella farragosa explicación —que, por otro lado, no venía mucho al caso— debió de hacer que mi interlocutora se sintiera un poco más confiada, porque se animó a seguirme y entró en mi casa observándolo todo con curiosidad. Supongo que, sobre todo, lo hacía para no tener que leer de nuevo la aberrante leyenda de mi batín.

Capítulo 2

Ali

En mis anteriores visitas, había llegado a la conclusión de que las dos viviendas que se alzaban, la una al lado de la otra, habían sido diseñadas por el mismo arquitecto. A ambas se accedía por una empinada escalera de madera decolorada por el viento, el agua y el salitre, situada en uno de los laterales. En la fachada descascarillada, gemela de la mía aunque de un desvaído tono azul grisáceo, se abría también un ventanal con salida a una terraza, construida con tablones de madera sin desbastar, que tenía unas vistas impresionantes sobre la bahía de Cape Cod.

Eso sí, había una diferencia abismal entre las dos viviendas. La mía relucía de puro limpia; en cambio, en la del vecino la mayor parte de los muebles estaban cubiertos por una capa de polvo de un par de milímetros. En el salón, latas de Coca-Cola y envases de cartón del *take away* se amontonaban por todas partes, al lado de montañas de revistas y periódicos viejos, libros y… varios calcetines desparejados bastante sucios. Olía a tabaco rancio y a cerrado, y me alegré de llevar puestos la mascarilla y los guantes.

—Como verás, hay un poco de desorden.

«¡Un poco!», pensé, aunque me limité a alzar las cejas.

—Antes tenía una asistenta, pero la muy zorr…

Me llevé la punta de los dedos a las orejas para taparme los oídos, al tiempo que soltaba un agudo silbido.

—*¡Piiiiiiiiiii!*

Él frunció el ceño, estupefacto.

—Pero, qué coñ…

—*¡Piiiiiiiiiii!*

Era consciente de que mi «silbido inhibidor de palabras malsonantes» resultaba muy desagradable y que lo más probable era que acabara de dejarlo sordo.

—¡¿Puedes dejar de hacer eso, joder?!

Pues sí que se estaba poniendo furioso.

—¿Puedes dejar tú de decir burradas? —repliqué sin perder la calma.

Nuestros ojos se enfrentaron unos segundos en un claro desafío —unos ojos azules que parecían el escenario de un perpetuo espectáculo pirotécnico, contra los míos castaños— hasta que, por supuesto, él se vio obligado a desviar la mirada.

—Hay que jo… —En cuanto vio que me llevaba los índices a los oídos y fruncía los labios, se detuvo en seco—. ¡Está bien! ¡Está bien! No diré palabrotas, pero tú tienes que dejar de emitir ese ruido infernal ahora mismo.

—Es como en la radio —expliqué con amabilidad—. Ellos también disimulan las groserías con un pitido. Anda, continúa con la historia de tu asistenta, por favor.

—Trataré de recordar por dónde iba, porque con tantas interrupciones… —refunfuñó—. Pues eso, que la buena señora decidió que yo era demasiado desordenado para su gusto y, en cuanto le pagué lo que le debía, me dejó tirado. He puesto anuncios en algunas tiendas de Truro, pero la muy zo… —Se detuvo justo a tiempo y carraspeó un par de veces mientras trataba de dar con otra palabra más apropiada—: La… la interfecta ha debido de hablar mal de mí, porque ahora nadie quiere venir a limpiar. Así que me temo que me veré obligado a buscar en Chatham o en otra ciudad a la que no hayan llegado las exageraciones de ese pedazo de… de mujer. En fin, dejémoslo. Cuéntame lo de tu gata, anda.

Me hizo un gesto para que tomara asiento en un inmenso sofá de cuero envejecido en el que había varias manchas sospechosas, pero yo preferí quedarme de pie.

—Cuando *Mizzi* siente que va a parir, se refugia siempre en la buhardilla de esta casa. —Me llevé las manos enguantadas a la espalda y me balanceé sobre las plantas de los pies como si recitara la lección—. Hasta ahora no había tenido ningún problema. La casa lleva años deshabitada, salvo algún alquiler ocasional en verano, y cuando llegaba el momento, la señora Williams, que imagino que es la mujer a la que te has referido antes con tan poca amabilidad —le lancé una mirada cargada de significado que le hizo alzar los ojos al cielo—, me dejaba la llave para que viniera a buscar a las crías y me las llevase a casa.

—Ya entiendo. —Se rascó la mandíbula mal afeitada produciendo un sonido rasposo—. Lo que sigo sin entender es por qué tienes que disfrazarte para coger a los gatos.

—¿Disfrazarme? ¿Yo? —Por unos segundos lo miré sorprendida, pero casi al momento caí en la cuenta de a qué se refería—. ¡Ah!, lo dices por la mascarilla.

—Y el turbante.

Lo señaló con un dedo largo y moreno.

Me llevé una mano a la cabeza; se me había olvidado que llevaba puesto el pañuelo.

—Es mi pañuelo de pensar. —La verdad era que no podía entender que el resto de la gente no tuviera uno. ¡Resultaban tan prácticos!—. Acababa de empezar a trabajar cuando me he dado cuenta de que *Mizzi* no estaba dormitando en su sillón favorito, como suele hacer por las mañanas. Enseguida he comprendido lo que pasaba y he venido corriendo, por eso he olvidado quitarme el pañuelo. La mascarilla la utilizo siempre que salgo de casa. Bueno, salvo cuando corro por la playa, claro, porque ahí el aire es puro y… —Cambié de asunto con brusquedad—. ¿Te importa que abra la ventana?

—¿Tienes calor? No me extraña, te has pasado con las capas.

—No, no tengo calor, es solo que… —Sin molestarme en terminar la frase, me dirigí al ventanal, abrí la puerta acristalada de par en par y empecé a inspirar con ansia a través de la mascarilla—. Mucho mejor así, ¿no crees?

Él se cruzó de brazos y se quedó observándome un buen rato en silencio, con los párpados entornados.

—Lo que creo es que estás un poco loca —dijo al fin.

—¡Yo no estoy loca! ¡Sin faltar, por favor! —Desde luego, cuánto maleducado andaba suelto por el mundo.

Mi interlocutor alzó ambas manos en el aire como si quisiera tranquilizarme, lo que hizo que su barriga destacara aún más.

—¡Calma, calma! No te mosquees, pero no me negarás que eres una tía rarísima.

Lo consideré unos segundos con seriedad.

—Está bien, admito que a veces puedo parecer un poco… diferente.

Entonces fue él quien enarcó una ceja como diciendo: «¿Un poco solo?».

—Vale, está bien. Soy rara. Hasta mi madrastra y mi hermana lo piensan. Padezco un trastorno de pánico. —Reconozco que lo confesé con cierto orgullo—. Sufro ataques súbitos de terror sin razón aparente. Al principio, mi psiquiatra pensó que padecía crisis de ansiedad y me forró a benzodiacepinas, pero después de pasarme casi un año completamente ida cambió el diagnóstico por el de trastorno de pánico. Ahora me limito a asistir a una terapia cognitivo-conductual una vez al mes y, en contra de su opinión, debo admitirlo, he dejado las pastillas.

Él me escuchaba con mucho interés.

—Ven, vamos a la cocina a tomar algo. Ya se me ha pasado el sueño.

La cocina, aunque de buen tamaño, tenía tal cúmulo de envases de plástico, platos y vasos sucios, y de ceniceros llenos de colillas amontonados por todas las superficies, que me produjo una angustiosa sensación de claustrofobia.

—¿Eres un suicida retardado?

Di una vuelta alrededor de la mesa de pino, con mucho cuidado de no tocar nada.

—Oye, yo de retardado nada —replicó ofendido—. Tengo un coeficiente intelectual de 155.

Solté una carcajada al oírlo.

—Bien por ti, pero no me refería a eso. Lo que quiero averiguar es si estás tratando de suicidarte lentamente. —Hice un gesto que abarcó las encimeras llenas de envases vacíos de salchichas y platos precocinados, los ceniceros repletos y las botellas de whisky vacías—. Ya sabes, arterias rebosantes de colesterol, hígado más atrofiado que el de una oca y pulmones del color de una mina de carbón hasta que: ¡*boom*!

Abrí los brazos con un movimiento expresivo.

—¿De dónde has salido tú? —Entornó los párpados con desconfianza—. ¿Eres militante fanática de una secta vegana? ¿Vas a asesinarme por haberme comido unas cuantas salchichas de cerdo?

Miré de nuevo las docenas de envases que se amontonaban por todas partes.

—¿Unas cuantas solo? La verdad —chasqueé la lengua con pesar; cómo le gustaba a la gente engañarse a sí misma—, nunca he entendido que una persona le haga eso a su cuerpo.

—Para tu información, Alicia Palafox, esto —se palmeó el

voluminoso abdomen con ademán arrogante— me ha costado una pasta. Yo solo como de lo bueno lo mejor y jamás bebo un whisky de menos de doce años.

Dicho lo cual, abrió la nevera y, después de pasar un buen rato con la cabeza dentro y soltar algún que otro exabrupto en voz baja, la volvió a cerrar.

—Nada por aquí… ¡Ajá! —Con uno de esos gestos de mago de fiesta de cumpleaños sacó un paquete abierto de cereales de debajo de una fuente de horno grasienta—. ¡Cereales para la señorita! No me dirás que no son sanos.

Le arrebaté el paquete de las manos sin ceremonias y leí en alto la tabla nutricional:

—Grasas saturadas: once gramos; sodio: trescientos miligramos; azúcares: quince gramos. Ya, de paso, podrían poner en la caja una calavera y unas tibias cruzadas dentro de un triángulo amarillo. —Mis palabras, por si alguien no lo había notado, destilaban sarcasmo.

—¡Exagerada! —Konrad recuperó el paquete con un movimiento fluido y se llevó un puñado de cereales a la boca, desafiante.

Me tapé los ojos con una mano.

—No quiero verlo.

—¡Pues coge tus gatos y lárgate! —dijo de malos modos.

—Tienes razón. Me voy ahora mismo. Cuanto más tiempo pase en tu casa más riesgo corro de pillar el tifus. —No merecía la pena discutir con un hombre tan ordinario; además, visto lo visto, lo mejor sería salir pitando de allí—. Me llevo esto, si no te importa.

Utilicé dos dedos enguantados a modo de pinza para vaciar de desperdicios una de esas cajas de cartón en las que traía la compra la chica del supermercado y salí de la cocina.

Sin soltar sus cereales, Konrad me siguió comiendo por el camino. No era la primera vez que iba a aquella casa en busca de *Mizzi*, así que enseguida llegué al desván y me acerqué de puntillas a un viejo sillón orejero con la tapicería rota en varios sitios que algún habitante anterior había colocado frente a la ventana abuhardillada.

—*Mizzi, Mizzi* —susurré para no asustar a la gata y añadí en un tono jovial—: Pero, bueno, ¿qué es lo que tenemos aquí?

—Una manada de elefantes, no te fastidia. Pues está bien claro, hija mía: una gata y uno, dos, tres… ¡no!, cuatro gatitos.

Mi descerebrado vecino no se molestó en bajar la voz y yo, que había olvidado que me había seguido hasta allí, solté un grito de pánico.

Al escuchar semejante alboroto, la gata bufó amenazadora.

—¡¿Ves lo que has hecho?! —Estaba segura de que mis ojos lanzaban destellos asesinos—. La has asustado. Ahora no dejará que me la lleve a casa.

Cómo no, en vez de reconocer su error se puso a la defensiva.

—Igual has sido tú la que la has asustado con ese burka casero que te has agenciado.

—*Mizzi*, tranquila, pequeña. —Me volví de nuevo hacia la gata hablándole con dulzura, pero ella me enseñó los dientes una vez más.

Impotente, solté un resoplido y me enfrenté a él con los brazos en jarras.

—Y ahora, ¿qué?

Konrad se rascó la barriga con su gesto habitual, aunque en esta ocasión parecía sentirse algo culpable.

—Está bien. Pueden quedarse aquí —dijo al fin.

Tenía toda la pinta de que aquella —en su opinión, claro— magnánima concesión lo hacía sentirse tremendamente generoso.

—Sí, claro, aquí —repetí sarcástica, aunque con mucho cuidado de no alzar la voz para no asustar más a la gata—. ¿Y quién se ocupará de darles de comer?

—Son mamíferos, ¿no? Estos bichos afortunados tienen teta para rato.

Moví la cabeza, exasperada.

—Ya veo que aprobaste ciencias naturales con nota. Me refiero a *Mizzi*, chico listo. ¿Quién se ocupará de darle de comer? ¿De limpiar su arenero? ¿De…?

Me interrumpió sin contemplaciones, visiblemente fastidiado; al parecer, el matiz sarcástico que empleaba para dirigirme a él estaba empezando a cansarlo. Me alegré. Konrad Landowski era un hombre muy rudo; es más, si yo fuera de esas mujeres que dicen palabrotas a todas horas, le aplicaría un calificativo todavía peor.

—Puedo hacerlo yo.

—¿Lo harías?

Confieso que aquel súbito ofrecimiento me sorprendió y, de pronto, me sentí llena de agradecimiento. Lo escuché maldecir en voz baja, pero hice la vista gorda; se notaba a la legua que había hablado sin pensar, pero ya era tarde para volverse atrás.

—Sí, ya te lo he dicho —contestó de mala gana.

Palmoteé encantada.

—Entonces, luego te traigo el saco de pienso y el arenero. En fin, debo marcharme. Tengo que entregar un proyecto importantísimo antes del viernes.

Empecé a bajar la escalera con rapidez, pero él me seguía de cerca. Creo que había despertado su curiosidad. Estaba claro que pensaba que yo resultaba algo peculiar. Cretino.

—¿En qué trabajas, si puede saberse?

—Soy observadora espacial.

—¡No jo…! ¡No fastidies! ¿Y eso qué es?

—Vigilo la basura que gravita alrededor de la Tierra. Cuando veo que alguno de los viejos satélites se aproxima peligrosamente a nuestro planeta, calculo, gracias a un logaritmo supercomplicado, el punto exacto en el que impactará y aviso a las autoridades pertinentes. —A medida que hablaba me entusiasmaba más y más—. Imagina, por ejemplo, que uno de los paneles solares del viejo satélite ruso Carajov se acaba de desprender. Pues voy corriendo a hacer el cálculo en el ordenador y veo que va a caer en… Albacete, pongamos por caso. Una bella ciudad de mi país que, por desgracia, siempre va asociada a un desagradable juego de palabras. —Al notar su expresión de desconcierto, hice un gesto airoso con la mano—: Bueno, no te preocupes por eso. En resumen: aviso a las autoridades españolas para que establezcan un perímetro de seguridad alrededor de la zona de impacto.

—Mmm… —Me lanzó una mirada escéptica por entre los párpados entornados, pero solo dijo—: ¿No vas a quitarte la mascarilla antes de irte? De pronto, me han entrado unas ganas tremendas de verte la cara.

Negué con la cabeza.

—No me gusta ser grosera, pero el ambiente de tu casa me parece el caldo de cultivo perfecto para pescar una septicemia fulminante. ¡Adiós, Konrad Landowski! —Le tendí una mano enguantada, pero al instante me lo pensé mejor y la dejé caer junto al muslo—. Si algún día necesitas desayunar algo que no te colapse las arterias, pásate por casa.

Salí de la vivienda, bajé con celeridad el tramo de escalera que descendía hasta la arena de la playa y caminé un par de metros en dirección a mi casa, antes de detenerme y volver la cabeza para advertirle:

—Eso sí. Si vienes, da tres timbrazos largos y dos cortos. Así sabré que eres tú.

Siguió apoyado sobre la áspera barandilla de madera sin dejar de observarme y yo me alejé con el extremo de mi pañuelo de pensar ondeando al viento.

Capítulo 3

Konrad

Entré en casa, pero en vez de volver a acostarme me dirigí al estudio a largas zancadas. De pronto, notaba una quemazón familiar en las yemas de los dedos que hacía meses que no sentía.

—¡Sí, joder!

Estaba eufórico, y ahora que la remilgada de mi vecina se había marchado, podía decir lo que se me antojase.

Lleno de excitación, aparté con el antebrazo todos los papeles y restos de comida que se amontonaban sobre el viejo escritorio de caoba —el único mueble, junto con el sofá de cuero, que había llevado conmigo cuando me mudé a aquella casa—, que se sumaron a los otros desechos que había en el suelo. Luego coloqué mi Mac-Book sobre la superficie llena de arañazos con reverencia.

Abrí la tapa, presioné el botón de encendido y esperé, impaciente, a que aparecieran los enormes pechos rellenos de silicona que constituían el fondo de pantalla del escritorio sin dejar de mover los dedos en el aire.

Por fin, el documento en el que había estado trabajando los últimos cuatro meses —con el penoso resultado de doce páginas y media escritas a doble espacio, con márgenes de cuatro centímetros nada menos— se abrió en la pantalla. Con el ceño fruncido y sin dejar de tamborilear con los dedos sobre la madera, leí lo que había escrito hasta entonces. Cuando terminé, volví a cerrar el documento, abrí uno nuevo y empecé a teclear a toda velocidad.

Dos horas más tarde, la estridente música de Metallica me devolvió de golpe a la realidad. Me levanté a coger el móvil y, después de mucho buscar y de soltar unas cuantas palabrotas, lo encontré incrustado entre los almohadones del sofá.

—¡Ya iba a colgar!

—Hola, Lewis, no encontraba el móvil.

—No me extraña. La última vez que te visité, tu casa era una pocilga.

Ni siquiera reaccioné ante aquel exabrupto; mi agente era muy aficionado a sermonearme a la menor oportunidad.

—Lewis, Lewis, siempre tan agradable. Por cierto, ¿sabes que he conocido a tu Alicia?

—Ja, ja. Eres muy gracioso. —Sonreí al detectar el matiz de fastidio en su voz. Sus padres habían sido grandes amantes de la literatura inglesa y a lo largo de su vida el pobre Lewis, de apellido Carroll, se había visto obligado a aguantar todo tipo de comentarios ingeniosos.

—Te lo digo en serio. La he conocido esta mañana y, desde que se ha marchado, he estado escribiendo sin parar.

—¿De verdad, Konrad? ¿Has vuelto a escribir? —Le temblaba la voz de la emoción—. Entonces, ¿*Las aventuras de la guerrera ninfómana* avanzan a toda máquina?

Mi boca se abrió en un enorme bostezo. Aquel inesperado ataque de creatividad me había dejado agotado.

—En realidad, he empezado una historia nueva.

—¡¿Que has qué?!

—Déjate los pelos en paz —Lewis tenía la desagradable manía de darse tirones cuando estaba nervioso y ya lucía varias calvas— y escúchame. Estoy escribiendo algo bueno. Bueno de verdad. Nada de mujeres desnudas peleándose en el barro; nada de amazonas cortándole las pelotas a los guerreros enemigos; nada de sangre salpicándolo todo…

—Pero, Konrad, eso es precisamente lo que has hecho hasta ahora y nos ha ido muy bien. Mejor que bien. Hemos ganado un montón de dinero. Es más, ayer vendí el esquema de tu guion a los productores de la película anterior…

Parecía a punto de llorar, pero lo corté en seco.

—Pues tendrás que renegociarlo, porque esta historia es diferente.

—¿Diferente? ¿No hay mujeres desnudas?

—No.

—Sangre y asesinatos sí, ¿verdad?

—No.

—¿No hay sexo?

—No.

—¿Ni siquiera un par de escenas cortitas? ¿Una escena de lesbianas de nada? —suplicó con un hilo de voz.

—No. Es algo completamente distinto, pero todavía no quiero contarte nada. Acabo de empezar. Cuando lo tenga más claro te pondré al día.

—Pero…

—Te dejo, Lewis. Tengo que ducharme y aún no he comido.

—Pero…

Colgué sin esperar a que terminara la frase y, silbando, me metí en la ducha.

***

Comí en mi restaurante favorito y cuando regresé a casa, con una bolsa de papel del McDonald's con dos McMenus para la cena, encontré junto a la entrada un saco enorme de comida para gato, un arenero de plástico, dos recipientes metálicos para el pienso y el agua, y una garrafa de cinco kilos de arena aglomerante.

—¡Joder, me había olvidado del puñetero gato!

Metí todo dentro y, sofocado por el esfuerzo, subí al desván. La gata me recibió con desconfianza, pero en cuanto coloqué en el suelo el recipiente lleno de pienso, soltó un maullido y corrió a comer.

Luego me senté de nuevo delante del ordenador y traté de escribir un poco más, pero tan solo logré teclear una frase que borré al instante. Maldije en voz alta y decidí que lo mejor sería ver el partido para despejarme. Repanchingado en el sofá con las piernas sobre la mesa, zapeé con desgana hasta las doce. Luego cené y, antes de acostarme, me prometí que al día siguiente le haría una visita a esa vecina tan peculiar.

***

Estaba tan excitado con el arrebato de inspiración del día anterior, que apenas pude dormir. Me levanté de madrugada y, tendido sobre una de las tumbonas de la terraza, esperé el amanecer con impaciencia.

Hacía siglos que no veía salir el sol a no ser que hubiera estado de juerga la noche anterior. Y eso no contaba porque solía llegar tan borracho que no prestaba demasiada atención. El lento despuntar del día, con los rayos de sol recién nacidos tiñendo poco a poco el océano y el cielo de tonos malvas, naranjas y amarillos, me pareció un espectáculo sobrecogedor y me prometí contemplarlo más a menudo. Después, me di una ducha energizante con agua fría mientras cantaba a voz en grito *Hit the Lights*, de mi banda favorita.

Salí desnudo del cuarto de baño mientras me secaba el pelo con una toalla y busqué ropa limpia en el armario. Maldije con virulencia al comprobar que tan solo me quedaban un par de calzoncillos sin usar de la última vez que había ido a la lavandería y ni una mísera camiseta. Sin embargo, no estaba dispuesto a que ese pequeño detalle enturbiase un día que había empezado de un modo tan prometedor, así que cogí la camiseta y los vaqueros del día anterior, que estaban tirados de cualquier manera sobre el suelo de la habitación, y, después de olisquearlos unos segundos, me encogí de hombros y me los puse.

No había ni rastro de mis viejas Converse en el dormitorio, pero tampoco dejé que aquello me desmoralizara. Descalzo, bajé la escalera y fui a la cocina dispuesto a desayunar algo. Tan solo encontré unos restos de hamburguesa de la noche anterior bastante tiesos, que me comí de un bocado.

Sediento, fui a coger un zumo a la nevera y de mi boca brotó una incontenible sarta de maldiciones cuando la planta del pie se me quedó pegada en el suelo. Rogué para que aquel pringue asqueroso no fuera lo que pensaba que era, pero no tuve suerte; en efecto, era la salsa de marisco del *take away* chino de la semana anterior y el olor me mareó. A la pata coja, me acerqué al fregadero, metí el pie debajo del grifo y me eché un buen chorro de lavavajillas concentrado de una botella que no había utilizado ni una sola vez desde que había alquilado la casa hacía más de un mes. Luego me sequé con un paño arrugado y no muy limpio que encontré por ahí, y, con mucho cuidado, para no llevarme más sorpresas desagradables, seguí buscando mis zapatillas.

Diez minutos y tres docenas de improperios más tarde, me di por vencido. Descalzo, me encaminé a la casa de la vecina. La arena de la playa estaba fresca y húmeda, pero la sensación no era desagradable. Poco antes de llegar al pie de la escalera, oí voces y me detuve a escuchar.

—Ya le he dicho que sí, señora Palafox.

—Señorita, si no te importa.

—He seguido sus instrucciones al pie de la letra; me he puesto guantes, no he tosido encima de los alimentos y he dejado la caja exactamente a un metro de la puerta de entrada. ¡Joder, no sé qué más quiere!

—*¡Piiiiiiiiii!*

—¡Perdón, se me ha escapado, pero, por favor, deje de hacer ese ruido asqueroso!

—Ya te he dicho que no soporto las palabrotas. Y no te creas que no te veo desde aquí. Esos guantes están repugnantes.

Aquella conversación a gritos me hizo sonreír. Subí los escalones de dos en dos y al llegar arriba, casi sin aliento, reconocí a la chica del supermercado que hacía los repartos a domicilio. Su atuendo solía consistir en una amalgama de prendas de diferentes estilos y aquel día no era una excepción: pantalones de tipo militar sin forma alguna, botas que imitaban unas Dr. Martens en fucsia, *body* de encaje rojo muy escotado y camisa escocesa de leñador desabotonada. Como de costumbre, llevaba el pelo recogido en una boina de lana negra de la que tan solo escapaban un mechón azul y otro rosa. Después de contar con rapidez, noté que había añadido un par de aros a la aleta derecha de su nariz. Sin embargo, lo que más me llamó la atención fueron los guantes de fregar amarillos llenos de manchas de... ¿pintura?, que llevaba puestos.

—¡Eh, Verena! —saludé con afabilidad, al tiempo que sacaba la cajetilla del bolsillo trasero de mis vaqueros y encendía un pitillo.

—Hola, señor Landowski.

—Verena. No me hagas reír. —Desde la casa llegó la voz de la vecina cargada de desdén—. Todo el mundo en este pueblo sabe de sobra que te llamas Jennifer.

—Tengo una imagen que mantener. Ninguna compositora *ambient house* que se respete se llama Jennifer.

—¡Ah, claro! No me vengas con que tú te respetas, Jennifer Davis. —Ahora detecté un alto grado de sarcasmo en esa misma voz—. Sé de buena tinta que has visitado en más de una ocasión la parte trasera de los coches de Roger Miller y Tom Wilson. No quiero ni pensar en la de virus de trasmisión sexual que pulularán ahora mismo por tu cuerpo. Y solo tienes quince años.

Alcé las cejas, impresionado. Aquello se ponía cada vez más interesante.

—No sé cómo puede saber eso si nunca sale de casa. Además, lo de Tom Wilson no cuenta: aquel día iba completamente borracha.

—Menuda excusa. Hasta que no lleves una vida más casta, olvídate de tocar mis alimentos con las manos desnudas. Si no, hablaré con el señor Watts.

—Zorra chalada. Un buen polvo es lo que tú necesitas —murmuró la chica entre dientes mientras se quitaba los guantes con movimientos bruscos.

—¡Te he oído, Jennifer Davis! —advirtió la presencia invisible que gritaba desde la casa—. Yo no estoy chalada. Y el próximo día, te vienes con unos guantes limpios y te compras también una mascarilla. Te he dejado el dinero donde siempre. Y con la propina que he añadido, aunque aún no sé bien por qué, te dará más que de sobra.

—¡Adiós, *señorita* Palafox!

Jennifer, alias Verena, cogió el dinero de un macetero en el que sobrevivía a duras penas una mata de santolina, antes de volver a bajar la escalera a toda prisa. Durante unos segundos, por encima del rumor de las olas solo se escucharon el golpeteo furioso de las Dr. Martens contra los peldaños de madera y el tintineo de una campanilla de viento, decorada con conchas y caracolas, que colgaba de la barandilla de la terraza.

—¡Bravo! ¡Una escena de película! —aplaudí.

Luego me agaché y alcé la pesada caja de provisiones con un gruñido.

—¡No la toques!

—¿Por qué no? Pesa una tonelada. Da gracias de que soy un tío fuerte. Anda, abre.

—¡Contraseña!

Me quedé mirando la caja cargada de alimentos con el ceño fruncido. ¿Qué cojo…? ¿Contraseña? El caso es que el día anterior aquella chiflada había dicho algo de unos timbrazos… Recordé por fin a qué se refería y, soltando una colorida sarta de improperios en voz baja, apoyé la caja en la hoja de madera para liberar una mano y presionar el timbre: tres toques largos y dos cortos. Después, pegué el ojo a la mirilla de latón antigua y me pareció percibir movimiento al otro lado. Por un instante, pensé que mi vecina no me abriría, pero, al cabo de poco, escuché el sonido inconfundible de una llave dando varias vueltas en la cerradura seguido del de un candado al descorrerse. La puerta se entreabrió unos pocos centímetros.

—Preferiría que no pasaras, Konrad, en serio. Después de ver ayer cómo estaba tu casa, estoy segura de que llevas todo tipo de gérmenes y bacterias potencialmente mortales adheridos a tu…

Aproveché para meter el pie por la rendija y abrir la puerta por completo. Aquel inesperado movimiento cortó las enrevesadas explicaciones en el acto.

—Tonterías, acabo de ducharme. ¿Dónde dejo esto?

Ali me siguió hasta la cocina observando —llena de aprensión, estoy seguro— las huellas de arena que dejaban mis pies descalzos en el impoluto suelo de madera.

Con otro gruñido, deposité la caja sobre la mesa de la cocina y me volví hacia ella jadeando por el esfuerzo.

Posé la mirada en la punta de las inmaculadas zapatillas de *running* y empecé a subir por las mallas negras que se ajustaban a unas piernas que me hicieron alzar las cejas, impresionado. Mis ojos se detuvieron unos instantes en el ombligo moreno que el top fluorescente dejaba al descubierto, volvieron a detenerse unos segundos

—casi un minuto completo, la verdad sea dicha— sobre aquellos pechos de tamaño perfecto y se pararon en seco sobre el precioso rostro de mi vecina, que soportaba aquel escrutinio con cara de resignación.

—¡Joder y rejoder! ¡Pero si estás buenísima!

Llevaba la corta melena color miel recogida en una coleta, y los grandes ojos castaños rodeados de espesas pestañas negras que se curvaban en las puntas, en los que ya me había fijado el día anterior, contrastaban de modo impactante con el tono dorado de la piel cremosa. Además, tenía la nariz más seductora —fina y con la punta hacia arriba, pero sin llegar a ser respingona— que había visto en mi vida; por no hablar de aquella boca jugosa que parecía pedir besos a gritos.

—¡Joder! —se me escapó de nuevo.

Ella alzó el índice y me apuntó con él, amenazadora.

—¡Perdona, es que…!

Me golpeé la cabeza con la punta de los dedos, todavía conmocionado por semejante visión.

—Esta vez te perdono, pero que no se repita. Mi casa es zona libre de palabras malsonantes. Puedes cerrar la boca, que ya sé que soy guapa. —Lo dijo con total naturalidad, y yo obedecí al instante—. Bueno, en realidad, no habrías pensado lo mismo si me hubieras conocido a los catorce: toda brazos y piernas, pecho plano, gafas de culo de vaso y aparato dental. Pero donde Dios cierra una puerta, abre una ventana, o es ¿cierra la ventana y abre una puerta? —Lo pensó unos segundos con el ceño ligeramente fruncido, pero al final se encogió de hombros—. Y al menos, tuvo la decencia de volverme atractiva unos años más tarde.

Sus ojos de cierva se clavaron con disgusto en mi vieja camiseta de la Universidad de Nueva York que, además de estar muy arrugada, lucía un par de manchas —algo repulsivas, lo reconozco— de origen desconocido.

—Me dijiste que acababas de ducharte.

Cruzó los brazos sobre el pecho y me miró acusadora.

Yo alcé las palmas de las manos tratando de apaciguarla.

—Y acabo de hacerlo, ¡jo… sué! Lo que pasa es que ya no me queda ropa limpia y he tenido que ponerme una camiseta usada. Bueno —añadí, confiando en que aquella información la calmara—, los calzoncillos sí están limpios.

—No quiero oírlo. —La vi llevarse los dedos a las orejas en su ademán favorito, pero enseguida los bajó y afirmó con decisión—: Esto no puede seguir así.

—Mmm —respondí sin comprometerme.

En esos momentos me interesaba más averiguar el contenido de la enorme caja de cartón.

—¡No toques eso!

Me dio una palmada en el dorso de la mano y, en el acto, se limpió la suya contra las mallas de deporte.

—¡Solo quería ver qué habías pedido! —Me froté la mano, indignado—. Tengo hambre. Llevo sin comer desde anoche; precisamente, venía a ver si me invitabas a desayunar como una buena vecina. Te recuerdo que ayer te ofreciste a prepararme el desayuno.

Los ojos de Ali se posaron sobre la curva de mi abdomen, que la camiseta manchada no lograba disimular, y frunció los labios en una mueca de desaprobación.

—No creo que te pase nada por no comer un día. Estás gordo.

—¡No estoy gordo!

—Sí lo estás.

—Solo tengo un poco de tripa.

—Que crecerá y crecerá…

—¡Ya estoy cansado de soportar tus insultos! ¿Sabes lo que te digo? Que tú, como vecina, también dejas mucho que desear. —Con un movimiento inconsciente, saqué de nuevo la cajetilla de tabaco.

—¡Ni se te ocurra!

Ali volvió a golpearme en el dorso de la mano, esta vez con la revista de las ofertas del supermercado que acababa de enrollar, y la cajetilla voló por los aires.

—¡Muy bien! —Había conseguido tocarme la moral—. Tú lo has querido. Voy a denunciarte por malos tratos en la comisaría más cercana y le diré a todo el mundo que eres una…

Mi vecina me interrumpió sin la menor consideración.

—Antes te he visto fumar. ¿Dónde has dejado la colilla?

—¿Eh? —Aquel súbito cambio de tema me dejó descolocado.

—Que dónde has tirado la colilla del cigarrillo que te fumaste hace unos minutos.

—A ver, déjame pensar… —Me rasqué el cráneo tratando de concentrarme—. Creo que la apagué en la maceta.

Ali se llevó ambas manos a las mejillas y puso cara de horror.

—¡Mi santolina!

Y salió escopetada de la casa. Casi diez minutos después, regresó con el brazo derecho lo más alejado posible del cuerpo y la colilla bien sujeta con unas pinzas de depilar.

—A ver qué hago yo ahora con esta guarrería.

Miró a su alrededor desesperada.

—Tírala al cubo —sugerí.

Sentado a la mesa, mataba el gusanillo con una bolsa de nueces peladas que había encontrado en la caja.

—¿Estás loco? ¿Tú sabes cómo huele esto?

Me encogí de hombros sin dejar de comer.

—Pues al retrete.

Con cuidado de llevar totalmente estirado el brazo con el que sujetaba la colilla, Ali puso el otro en jarras y se enfrentó conmigo echando chispas por los ojos.

—¿Has oído hablar alguna vez de «delito ecológico»?

Sin inmutarme por su actitud agresiva, seguí masticando con

parsimonia la penúltima nuez y me la tragué.

—Pues me temo que entonces tienes un problema.

Ali contempló la ofensiva colilla con el ceño fruncido sin saber qué hacer. Yo, mientras tanto, aproveché su indecisión para revolver en la caja y sacar un manojo de plátanos. Pelé uno y empecé a comérmelo.

—Está rico —afirmé con la boca llena, muy sorprendido—. Ya no recuerdo la última vez que comí fruta.

Al oír aquello, Ali, que había metido por fin la colilla en un tarro reciclado de mermelada y había enroscado la tapa metálica con todas sus fuerzas, alzó los ojos hacia mí.

—Como te iba diciendo antes de que se produjera esta emergencia: esto no puede seguir así. Debemos negociar.

—¿Negociar?

Pelé otro plátano y le di un buen mordisco sin dejar de observarla con interés.

—No puedo consentir que haya un foco de contaminación permanente a pocos metros de mi casa.

—Oye, has vuelto a ofenderme.

—A juzgar por la tranquilidad con la que sigues ahí, comiéndote mis plátanos, no lo suficiente.

La mirada de Ali se posó en las pinzas que había dejado sobre la revista del súper y aquello la distrajo unos instantes.

—¿Crees que debería tirarlas al cubo de la basura o bastará con que las desinfecte con agua hirviendo y alcohol?

Dejé caer la piel del plátano encima de la mesa, junto a la anterior.

—Eres un poquito exagerada, ¿no crees?

—No soy exagerada. —Se acercó a la mesa, cogió las dos cáscaras, las echó al cubo de basura y frotó con fuerza la superficie de madera con la bayeta más impoluta que yo había visto jamás—. Pero ¿y si luego me quito un pelo del bigote y se me infecta? No quiero ir por la vida con esos morros hinchados que se ponen las famosas.

Después de dar una última pasada con la bayeta, se la colgó de la cinturilla de las mallas y puso un cazo lleno de agua al fuego. Arrojó dentro las pinzas, se sacudió una palma contra la otra con expresión satisfecha y se volvió de nuevo hacia mí.

—Arreglado. Mañana le daré el frasco a la señora Williams para que se deshaga de él. Ahora, a lo que iba. ¿Qué me das si te consigo una asistenta de confianza que arregle el desaguisado de tu casa?

—¡Jo…! —Me detuve justo a tiempo. Luego continué con entusiasmo—: Si encuentras a una mujer dispuesta a venir a mi casa, Alicia Palafox, te prometo que seré tu esclavo sexual. Mañana, tarde y noche a tu entera disposición.

Mi vecina se metió dos dedos en la boca y fingió dar una arcada. Fastidiado, la miré con ferocidad.

—¡Te advierto que tengo fama de ser un gran amante!

Ella se limitó a poner los ojos en blanco, lo que me molestó aún más.

—¡Jamás he recibido ni una sola queja! —Estaba rabioso.

—No insistas. Lo último que me apetecería sería acostarme con un *foferas* como tú.

—¡*Foferas*! —Esto ya pasaba de castaño oscuro—. ¿Qué quieres decir? ¿Como en *fofo*?

—Exacto. Mi novio tenía un cuerpo espectacular.

Detecté algo en su rostro que hizo que me olvidara unos segundos de que acababa de insultarme con saña. La miré con los ojos entornados.

—Así que has tenido novio.

Ella hizo una mueca.

—¿Resulta tan difícil de creer?

—Verás —definitivamente, la venganza era dulce—, si tenemos en cuenta que desvarías de mala manera, el tío tenía su mérito.

—¡Yo no desvarío!

—Desvarías. Créeme.

—Eres un grosero.

—Dejemos el duelo de insultos para más tarde. Cuéntame qué pasó con tu novio. Por la cara que has puesto antes, tengo la impresión de que fue algo desagradable.

La expresión de Ali se volvió soñadora.

—Desagradable. Sí. Tienes toda la razón; muy desagradable. Está bien, te contaré lo que pasó. —Se acomodó en una de las sillas a una distancia prudencial—. Mi novio era antropólogo.

No se me escapó el tiempo verbal, pero no dije nada.

—Formaba parte de una expedición a las islas Herenui.

—¿Herenui? No me suenan de nada.

—Significa «islas muy, muy lejanas» en polinesio. Yo tampoco había oído hablar de ellas. El nombre les va al pelo, porque están en el quinto pino a mano izquierda y casi nadie las conoce. Sus únicos habitantes son una tribu caníbal a la que el descubridor de las islas bautizó como *turulatos*.

—¿Turulatos? —Una de mis escépticas cejas negras se alzó sobre mi frente por iniciativa propia.

—¿Tampoco has oído hablar de los turulatos? —Me miró con compasión—. Parece que no vas lo que se dice sobrado de cultura general.

—Sí, claro, será eso. Anda, sigue con los turulatos.

De pronto, debió de acordarse de algo, porque se levantó de un salto.

—Me encantaría, pero ya te contaré la historia completa en otro momento. Ahora no tenemos tiempo.

—¿Cómo que no? Tengo todo el tiempo del mun…

—Te diré lo que quiero a cambio de conseguir a una pobre mujer que limpie el vertedero que tienes por casa —me cortó sin contemplaciones.

—Venga, dispara, ¿qué es lo que quieres?

—Seré tu entrenadora personal. Haré que dejes de parecer un saco de grasa y, gracias a mí, tendrás una vida larga y saludable.

Seguí comiéndome el enésimo plátano sin demostrar demasiado interés.

—¿Quién te ha dicho a ti que quiero una vida larga y saludable?

—Todo el mundo quiere una vida larga y saludable.

—Pues yo no.

—¿Cómo que no? —Noté que Ali empezaba a enojarse—. Mira que te gusta llevar siempre la contraria...

—No tengo madera de atleta. Me gusta comer, me gusta beber y mi deporte favorito es fumar tumbado en el sillón.

De nuevo, busqué la cajetilla con un movimiento instintivo para asegurarme de que seguía ahí, pero no se me escapó la mirada especulativa que me lanzó Ali.

—Me doy cuenta de que va a resultar uno de los retos más difíciles a los que me haya enfrentado jamás. —Se la veía de lo más satisfecha.

—Olvídalo, Alicia Palafox, no habrá ningún reto, porque yo estoy contento tal y como soy. —Me repanchingué un poco más en la silla—. Para tu información, las mujeres se pirran por mí. En ese aspecto tengo mis necesidades más que cubiertas.

—No me conoces, Konrad Landowski, si piensas que esos argumentos tan pobres me van a hacer cambiar de opinión. Si mi ex quedó finalista en el campeonato de España de surf hace unos años fue gracias a mí. Tú tienes algunas ventajas de salida. —Me examinó con detenimiento y me sorprendí pensando lo mucho que me gustaba sentir el lento recorrido de aquellos preciosos ojos castaños sobre mi cuerpo—. Eres muy alto y tienes los hombros anchos. Ya verás, cuando acabe contigo, tu cuerpo no tendrá nada que envidiar al de una estatua griega.

—No alucines. Por cierto, ¿no habías dicho que tu ex era antropólogo?

—¿Acaso es incompatible ser antropólogo y campeón de surf?

—Sin esperar respuesta, cambió de tema y me lanzó una de esas preguntas a bocajarro que eran su especialidad—: ¿Cuántos años tienes?

Parpadeé varias veces con coquetería.

—¿Cuántos me echas?

—¿Cuarenta y tres? ¿Cuarenta y siete?

Al oír aquello, escupí el trozo de plátano que tenía en la boca y empecé a toser. Ali corrió a abrir uno de los cajones de la cocina. Con una bolsa de plástico a modo de guante y la misma cara de asco que si fuera una caca de perro, recogió el ofensivo trozo de fruta y luego frotó bien el suelo con la bayeta.

—La verdad, Konrad, resultas repugnante.

—¡Jo…! —Me detuve al ver su mirada de advertencia —. ¡Demonios, Ali, solo tengo treinta y dos años!

—¿En serio? —Arrojó los restos del plátano en un cubo de basura y tiró la bolsa de plástico en otro—. Nadie lo diría. Parece que tienes diez más.

—¿Te he dicho ya lo amable que eres? —Mi tono rezumaba sarcasmo.

—Si te sirve de consuelo, te diré que si me preguntaras respecto a tu edad mental, no te echaría más de quince. «¡Pero si estás buenísima!» —imitó mi voz grave, burlona—. Qué frase tan deliciosa. Desde luego, es digna de un adolescente superhormonado.

Enojado, volví a arrojar dentro de la caja del supermercado las barritas de cereales integrales que acababa de sacar y me puse en pie.

—¿Te vas? —preguntó, esperanzada, al tiempo que frotaba el respaldo de la silla que yo había ocupado.

Sin contestar, caminé en dirección a la puerta principal, pero, justo antes de llegar, di un giro brusco a la derecha y desaparecí en el interior de una de las habitaciones.

—¡No puedes entrar ahí! ¡Eso es allanamiento! Ali corrió detrás de mí bayeta en mano, tratando inútilmente de limpiar las huellas que iba dejando a mi paso.

—Conque observadora espacial, ¿eh?

Examiné la mesa de arquitecto colocada cerca del ventanal que daba al océano, en la que un original diseño floral a medio terminar ocupaba la mayor parte de un DIN-A3. En el centro de la habitación otra mesa, de unos dos metros de largo por uno y medio de ancho, estaba invadida casi en su totalidad por varias columnas, perfectamente ordenadas, de gruesos tomos de arte, botánica, arquitectura…, varios recambios de hojas de gran tamaño, material de dibujo y un iMac último modelo de veintisiete pulgadas.

—¡Sobre todo, no toques nada! —gritó al ver que me acercaba a la mesa más grande.

Al oírla, ya no pude resistirlo más. De dos zancadas me planté a su lado, le arranqué la bayeta de las manos, abrí el ventanal y la arrojé por encima de la barandilla.

Estupefacta, mi vecina contempló el trozo de tela que se alejaba dando alegres bandazos, empujado de un lado a otro por la brisa marina que soplaba con fuerza.

—¡¿Puede saberse por qué has hecho eso?!

«Ahora sí que se ha cabreado», me dije, observando con interés las mejillas encendidas y los brazos en jarras.

—Me estabas poniendo nervioso. Ahora en serio, ¿a qué te dedicas en realidad? ¿Eres diseñadora de moda? ¿Publicista? ¿Arquitecta?

Noté que, por unos instantes, ella dudaba entre contestar o invitarme a que me fuera con viento fresco. Sin embargo, ya debía de conocerme lo suficiente para saber que yo pertenecía a ese tipo de personas insensibles por completo a cualquier tipo de indirecta, por muy directa que fuese. Así pues, contestó de mala gana:

—Soy diseñadora textil.

De pronto, algo en mi cerebro, que pocas veces olvidaba un dato, por nimio que fuera, hizo clic.

—¿No tendrás algo que ver con Palafox & Co?

Ali me miró sorprendida.

—Nunca habría pensado que un tipo como tú se interesaría por el diseño textil.

—Prefiero no preguntar a qué te refieres cuando dices eso de un tipo como yo, pero tienes toda la razón: no me interesa lo más mínimo. Lo que pasa es que tengo tres hermanas, ¿sabes?

Saltaba a la vista que ella no veía qué relación podía tener aquella información con lo que estábamos hablando, pero esperó paciente a que continuase.

—Julie, la mayor, acaba de casarse, y de lo único que ha hablado los cuatro últimos meses ha sido de la decoración de su nuevo piso. Por desgracia, soy bastante calzonazos en lo que respecta a mis hermanas y me obligó a acompañarla a todo tipo de tiendas. He visto muebles, adornos, azulejos, alfombras y telas suficientes para el resto de mi existencia. —Puse voz de falsete—. «¡Ay, Konrad!, ¿no crees que las telas Palafox son divinaaas?».

Ali lanzó una carcajada y, una vez más, pensé que mi vecina, además de como una cabra, estaba buenísima.

—Está bien, lo confieso: yo soy la Palafox de Palafox & Co.

—Y ¿quién es «Co»? —pregunté con curiosidad.

—Una amiga del colegio que se mudó a Nueva York hace unos años. Yo estaba acabando un máster y aún salía de vez en cuando por aquel entonces. Coincidimos en casa de otros amigos comunes, empezamos a hablar y, al final, decidimos montar nuestra propia empresa. Ella lleva la tienda de Nueva York y otra que acabamos de abrir en Los Ángeles, y yo me ocupo del diseño.

—Vaya.

Estaba impresionado. A pesar de que ella no parecía darle demasiada importancia, según me había contado mi hermana, las telas, vajillas y complementos del hogar estampados de Palafox &

Co eran tendencia entre las clases más acomodadas de Manhattan. Yo mismo había visto sus diseños en los numerosos ejemplares de *Interior Design* y *Architectural Digest* que mi hermana me obligaba a hojear, y en los que, para ser sincero, prestaba más atención a las modelos en lencería que salían de vez en cuando que a otra cosa.

—Y tú, Konrad, ¿a qué te dedicas?

—Soy guionista de cine.

—Caramba. —Su mirada rebosaba admiración—. Y ¿eres muy famoso?

—Digamos que en el mundillo me conoce bastante gente —dije con falsa modestia.

—Me encanta el cine. A lo mejor he visto alguna de tus películas. Dime títulos.

—*Guerreras sangrientas buscan.* —Al instante, ella negó con la cabeza—. *Tortilla de mercenarias.* ¿Tampoco? Es la historia de unas asesinas a sueldo lesbianas que odian a los hombres y les arrancan las uñas y las pelotas antes de degollarlos mientras cantan unas canciones muy pegadizas… ¿No? Estas dos fueron las más taquilleras. Luego están también *Desnudas para matar*, *Una ninja voló desnuda sobre el nido del cuco y lo descuartizó…*

—Me temo que no he visto ninguna. —Noté que trataba de suavizar su respuesta para que no me sintiera decepcionado; la vecina era, ante todo, una mujer considerada—. Soy más de comedias románticas o dramas existenciales.

—Ahora estoy con algo completamente distinto. —Sin saber por qué, de pronto sentí la necesidad de justificarme—. No hay sangre, ni desnudos, ni violencia… Es una historia cotidiana.

—Creo que esta me va a gustar más. ¿De qué va?

Negué con la cabeza.

—Jamás hablo de un proyecto hasta que está terminado el esquema general. Da mala suerte.

Ali me miró con simpatía.

—Lo entiendo. A mí tampoco me gusta enseñar mis bocetos antes de terminarlos. Y hablando de bocetos, tengo que trabajar. Debo enviar a fábrica varias cosas antes de fin de mes.

—No te preocupes por mí. —Me dejé caer en el mullido sillón tapizado con uno de los inconfundibles diseños de Palafox & Co. y cogí el periódico que estaba doblado cuidadosamente sobre una mesita cercana—. Por cierto, ya que estás de pie, ¿puedes traerme un par de esas barritas de cereales? Vuelvo a tener hambre.

Pero ella no estaba dispuesta a oír hablar del asunto; al parecer, había decidido que ya era hora de deshacerse de mi presencia contaminante.

—*No way!* No voy a dejar que te quedes aquí comiéndote mis provisiones y poniéndolo todo perdido. ¡Y baja los pies de la mesa ahora mismo!

—Anda, Ali, déjame quedarme —supliqué—. Te juro que no te hablaré, no sabrás que estoy aquí.

—¡He dicho que no!

Me levanté sin dejar de refunfuñar.

—En este país el concepto de hospitalidad se ha perdido por completo. Cuando una vecina se muestra así de hostil con un vecino necesitado, vamos directos a la perdición.

Ali me acompañó hasta la puerta haciendo caso omiso de mis protestas.

—Y bien, ¿aceptas mi propuesta?

—¿La de convertirme en el nuevo Schwarzenegger? No, gracias.

—Está bien. —Se encogió de hombros con buen talante. Me sorprendió que se tomara mi rechazo con tanta deportividad—. De todas formas, buscaré a alguien que vaya a tu casa a limpiar. No quiero que entre toda esa basura cobre vida algún virus extinto que provoque una epidemia mortal.

—Entonces, ¿te rindes? ¿Así de fácil? —No entendía por qué, pero sentía una ligera decepción.

—Si me conocieras un poco más, Konrad Landowski, sabrías que yo nunca me rindo —dijo justo antes de cerrarme la puerta en las narices.

—¡En ese caso —grité a través de la puerta cerrada—, mañana volveré a la misma hora más o menos! ¡Eso sí, del desayuno me encargo yo!

Regresé a casa silbando, encantado de sentir en el rostro los cálidos rayos de sol. Hacía un día perfecto.

Capítulo 4

Konrad

El resto de la mañana tan solo me separé del portátil para llamar a que me trajeran un par de pizzas con extra de queso, extra de carne, extra de salsa barbacoa y una tarrina mediana de helado de chocolate Ben & Jerry's.

Después de comer, seguí escribiendo sin parar hasta que el timbre de la puerta, que alguien apretaba con una insistencia desagradable, interrumpió aquella extraordinaria racha de inspiración.

A pesar de todo, me alegré. Lo más probable era que fuese la vecina que venía a insistir en ese absurdo ofrecimiento de convertirse en mi entrenadora personal. Sin embargo, al abrir la puerta se me congeló la sonrisa, y la frase ingeniosa que llevaba preparada para recibirla se me atascó en la garganta. Frente a mí —y examinándome de un modo decididamente hostil—, en vez de mi bella vecina surgió el rostro avinagrado y el cuerpo, nada apetecible, de la señora Williams.

—¡Jo…! ¡Alabado sea el cielo! Señora Williams, ¿a qué debo este honor?

Mi sonrisa estaba cargada de sarcasmo. No había olvidado que, el día en que esa mujer se había marchado de mi casa —justo al día siguiente de haber organizado una juerga de nada con media docena de coristas a las que mi amigo Martin, que había decidido hacerme una visita, acababa de conocer en un musical de Boston—, antes de pegar el portazo final había jurado a voz en grito que jamás volvería a poner un pie en semejante antro de vicio y fornicio si antes no iba un sacerdote a hacer un exorcismo.

—Vengo a limpiar esta pocilga inmunda, señor Landowski.

—¿Estamos en Navidad? —Escruté el cielo con cara de sorpresa, como si esperara que, de un momento a otro, apareciese el trineo de Papa Noel arrastrado por Rudolph y compañía—. Creo que acaba de producirse un milagro.

—Señor Landowski, estoy aquí como un Favor Personal hacia la señorita P., una Buena Persona temerosa de Dios. Pero, si no me necesita, me marcho. No puedo perder el tiempo escuchando sus comentarios impíos.

Al ver que daba media vuelta, rectifiqué en el acto. No sabía cómo había podido producirse semejante prodigio, pero tenía claro que ese tipo de dádivas divinas no podían rechazarse así como así. No podía dejar escapar a la señora Williams y ese extraño modo que tenía de hablar en mayúsculas. Decidido, la agarré del brazo para detenerla y puse la misma expresión que reservaba para mi formidable tía abuela Irenka.

—Discúlpeme, señora Williams, he hablado sin pensar. Por supuesto que estoy encantado de que haya cambiado de opinión. Es usted una bellísima persona.

Ni siquiera la puritana señora Williams era capaz de resistirse a un Landowski cuando este decidía echar mano de su encanto personal. Al sentir el brillo intenso de mis ojos azules y mi cegadora sonrisa —al menos, así solía describirla mi madre, no sin quejarse amargamente, acto seguido, de la pasta que le había cobrado el condenado dentista— proyectados de lleno hacia ella, casi pude sentir el revuelo que desataron en su estómago ulceroso.

—¡Bah!

—Pase, pase —la invité con exagerada amabilidad.

La señora Williams contempló el desorden que la rodeaba y lanzó un suspiro que se asemejó más a un resoplido.

—No sé cómo Dios permite Estas Cosas. Es terrible.

Le devolví una mirada contrita.

—Tiene toda la razón, señora Williams. Terrible.

—Ni siquiera un perro debería vivir en Semejantes Condiciones.

—Menos mal que soy yo, un pecador indigno, el único que vive aquí.

Sospechando que me burlaba, alzó el rostro hacia mí con desconfianza, pero yo seguí poniendo cara de no haber roto un plato en mi vida.

—En fin —volvió a lanzar otro de esos suspiros desgarradores—, empezaré por la cocina.

—Una decisión acertada, señora Williams —asentí muy serio.

La mujer se encaminó en dirección a la cocina con aires de mártir. Sin embargo, después de dar apenas unos pasos, se detuvo en seco, se encaró conmigo de nuevo y, sin dejar de apuntarme con el dedo índice, me advirtió:

—Voy a poner papeleras en todas las habitaciones, no quiero ni un solo papel tirado en el suelo. La ropa sucia la deja en el cesto correspondiente que, por si no lo sabe, está en el cuarto de baño. No estoy dispuesta a encontrarme tazas ni platos por todos lados; lo que utilice, lo deja en el fregadero para que yo lo lave al día siguiente. Los envases, desperdicios, etcétera, van directos al cubo de la basura. Siempre que entre en la casa debe sacudirse antes la arena de la playa... —Se detuvo para tomar aliento.

—¿Algo más, señora Williams? —Esta vez, la ironía era inconfundible.

—Por ahora no, señor Landowski, pero si no cumple estas Sencillas Condiciones, no volveré más. Y ya puede venir la propia señorita P. a Rogarme de Rodillas, que no cambiaré de opinión, ¿entendido?

—Entendido —gruñí. Hasta yo sabía cuándo me habían vencido.

La señora Williams desapareció por fin en la cocina y enseguida se oyeron los primeros acordes de uno de esos siniestros himnos religiosos a los que era tan aficionada.

—¡Llévame ya, Señor, pero antes atraviesa con Hierros Candentes los ojos de los Viles Pecadores que ensucian Tu Mundooo!

Me di por aludido y casi pude sentir el doloroso pinchazo de uno de esos hierros. Miré el portátil, indeciso, pero con la señora Williams dando voces iba a resultar casi imposible concentrarse, así que decidí que era un buen momento para hacer otra visita a mi vecina y, de paso, darle las gracias.

***

Apreté el timbre con ganas, notando un extraño cosquilleo en el estómago que achaqué al hambre. Poco después, percibí movimiento al otro lado de la puerta.

—Soy yo —anuncié sin necesidad.

—¿Qué quieres ahora? —La voz de Ali sonaba impaciente.

—Te he traído la merienda.

Le enseñé la bolsa de papel manchada de grasa repleta de donuts. Antes de pasarme por casa de la vecina había decidido hacer unas compras en el pueblo y ahora mi congelador estaba atiborrado de pizzas, helado, lasaña precocinada… En resumen: lo imprescindible para no morir de hambre en los próximos días.

—Konrad, estoy trabajando. Ya te he dicho que tengo mucho lío. Anda, sé bueno, vuelve a tu casa y llévate contigo esa bomba de colesterol.

—La verdad, Ali, es que no eres muy amable —compuse una expresión dolida—. He ido hasta el pueblo solo para comprarte estos donuts. Quería celebrar contigo el que hayas convencido a la señora Williams para limpiar mi casa. No sabes cuánto te lo agradezco.

Unos segundos después, la puerta se abrió de par en par.

—Está bien, pasa, pero yo tengo que seguir trabajando. Y procura no tocar nada.

Ali llevaba unos *shorts* vaqueros, una camiseta blanca ajustada y el pañuelo de pensar enrollado alrededor de la cabeza. Me pareció que tenía aspecto de beduina sexi y devoré con ojos hambrientos aquel trasero perfecto y las piernas largas y tostadas por el sol mientras la seguía hasta el salón.

—Siéntate ahí —señaló el sofá— y no molestes. Puedes leer el periódico o, si lo prefieres, en la mesa encontrarás varias revistas de decoración.

—¿Quieres uno?

Agité la bolsa frente a ella, tentándola.

—No, gracias. Y tú tampoco deberías comerte ninguno.

—Demasiado tarde —respondí con la boca llena.

Ella levantó las palmas en señal de rendición.

—Sobre todo, procura no manchar nada. ¿Por qué no vas a la cocina y coges un plato?

Tomó asiento en el taburete alto que estaba frente a la mesa de arquitecto y, al instante, se sumergió en su trabajo y se olvidó por completo del mundo a su alrededor, *moi* incluido. Divertido por aquella manera tan concienzuda de ignorarme, fui a la cocina y, obediente, cogí un plato sobre el que vacié la bolsa grasienta. Hice ademán de arrojarla sobre la encimera, pero me lo pensé mejor y la tiré al cubo de la basura.

—Para que luego diga que no soy ordenado —dije en voz alta, antes de dar otro mordisco al segundo dónut.

Sin dejar de comer, recorrí la cocina abriendo y cerrando cajones con curiosidad. Desde luego, mi querida vecina debía de padecer algún tipo de TOC, pensé nada más cerrar el armario en el que guardaba la vajilla. Todo estaba perfectamente ordenado y compartimentado. Hasta los cuchillos estaban clasificados por el color de los mangos, ¡por el amor de Dios!

Sin sentir ningún tipo de reparo, seguí explorando el resto de la casa. La decoración era alegre y luminosa, había numerosas butacas y almohadones tapizados con telas de Palafox & Co por todos los rincones y, si no hubiera sido por el orden extremo que imperaba en las habitaciones, habría resultado muy acogedora.

Cuando acabé de recorrer la planta baja, subí al siguiente piso procurando no hacer ruido. En el pasillo me crucé con *Mizzi* —por fortuna, ella y los gatitos volvían a gozar de los tiernos cuidados de Ali—, que se frotó, mimosa, contra mis piernas. Chasqueé la lengua contra el paladar varias veces para espantarla, pero la gata no se dejó amedrentar y siguió restregándose en mi pantalón.

—Cuando uno resulta irresistible para las féminas, no hay nada que hacer… Me encogí de hombros, antes de abrir la puerta de uno de los dormitorios.

Debía de ser el cuarto de invitados, pues no había nada sobre la mesilla de noche y el armario estaba vacío. Volví a cerrar y abrí la puerta contigua. El baño. La distribución era muy similar a la de mi casa; salón, cocina, aseo y un cuarto diminuto en la planta baja, y dos dormitorios y un baño completo en el piso de arriba.

Me acerqué al lavabo y sin la menor compunción abrí el armario de espejo que había sobre él. Al ver aquel impresionante arsenal de fármacos, solté un largo silbido. Ansiolíticos, antidepresivos, antipsicóticos… Allí había medicamentos *antitodo*; aquel botiquín debía de ser el sueño dorado de un drogadicto.

—Ali, Ali —murmuré—. Menos mal que, según tú, habías dejado las pastillas.

Salí del baño y me quedé un rato espiando en el pasillo, pero no se oía nada; Ali debía de seguir concentrada en sus dibujos. Con sigilo, me acerqué a la puerta del dormitorio principal y la abrí con suavidad.

Una cama de matrimonio ocupaba la mayor parte del espacio y, por supuesto, estaba hecha a la perfección. Es más, mi vecina incluso se había molestado en colocar la colcha y varios mullidos almohadones que invitaban a tirarse en plancha sobre el colchón. Me acerqué a la mesilla de noche, cogí el marco de fotos que estaba sobre ella y dejé en su lugar el plato vacío. En la foto, un hombre rubio, apuesto y sonriente, rodeaba con el brazo los hombros de una niña angelical, muy rubia también —se le había oscurecido el pelo con la edad— y no menos sonriente.

—¿Puede saberse qué haces aquí?

—¡Joder, Ali, qué susto me has dado!

Me llevé al corazón la mano con la que sujetaba la fotografía.

—Te he hecho una pregunta.

Con los brazos cruzados sobre el pecho, me examinaba sin compasión.

—¿Tú qué crees? Estaba cotilleando un poquito.

Al parecer, mi franqueza la desconcertó.

—Y lo confiesas como si nada.

—Venga ya, Ali. ¿Quieres que me crea que tú no habrías cotilleado en mi casa si hubieras tenido la oportunidad? No te lo crees ni tú.

Mi seguridad la dejó callada una vez más. Días después, me confesó que la curiosidad era uno de sus peores defectos; hasta el punto de que Sandra, su amiga y socia, se quejaba amargamente cuando la pillaba fisgando sus conversaciones de Whatsapp en el móvil.

Después de meditarlo un rato, reconoció:

—Está bien, confieso que no me habría importado hurgar en

tus cosas. Eso sí, siempre y cuando hubiera contado con unos guantes y una mascarilla antigérmenes apropiados.

—¿Es tu padre? —Señalé la foto.

Se acercó a mí, me quitó el marco, limpió el cristal con un extremo de su camiseta y la colocó en un ángulo de cuarenta y cinco grados exactos respecto a la pared del fondo. Luego contestó:

—Sí, es mi padre. Murió casi un año después de que nos tomaran esta fotografía.

—Te pareces mucho a él.

—Sí.

Los labios llenos esbozaron una leve sonrisa, y al instante noté un ligero tirón en la entrepierna. Con cualquier otra mujer habría aprovechado la intimidad del dormitorio y la proximidad de la cama para hacer algún movimiento estratégico, pero algo me decía que Ali no lo vería con buenos ojos. No quería asustarla tan pronto, así que traté de distraerme con otros asuntos.

—No veo fotos de tu madrastra ni de tu hermana.

—En realidad, es solo medio hermana. Mi padre se volvió a casar a los dos años de morir mi madre. Ahora que lo pienso, ¿cómo sabes que tengo una madrastra y una hermana?

—Me hablaste de ellas cuando nos conocimos y yo jamás olvido nada; a no ser que lo haga a propósito, claro. Digamos que tengo una memoria selectiva.

Me contempló con admiración.

—Es impresionante. Yo no podría vivir sin mi agenda.

Me encogí de hombros con ese gesto tan mío que, según mis hermanas —a las que, por otra parte, no era conveniente hacer demasiado caso—, indicaba falsa modestia.

—Tampoco veo fotos de tu novio, el antropólogo surfista.

—Mi novio murió. No me gusta recordar cosas tristes. —Zanjó el asunto con firmeza.

—¿Cómo murió? —Reconozco que cuando algo despierta mi

curiosidad, me resbalan las indirectas—. ¿Fue en Herenui?

—¿En dónde? —Frunció el ceño, desconcertada.

Miré hacia arriba con resignación.

—Ya sabes, en la isla de los turulatos.

Carraspeó un par de veces, pero se recuperó enseguida.

—Ah, sí. Claro. Fue allí, en Herenui, surfeando una ola gigantesca. —Como le ocurría siempre, su rostro se fue animando a medida que hablaba—. La madre de todas las olas gigantescas, verás…

—Vamos —la corté en seco antes de que empezara con otra de sus coloridas explicaciones—, dime la verdad de una vez. ¿Tu novio murió ahogado? ¿Por eso estás medio ida?

—¡Yo no estoy medio ida! —negó, indignada.

—No, claro que no. —Me apresuré a tranquilizarla; me olía que aquella historia era digna de ser escuchada—. No me he expresado bien. Entiendo que el hecho de que la persona a la que amas haya muerto ahogada puede traumatizar a cualquiera.

—En realidad, habría preferido que una ola gigante hubiera acabado con su vida, ¿sabes? Habría sido todo mucho más romántico.

Entorné los párpados y le lancé una mirada cargada de sospecha.

—A ver, aclárate de una vez —ordené impaciente—. ¿Está muerto o no está muerto?

—Para mí sí. Lo pillé en la cama con mi hermana.

—¡Con tu hermana! Cuenta, cuenta.

Me acomodé sobre el colchón con cara de morbo, dispuesto a escuchar aquel sabroso cotilleo.

—¡Ni se te ocurra! Baja los pies de la cama ahora mismo. Los tienes llenos de arena y me estás poniendo perdida la colcha.

—¡Joder, Ali, no seas maniática! Tumbado proceso mejor las ideas.

—Me importa un pepino, y te lo aviso: como vuelvas a decir otra palabrota, no te dejaré entrar en esta casa.

—No puedo evitarlo, me salen sin querer.

—Pues di otra cosa más delicada como… —Reflexionó unos segundos—. ¡Válgame el cielo! Es buena, ¿eh? O mejor aún: ¡cáspita! ¡Cáspita! —repitió, saboreando cada una de las sílabas.

—No, no me convencen. Mejor diré: ¡demonios! Es más varonil. —Me puse en pie de mala gana—. Vamos abajo y me cuentas.

En cuanto me levanté, ella se apresuró a eliminar cualquier rastro de arena de la cama. Al verla sacudir la colcha con frenesí suspiré resignado. Sin embargo, enseguida me distraje con el espectáculo de aquel apetecible trasero en pompa.

Ali se incorporó de repente y me pescó mirándola con una sonrisita lasciva.

—¿Qué miras? —Frunció el ceño con desaprobación.

—Qué voy a mirar, hija mía. Ese culito respingón que Dios te ha dado.

—Voy a decirte una cosa, Konrad —declaró muy seria—. Si quieres que seamos amigos, tendrás que quitarte esa molesta costumbre tuya de desnudarme con la mirada.

—¿Prefieres que lo haga con las manos…? —susurré insinuante. Ella resopló.

—En serio, déjalo. No sueñes con que me convertiré en una de esas desvergonzadas pecadoras que pasan por el pozo de indignidad en el que se ha convertido tu lecho con esas orgías demoníacas que organizas día sí y día también. —Se detuvo sin aliento.

—Veo que has hablado con la señora Williams —dije con tono seco.

—Claro que sí, y ambas hemos llegado a la misma conclusión: desde que alquilaste la casa, Satanás se ha colado entre nosotros.

Su rostro mostraba una expresión tan virtuosa que no pude

reprimir una sonrisa. Alcé la mano en el aire y juré, solemne:

—Prometo que no trataré de arrastrarte hacia el abismo del vicio.

—Genial.

Me molestó que se pusiera tan contenta; por lo general, pocas mujeres se me resistían. Con decisión, di dos pasos hacia ella y, sin tocarla, incliné la cabeza hasta que mi boca casi rozó la suya.

—Está bien, última oportunidad de caer en ese abismo tan atrayente… —empleé mi tono más ronco y seductor.

—No, gracias.

Se apresuró a dar un paso atrás, y por un segundo detecté algo parecido al temor en sus grandes ojos castaños.

—Tú te lo pierdes.

Me encogí de hombros con aparente desinterés. Sin embargo, no conseguía quitarme de la cabeza la idea de que mi vecina estaba más traumatizada de lo que parecía.

Sin mirarme, Ali salió del dormitorio y empezó a bajar la escalera a toda prisa. La seguí pisándole los talones. Una vez en la cocina, puso en mis manos una jarra llena de té helado que había sacado de la nevera, cogió dos vasos altos de cristal y me hizo una seña para que la siguiera a la terraza.

El sol empezaba a ponerse por detrás de la costa continental. Las pocas nubes que salpicaban el cielo se habían teñido de rosa, y el mar tenía la quietud de una llanura interminable. Lo único que se oía eran las olas mansas al romper en la orilla y los graznidos de un par de gaviotas que peleaban por los restos de un pez. Me recordaron a mis hermanas y sus interminables discusiones a propósito de quién se pondría qué para salir por la noche.

Ali sirvió el té y me tendió uno de los vasos. Luego dejó la jarra en una mesita cercana, se acomodó sobre la colchoneta de una de las tumbonas de madera y dio un sorbo del suyo con los ojos cerrados.

Agotado de tanto subir y bajar escaleras, me derrumbé sobre la otra tumbona y me bebí el té de un trago.

—Vaya sed me han dado los donuts. —Me limpié los labios con el dorso de la mano y volví la cabeza para mirarla—. Te recuerdo que aún estoy esperando a que me cuentes lo de tu hermana.

Ahora fue su turno de encogerse de hombros.

—No hay mucho más que contar —dijo con la mirada perdida en el mar—. Un día nos desalojaron de la facultad por aviso de bomba y llegué a casa antes de lo habitual. Mi madrastra había ido al cine con unas amigas y, cuando fui a mi cuarto, ahí estaban los dos, dale que te pego. —Se quedó callada unos segundos, como si estuviera reviviendo aquel espinoso momento—. ¿Sabes lo que más me fastidió?

Negué con la cabeza, así que ella continuó con los ojos echando chispas.

—Que tuvieran el mal gusto de hacerlo en *mi* cama, sobre *mis* sábanas y con Yogi, *mi* osito de peluche, enterándose de todo.

—Desde luego, lo del oso es un trago.

—No te burles. —Me arrepentí en el acto; no era difícil percibir el dolor encerrado en sus palabras—. Al menos, podrían haberlo hecho en la cama de mi hermana, ¿no? No he vuelto a dormir en esa habitación, y eso que había sido mi cuarto desde que nací.

—¿Y qué hiciste cuando te encontraste con el pastel?

Ali se rio sin ganas.

—Me quedé ahí parada como una estúpida, hasta que Paula me vio y soltó un chillido. La cara de susto que puso mi exnovio se me ha quedado grabada. Si no hubiera sido tan trágico, habría resultado terriblemente cómico. Ella se tapó de inmediato con la sábana, pero Nacho cogió lo que tenía más a mano, que no era otra cosa que mi oso, y se lo puso *ahí*. También a Yogi tuve que dejarlo atrás cuando me marché.

En verdad era cómico, pero yo no tenía ganas de reír.

—¿A dónde fuiste?

—Esa noche y las dos semanas siguientes las pasé en casa de Sandra. Luego me vine a Estados Unidos. Por suerte, había solicitado una beca para hacer aquí el máster y me la habían concedido. Simplemente, adelanté mi llegada unos meses. Desde entonces no he vuelto a España.

—Y han pasado…

—Cuatro. Cuatro años, cuatro meses, dos semanas y un día y medio.

Nos quedamos un rato en silencio, contemplando el océano arrullados por el vaivén de las olas.

—Vivimos en unos tiempos asquerosos —dijo de repente—. La gente ha perdido cualquier rastro de autocontrol. Que me pica, me rasco; que tengo una flema, suelto un escupitajo en mitad de la calle; que me apetece una hamburguesa grasienta, me la zampo y, de postre, una tarrina de helado. —Puse cara de póquer, pero ella estaba tan concentrada en lo suyo que no se dio cuenta—. Que se me antoja el novio de mi hermana, pues me lo tiro; que quiero unos cromos para mi colección, se los chorizo a mi compañera de pupitre…

—¿Eh? Eso último no lo he pillado.

Ali pareció salir del trance y me miró ligeramente desconcertada, como si se hubiera olvidado por completo de mi presencia.

—Nada. Un trauma infantil. Me faltaba un cromo para terminar el álbum de la abeja Maya. Había ahorrado dos semanas de paga para comprarme tres sobres y, por fin, me había tocado el que llevaba meses esperando. Sonó la campana del recreo y la profesora nos metió prisa, así que se quedaron en el pupitre, junto con mi tentempié de media mañana. Cuando volví, habían desaparecido los sobres y alguien le había dado un mordisco gigantesco a mi chocolatina. Sospecho de mi compañero de pupitre; me lanzó una sonrisa malvada y tenía un tropezón de chocolate entre los dientes.

—¿Y no hiciste nada?

—No me gustan las peleas. Aunque puede que también influyera el hecho de que era el hijo de la directora. Yo tenía todas las de perder y él lo sabía.

—¡Cabronazo! —Por una vez, no me regañó.

—Pues sí, la verdad.

Volvimos a quedarnos en silencio, pero era un silencio amable; el silencio que se produce entre dos buenos amigos después de intercambiar confidencias muy íntimas.

Me sorprendió el agudo instinto protector que se había apoderado de mí. A lo largo de toda la conversación había tenido que refrenar el impulso de estrecharla entre mis brazos y consolarla. Me dije que llevaba ya varias semanas de sequía sexual, pero la realidad era que jamás había experimentado algo ni remotamente parecido en mis relaciones con las mujeres. Por lo general, solo las buscaba para el sexo y las olvidaba al instante. En palabras de mi hermana Annie: no era más que un cerdo salido.

Ni siquiera había sentido nunca la necesidad de proteger a mi madre o a mis hermanas. Claro que la rama femenina de mi familia era muy capaz de cuidarse sola; por algo llevaban en las venas la sangre de un buen surtido de aguerridas campesinas polacas. Mi padre, un hombre sabio, había aprendido años atrás que en un enfrentamiento con su esposa o sus hijas llevaba todas las de perder, y yo tampoco había tardado mucho en descubrirlo. Sin embargo, en Ali había una vulnerabilidad evidente que despertaba en mí aquel deseo inusual de protegerla de todo y contra todos.

Contemplé el perfil delicado que se recortaba contra el cielo, apenas iluminado ya por los últimos rayos de sol, y al instinto de protección se le sumó otro mucho más básico.

«Joder, está tremenda», me dije con frustración. A otra cualquiera ya estaría acosándola para que se fuera a la cama conmigo, pero intuía que con Ali sería dar un paso en falso.

La verdad es que había pasado una tarde de lo más entretenida.

Mi vecina era inteligente y divertida, dos cualidades que brillaban por su ausencia en la mayoría de las mujeres con las que acostumbraba a salir, a las que solía elegir por el tamaño de su pecho y la longitud de sus piernas.

Y, lo más importante: me inspiraba. Hacía rato que sentía el familiar cosquilleo en las yemas de los dedos. Desde que había conocido a Ali no había parado de escribir, y eso que había pasado casi un año entero en dique seco. De hecho, había alquilado aquella casa para alejarme un tiempo de Nueva York y de las juergas que me corría con los colegas. Quizá a otros escritores les funcionara, al menos eso decía la leyenda, pero yo había comprobado en mis carnes que la inspiración estaba reñida por completo con el alcohol y con las brutales resacas que seguían a aquellas noches de desenfreno.

Ali se frotó los brazos con las manos, empezaba a refrescar.

—Será mejor que entremos. Voy a preparar la cena. ¿Te quedas?

Mi estómago rugió al oír la palabra «cena». Estaba claro que los donuts no habían sido suficientes.

—¿Qué vas a hacer?

—Pescado a la plancha y una ensalada de tomate.

—Tentador, pero creo que voy a trabajar un poco antes de acostarme. —Recordé la pizza con extra de queso y *pepperoni* que me esperaba en el congelador y empecé a salivar—. Buenas noches, Ali, te veo mañana.

Me dirigí a la escalera que daba a la playa y ella no hizo nada por retenerme.

Capítulo 5

Ali

Como todos los días, me levanté temprano para ir a correr.

Me había enamorado de aquella maravillosa playa de la península de Cape Cod nada más verla. Poco después, me enamoré de la que ahora es mi casa y resultó que estaba a la venta. Aquel extraordinario golpe de suerte me había parecido un regalo del destino; aunque quizá el anterior inquilino —un viejo lobo de mar tan solitario como yo que no había soportado la idea de separarse de su amado océano después de la jubilación— no lo habría llamado así. Al parecer, había sufrido un infarto un par de semanas antes de que lo encontrara una pareja que paseaba por la playa y, para entonces, las gaviotas, los cangrejos y demás carroñeros del lugar se habían dado un buen festín a su costa. Por supuesto, no había dudado en quedarme con la casa. A pesar de que por aquel entonces mis finanzas no estaban tan saneadas como ahora, me había hipotecado hasta las cejas para comprarla.

Aspiré con deleite el aire salino y empecé con los ejercicios de calentamiento. Me encantaba imprimir mis huellas en la orilla que la marea había limpiado horas antes. Cuando me enfrentaba a la larga extensión de arena blanca y virgen flanqueada por grandes dunas cubiertas de hierbas que se desplegaba ante mí, tenía la sensación de ser el único ser humano del planeta. Acompañada por los graznidos disonantes de las gaviotas que se mecían al compás de la brisa, acostumbraba a correr una decena de kilómetros a buen ritmo antes del desayuno.

Eché a correr, sintiendo la caricia del aire fresco y los débiles rayos de sol de la mañana en la cara. Sin aflojar la velocidad, pensé en mi zarrapastroso vecino y no pude evitar esbozar una sonrisa. El día anterior había pasado una tarde divertida, tenía que reconocerlo. Desde la última visita de Sandra, hacía más de seis meses, con los únicos seres humanos con los que hablaba —a excepción de las conversaciones por ordenador— eran la señora Williams, quien, dicho sea de paso, después de la tercera frase apocalíptica resultaba una interlocutora algo cansina, y la chica del supermercado, aunque no fuera más que para discutir a través de la puerta. Y no era porque me hubiera propuesto encerrarme en casa para siempre jamás, amén; en realidad, había ocurrido casi sin darme cuenta.

Las primeras crisis habían empezado más o menos a los ocho meses de llegar a Estados Unidos y enseguida habían degenerado en auténticos ataques de pánico. Nunca sabía qué los desencadenaría o cuándo. No solían durar más de diez minutos, pero eran tan intensos que en más de una ocasión pensé que me asfixiaba. Aquellos ataques me dejaban con una horrible sensación de impotencia y debilidad que se acentuaba cada vez más.

Un buen día decidí no acudir a las ferias del textil que se celebraban por todo el país. Luego renuncié a viajar a Nueva York para comentar las nuevas líneas de la colección con mi socia y amiga. Al fin y al cabo, con Internet ya no era necesario subirse a un avión en el que los pasajeros viajaban hacinados y donde el aire viciado resultaba el caldo de cultivo perfecto para la transmisión de todo tipo de enfermedades infecciosas.

Unos meses más tarde dejé de ir a Truro, el núcleo urbano más próximo, para hacer la compra, cortarme el pelo en la peluquería —ahora me lo cortaba yo misma y la verdad es que me las apañaba bastante bien—, o realizar cualquier otro recado. Una vez más, la bendita Red ponía al alcance de un simple clic todo lo que pudiera antojárseme.

Desde el primer día, había tenido la incómoda impresión de que los habitantes de la pequeña localidad cuchicheaban a mis espaldas. Desde el vendedor de la tienda de veinticuatro horas, hasta la empleada de la oficina de correos, pasando por los niños que en traje de baño y armados con cubos y palas me señalaban con el dedo al pasar. Llevaba demasiado tiempo sintiéndome un bicho raro, incluso antes de lo de Nacho, y la sensación no resultaba nada agradable. Así pues, había ido aislándome poco a poco, y tres años más tarde tan solo abandonaba la casa para la visita mensual a mi psiquiatra en Boston, a quien después de tantos años seguía aburriendo con la historia de la traición de mi ex. De hecho, la última vez que cogí el coche, además de que me costó arrancarlo, me armé un pequeño lío con las marchas.

Sin embargo, no echaba de menos estar rodeada de gente, al contrario. Estaba convencida de que la soledad era la cura perfecta para mis ataques de pánico. Desde que me había alejado del mundanal ruido, habían cesado por completo.

Por eso, resultaba curioso que desde el principio me hubiera sentido tan a gusto con Konrad Landowski, un tipo que era el epítome de todo lo que solía aborrecer en un hombre. Ordinario, mal hablado, fumador… Se alimentaba de porquerías, tenía barriga, soltaba lo primero que se le pasaba por la cabeza sin que le importara lo más mínimo que pudiera resultar ofensivo. Pero, a pesar de todos sus defectos, me hacía reír, y debía admitir que no carecía de atractivo con esos chispeantes ojos azules, el pelo negro y ondulado, y esa sonrisa de niño malo. En realidad, no tendría mal cuerpo si no fuera por esos kilos de más acumulados en torno a la cintura.

Pensé en mi ex, algo que tanto mi psiquiatra como mi amiga Sandra —aunque esta con un vocabulario menos profesional y bastante más crudo— me habían desaconsejado en innumerables ocasiones. A pesar de lo que dijeran, no estaba obsesionada con Nacho. Lo que ocurría era que no podía evitar compararlo con los demás hombres que conocía y, a su lado, estos siempre desmerecían.

Al fin y al cabo, llevaba enamorada de él desde que un día lo vi montando en bici por la urbanización y luego habíamos salido juntos casi cuatro años. Los príncipes de los cuentos que me contaba mi padre siempre habían tenido su pelo, rubio y suave; los ojos de un interesante tono entre el castaño y el verde; y la barbilla con el mismo hoyuelo seductor que me gustaba acariciar con la yema del dedo. Eso fue mucho más tarde, claro está. Cuando era niña Nacho solo se fijaba en mí para darme un tirón de las coletas o mandar a mi Barbie a tomar viento de una patada al más puro estilo Ronaldo.

Al ver el derrotero que habían tomado mis pensamientos, unos pensamientos en los que, curiosamente, se mezclaba la voz de mi amiga Sandra diciendo: «¡¿Cuándo vas a dejar de pensar de una vez en ese *piiiiiii* infiel?!» —por desgracia, mi amiga a menudo disimulaba demasiado bien la esmerada educación que había recibido—, me obligué a volver al presente. Sorprendida, me di cuenta de que ya casi había llegado al caño de agua que atravesaba la playa y se internaba en las marismas. Esa era mi meta diaria y hoy la había alcanzado casi sin empezar a sudar.

Muy satisfecha con mi excelente condición física, di media vuelta y regresé caminando a paso rápido, obligando a mis pensamientos a centrarse de nuevo en el inquilino de la casa de al lado. Por lo que había comentado Konrad sobre su trabajo, no era probable que fuera a mudarse en los próximos meses, de modo que no descartaba la idea de obligarlo a ponerse en forma aun en contra de su voluntad. Si algo me había caracterizado siempre —aparte de un toquecillo excéntrico de nada— era mi resistencia a darme por vencida.

Sí, me dije con el esbozo de una sonrisa maquiavélica en los labios. Aunque al principio la cosa no había pintado nada bien, sospechaba que aquel nuevo vecino iba a darle un plus de interés a mi vida.

Capítulo 6

Konrad

A lo largo de las siguientes semanas las visitas entre vecinos se sucedieron sin interrupción. Ali entraba y salía de mi casa, que jamás me molestaba en cerrar con llave, a todas horas, y yo también me dejaba caer por la suya cuando me apetecía. Salvo que hubiera salido a correr por la playa, sabía de sobra que mi excéntrica vecina nunca se aventuraba lejos de su hogar. Solo tenía que dar tres timbrazos largos y dos cortos —al contrario que yo, ella siempre daba varias vueltas a la llave y corría el cerrojo— para que me franqueara el paso, a veces sin disimular una expresión de fastidio por la interrupción.

Gracias a los esfuerzos hercúleos de la señora Williams, que lograba tener mi choza en un estado aceptable de orden y limpieza, Ali ya no se ponía la mascarilla ni los guantes cuando decidía visitarme. Y eso que me había dado cuenta de que había estado cotilleando en mis cosas. Los libros que ocupaban la mayor parte de la superficie de la mesilla de noche estaban perfectamente ordenados por tamaño, y la piedra de la suerte pintada con rotulador, que mi hermana Annie me había regalado hacía años, guardaba un ángulo de cuarenta y cinco grados exactos respecto a la pared.

Al regresar de hacer unas compras noté también el paso de Ali por la habitación que utilizaba como estudio. Dudaba mucho que la señora Williams hubiera dedicado su valioso tiempo a clasificar mis viejas revistas por colores o a cubrir con un bikini de triángulo —con uno de los inconfundibles estampados de Palafox & Co, por supuesto— los grandes pechos que me saludaban cada día desde el escritorio del portátil. Aquello me arrancó una carcajada que reprimí al momento, al caer en la cuenta de que quizá también hubiera estado curioseando el nuevo guion, hasta que recordé, aliviado, que antes de ir a Truro había cerrado el documento y era necesaria una clave para abrirlo. Bueno, bueno, me dije, tendría que andarme con ojo con la vena fisgona de la señorita Palafox.

Silbando, me dirigí a la cocina, cogí las dos enormes bolsas de papel que había dejado un poco antes sobre la encimera y un grueso jersey de lana, y cerré la puerta con el pie al salir.

—Konrad, estoy en medio de un diseño especialmente complicado. —Ese fue el saludo poco entusiasta de mi vecina al abrirme la puerta.

—Siempre estás en mitad de algo, Ali. Tendría que esperar sentado a que te tomaras el día libre.

Miró con desconfianza las dos inmensas bolsas de papel.

—¿Qué llevas ahí? Si pretendes tentarme de nuevo con una hamburguesa grasienta y una enorme ración de patatas fritas no menos grasientas, ni te molestes.

—No te preocupes, ya lo capté la última vez. En esta ocasión traigo una sorpresa de lujo. Oye —se me ocurrió un pensamiento alarmante—, ¿no habrás cenado ya?

—Casi, tengo la lechuga escurriendo en el colador.

—Pues olvídate de ella. Hoy nos vamos de pícnic. He traído un montón de cosas ricas, una botella de vino y una bolsa de *marshmallows* para hacer en el fuego.

—¿En el fuego? ¡¿Vamos a hacer una hoguera?! —Palmoteó, encantada—. Nunca he hecho una hoguera en la playa, creo que en España está prohibido. ¡Qué pasada! Es como en las pelis americanas, ¿a que sí? Los estudiantes encienden una enorme fogata, se sientan alrededor y tocan la guitarra, cantan, beben, se emborrachan… —Su rostro perdió de golpe toda la animación—. Y luego, a la chica se la come un tiburón.

—Por lo del tiburón no te preocupes. —Hice un gesto vago con la mano—. ¿Sabes lo fría que está el agua en esta época del año? Yo, desde luego, no pienso meter ni una uña en el mar.

Ali se quitó de un tirón el pañuelo de la cabeza.

—Dime qué cojo —dijo con renovado entusiasmo.

—Lo primero, un jersey bien abrigado y… ¿tienes una manta? La arena va a estar húmeda. ¡Ah! Y deberías ponerte unos pantalones largos. —Hice aquella sugerencia con cierto pesar; me encantaba admirar las fabulosas piernas de mi vecina.

Desapareció escaleras arriba para reaparecer apenas diez minutos más tarde con el equipo adecuado y una manta escocesa debajo del brazo. Su rostro relucía, lleno de expectación, y pensé en una niña a la que le han prometido un regalo especial.

Me olisqueé un poco la axila con disimulo; de pronto, no lograba recordar si aquel día me había puesto desodorante y sabía por experiencia que Ali era muy tiquismiquis con el tema del olor corporal. Además, había decidido que llevaba demasiados meses sin una mujer y pensaba aprovechar la noche estrellada, el resplandor del fuego y el resto de aquella romántica puesta en escena para tratar de seducirla. Mi vecina, chalada o no, estaba para comérsela.

Salimos de su casa y, después de caminar una veintena de metros, deposité las bolsas sobre la arena, justo en el punto en el que, previsor, había dejado unas horas antes un par de brazados de leña.

—Vete extendiendo la manta mientras yo enciendo el fuego.

Lo malo era que aquello era mucho más fácil de decir que de hacer. Sin dejar de jurar entre dientes, froté la quinta cerilla contra la lija, pero la puñetera brisa marina la apagó también.

—¡Jo… demonios! En las pelis que tú dices siempre parece mucho más sencillo encender el fuego.

—Déjame a mí.

—Ni hablar. Esto es cosa de hombres.

Ali puso los ojos en blanco, un gesto irritante al que era muy aficionada, pero el maravilloso espectáculo de la luna llena y la profusión de estrellas que moteaban el cielo bastaron para que recuperase la calma, al menos en apariencia.

—¡Cojones, me he quemado!

Me soplé la punta del pulgar, frenético.

—A este paso va a amanecer antes de que hayas encendido una llama raquítica. Claro que, si pudieras prender una fogata a base de decir palabrotas, seguro que ganabas un concurso. ¿Me dejas a mí?

Me molestó un montón aquel tonito de sabelotodo.

—¡Vale, listilla, inténtalo tú! Le lancé la caja de cerillas y me crucé de brazos con una sonrisa de superioridad en los labios, dispuesto a disfrutar con su fracaso.

Ali raspó una cerilla y, protegiendo la llama con la otra mano, la acercó con mucho cuidado a una astilla que prendió casi al instante; poco después, un pequeño fuego crepitaba con alegría delante de la manta.

—¡Sí, sí, sí! —Ejecutó una danza enloquecida en torno a la hoguera—. ¡Mujeres al poder! ¡Viva la Pachamama!

Al ver aquello, se me borró la sonrisa.

—Está claro que, gracias a mis esfuerzos, la leña estaba mucho más seca —fue mi poco convincente explicación; reconozco que siempre he sido un mal perdedor.

Ella siguió dando saltos sin hacerme el menor caso. Con mi orgullo masculino bastante maltrecho, moví la cabeza con disgusto y empecé a vaciar las bolsas. Al verlo, Ali interrumpió su baile y se acercó, curiosa, a ver qué había traído. Además de la botella de vino tinto, las dos copas de cristal y la bolsa de *marshmallows*, había una lata de *foie*, unos panecillos para untarlo, una tarrina de crema de queso, un bote de guacamole, dos bolsas de nachos, una caja de bombones de licor que sabía que eran sus favoritos…

—¡Jamón ibérico!

Incrédula, examinó las lonchas envasadas al vacío.

Encantado al ver su cara de sorpresa, saqué las últimas provisiones: unos cuantos *bagels* de distintos sabores que dejé sobre la manta.

—He encontrado una tiendecita en Chatham que tiene las exquisiteces más insospechadas.

—De verdad, Konrad, si no fuera porque estoy segura de que después me saldrían ronchas, te daría un abrazo. —Sin poder contenerse, abrió la bolsa, sacó una loncha de jamón, se la metió en la boca y cerró los ojos con expresión de éxtasis—. Mmm…

Bastó aquello para yo tuviera que acomodarme los vaqueros, que habían empezado a oprimirme en un punto delicado.

—Estarás de acuerdo en que este pícnic se merece un abrazo y, como mínimo, un beso con lengua, ¿no?

Sin abrir los ojos, contestó con la boca llena.

—Lo siento, pero ya no doy abrazos ni besos.

—¿No? —La examiné con el ceño fruncido antes de volver mi atención a la botella que estaba tratando de descorchar—. ¿Desde cuándo?

—Uf, ni me acuerdo.

Ali tomó la copa de vino que yo le tendía y la acercó a la luz de las llamas para comprobar el grado de limpieza del borde antes de atreverse a dar un pequeño sorbo.

—¡Delicioso!

—Es de tu tierra también. Un rioja.

—La verdad es que ha sido un detalle encantador por tu parte. —Me lanzó una sonrisa cargada de dulzura que me aceleró el pulso.

La cosa marcha, me dije, complacido. De esa noche no pasaba que la señorita Palafox conociera por fin a Konrad, el Amante Supremo.

—¿Cómo vamos a untar el *foie*? No veo ningún cuchillo.

—Jo… demonios, creo que olvidé coger uno. Bah, da igual, lo untaremos con el dedo.

—¿Con el dedo? —Puso cara de horror.

—Venga, doña melindres, utiliza tu propio dedo si te parece más higiénico. —Para dar ejemplo, introduje el mío en la lata que acababa de abrir, unté uno de los panecillos y me lo chupé para limpiarlo.

—Y ¿luego pretendes volver a meter ahí el dedo chupado? —Ahora su expresión era de asco infinito.

—Mira, Ali, tómatelo como una terapia de choque. En el fondo, mi compañía te está haciendo mucho bien. ¿No has notado que en estos pocos días has perdido algunas de tus manías? —Me metí el panecillo entero en la boca y mastiqué sin dejar de hablar—. A pesar de que sigues con tu irritante costumbre de perseguirme por toda la casa bayeta en ristre, el otro día se te escapó el cerco de agua que dejó mi lata de Coca-Cola cuando la apoyé en la encimera. Ya no te disfrazas de enfermera del ébola cada vez que vienes de visita… No sé, creo que si seguimos con esta tónica conseguirás superar tus locuras.

—¡Yo no estoy loca!

Me armé de paciencia.

—No he dicho que lo estuvieras. Solo creo que hay rarezas que te hacen la vida más difícil.

No parecía demasiado convencida con aquel discurso. Miró la lata de *foie*, dubitativa, y, después de mucho vacilar, introdujo un dedo en el paté, unté el panecillo y se lo llevó a la boca.

—¡Oh, cielos! —Detecté una nota orgásmica en su voz—. Hacía tiempo que no comía algo tan rico.

—¿Ves lo que te decía? —Sonreí complacido—. Lo de la vida sana está muy bien, no hay más que ver ese tipazo de escándalo que tienes, pero de vez en cuando hay que darle una alegría al cuerpo.

—Sí, muy de vez en cuando, puede, pero no todos los días y a todas horas como haces tú. —Saltaba a la vista que en aquel tema no iba a dar su brazo a torcer.

—Bueno, bueno, no rompamos la magia de la noche con discusiones estériles. —Le serví más vino, a ver si así conseguía que bajara un poco la guardia.

Seguimos charlando y devorando hasta que no quedaron más que unas pocas migas y apenas dos dedos de vino en la botella. Entonces me levanté de la manta, cogí las dos ramitas que había reservado para ese propósito y pinché un par de *marshmallows* en cada una de ellas. Le tendí una a Ali para que calentara la golosina en el fuego y, unos minutos más tarde, habíamos acabado con la bolsa entera.

La noche era fresca, pero con el calor del fuego y del alcohol no lo notábamos. Nuestras risas resonaban a menudo, mezclándose con el rumor sordo del mar. El único momento tenso de la velada llegó cuando encendí un cigarrillo. Ali me obligó a sentarme en la otra punta de la manta y no dejó de hacer aspavientos —a pesar de que la brisa arrastraba el humo en dirección contraria— hasta que apagué la colilla y la guardé, bien envuelta en una servilleta de papel, en el fondo de una de las bolsas.

Al final acabamos tumbados bocarriba sobre la manta, contemplando las estrellas. No sabía qué hora era, pero tenía la impresión de que bastante tarde. Envuelto en una deliciosa sensación de bienestar, no sentía el menor deseo de levantarme e irme a casa a dormir. Sin pensar, pasé el brazo por encima de los hombros de Ali y la atraje contra mi costado.

—¡No, Konrad! —Se incorporó en el acto, apartándose de mí—. Ya te he dicho que no me gusta que me toquen.

—¡Jo… demonios, Ali! ¡Solo quería darte un poco de calor! —mentí como un bellaco—. La hoguera se está apagando.

—¿Seguro que no albergas intenciones más oscuras? —Me miró con desconfianza.

—Escúchate, pareces una dama victoriana, virgen y mártir.

Mi actitud relajada pareció tranquilizarla.

—Está bien. —Volvió a tenderse de espaldas con cuidado de no rozarme siquiera—. Me molestaría que no pudiéramos ser amigos porque tú estuvieras planeando seducirme.

—¿Seducirte? Creo que se te ha subido el vino a la cabeza, pequeña. A ver, no niego que me lo haya planteado alguna vez.

—¿Alguna vez? En los últimos días no había pensado en otra cosa—. Ya que somos vecinos y los dos llevamos una temporada en dique seco…

—¡No sigas!

—Solo iba a decir que me parece un pequeño desperdicio, pero que si estás decidida a no tener ningún rollo sexual conmigo…

—Estoy decidida.

—Bien. Lo he pillado. Tengo una amiga en Chatham que estará encantada de…

—¡Que no me interesa!

—¿Cuánto hace que no estás con un tío? —Aproveché para preguntar, lleno de curiosidad.

Se quedó en silencio unos largos segundos con los ojos clavados en el cielo estrellado antes de contestar.

—Desde que lo dejé con Nacho.

—¡¿Llevas cuatro años, cuatro meses y más de dos semanas sin follar?! —grité, incrédulo.

—¿De verdad es necesario que seas tan bestia? —Volvió la cabeza para mirarme con fastidio, pero enseguida el fastidio se tornó en admiración—. Es increíble cómo te acuerdas hasta de los detalles más nimios.

—Sí, sí, pero no cambies de tema. —Estaba decidido a llegar hasta el fondo de la cuestión—. ¿Me quieres decir que llevas más de cuatro años sin fo… esto, sin hacer el amor?

—Ajá. —Ali seguía admirando el cielo estrellado como si tal cosa.

—¿Ni un frote cochino de caderas? ¿Un abrazo en pelotas?

—Nop.

—¿Ni siquiera un mísero beso, bien cargado de saliva?

—¡Que no!

—¿Nada de nada?

—Nada de nada.

Su respuesta me dejó sin habla; aquello era mucho más grave de lo que había sospechado.

Como si mi silencio la espolease, Ali empezó a darme todo tipo de detalles. Al parecer, el vino le había aflojado la lengua lo suficiente para largar la información que en un principio me había negado y alguna más de propina.

—Nacho ha sido mi único novio formal. Nos conocemos desde niños; siempre habíamos vivido en la misma urbanización. Cuando por fin me quitaron el aparato dental, los chicos empezaron a sentirse atraídos por mí, pero, como quizá hayas notado, aunque *no* estoy loca, a veces hago o digo cosas que se salen un poco de lo normal.

—No he notado nada. —Negué con la cabeza con un gesto de absoluta seriedad bastante sospechoso que ella decidió pasar por alto.

—En fin, empezó a correrse el rumor, *falso*, por supuesto, de que yo no estaba bien de la cabeza y eso terminó de ahuyentarlos.

—Así que el tal Nacho fue el único que le echó un par de cojones.

De nuevo, volvió el rostro hacia mí y me miró con desagrado, pero, una vez más, decidió dejarlo pasar y continuó:

—Salí con él desde los diecinueve a los veintitrés. Llevo enamorada de Nacho toda mi vida.

No se me escapó el tiempo verbal de la última frase.

—Pues no debió de ser muy buen amante si después de él no has querido repetir con nadie.

Noté que me miraba con cierto asombro, lo que no me sorprendió en absoluto. Era consciente de que mi habilidad para poner el dedo en la llaga resultaba casi sobrenatural.

Después de unos largos segundos contestó por fin.

—Creo que soy... —bajó tanto la voz que no pude entenderla.

—¿Qué?

—Que soy...

—¿Qué?

—¡Frígida, caramba! ¿Tengo que gritarlo a los cuatro vientos?

—Tranquila, tranquila, no te enfades. Hay un dicho respecto a eso, ¿sabes?

—¿Un dicho? —sonó interesada.

—«No hay mujeres frígidas, sino amantes egoístas».

—Es muy bonito, Konrad —sonrió con amabilidad—, pero me temo que es cierto. No me gusta el sexo.

—Me cuesta creerlo.

—Mientras lo hacíamos —volvió a bajar la voz y tuve que alzarme sobre el codo para poder oírla— se me ocurrían las mejores ideas para mis diseños. Una vez incluso grité: ¡verde celadón! en plena faena y no puedes imaginarte cómo se puso.

—Qué exagerado, tampoco es para tanto. —A duras penas conseguí mantener la seriedad.

—¿A que no? Eso mismo le dije yo. Y en otra ocasión... —De nuevo redujo la voz a un murmullo casi inaudible.

—¡¿No?! ¿De verdad querías hacer eso? ¡Me dan arcadas solo de pensarlo!

Fruncí los labios con expresión virtuosa, recordando algunas de las últimas fiestas a las que había acudido.

—Eso mismo le dije yo.

Se la veía encantada con mi comprensión.

—Y se enfadó, claro.

—Ni te imaginas hasta qué punto.

—Así que no lo echas de menos.

—Bueno, el sexo en sí, no. —A pesar de la oscuridad, me pareció vislumbrar en su rostro algo semejante al anhelo—. Pero a veces echo de menos que alguien me abrace.

—Yo puedo abrazarte.

Me froté las manos mentalmente.

—Me refiero a alguien a quien ame y del que esté segura de que se ha duchado en los últimos días.

Eso me dejó callado un rato —en realidad, fue solo por la primera parte de la frase— mientras le daba vueltas a aquellas confesiones. No me costó mucho llegar a una conclusión. Puede que sonara algo básico, pero en el fondo estaba convencido de que lo que mi vecina necesitaba para olvidar sus manías era un buen polvo; pero uno con mayúsculas. Por lo que contaba, aquella relación había sido la de un par de vírgenes sin demasiada información y, aunque ella no había dicho nada al respecto, estaba seguro de que su novio no solo no era un tipo especialmente sensible, sino que, además, era de los que solo pensaban en su propio placer.

De pronto pensé que si Julie, la mayor de mis hermanas, tuviera el poder de leerme la mente a distancia en ese momento, habría lanzado una carcajada feroz. Está bien, lo reconocía, yo no era un ejemplo de sensibilidad, precisamente; sin embargo, en el sexo me entregaba a muerte. Quizá por eso la mayoría de las mujeres con las que había estado —a pesar de que solían despedirme con un «¡no quiero volver a verte en mi vida, cabronazo!»—, si les daba la oportunidad se apuntaban a una segunda ronda.

Lo malo era que, a mi parecer, Ali llevaba demasiado tiempo recluida en ese universo aséptico en el que se había refugiado movida por el dolor de la traición; un universo libre de gérmenes y pesticidas, pero privado también de cualquier tipo de contacto humano. Empecé a maquinar diferentes maneras de sacarla de su cascarón y tuve que llamarme al orden con firmeza. ¿En serio estaba pensando lo que estaba pensando? ¿Estaba dispuesto a tomarme tantas molestias para ayudarla? Según mis estándares, ningún revolcón merecía semejante esfuerzo.

Escuché el suspiro que lanzó Ali, que seguía abstraída en la contemplación del firmamento, y volví a sufrir otro de esos extraños ataques de ternura. Está bien, me prometí, al tiempo que exhalaba a mi vez un sonoro suspiro, trataría de curarla; si no hasta el punto de que aceptara irse a la cama conmigo, al menos lo suficiente para que se olvidara de aquel novio infiel que, a pesar del tiempo transcurrido, saltaba a la vista que aún la tenía obsesionada.

Ali oyó el suspiro y volvió el rostro hacia mí.

—Y tú, ¿hace cuánto que no estás con una mujer?

A la luz fría de la luna, su rostro tenía una belleza de ensueño.

—Sin contar el día que mi amigo Martin vino de visita, desde que lo dejé con mi última novia hará unos tres meses. En realidad, y para ser sinceros, fue ella la que me dejó a mí.

—¿Llevabais mucho tiempo saliendo?

—Bueno, nos habíamos acostado una docena de veces, si eso es lo que preguntas.

—No, eso no era lo que preguntaba. ¿No la querías?

—Confieso que últimamente la echo mucho de menos. Verás, aunque la pobre era tonta perdida, debía de haber trabajado de contorsionista en algún circo. No puedes imaginarte la de posturas imposibles que practicábamos en la cama.

Ali frunció la nariz con disgusto.

—¡Por Dios, Konrad! Dices unas cosas horribles.

—¿Por qué? Es la verdad. Ahora que llevo un tiempo matándome a pajas, puedo decir con total sinceridad que echo de menos aquellos números circenses más de lo que pensaba.

Se puso en pie y se sacudió bien la arena de los pantalones.

—¿Te vas ya? ¿Tan pronto? —protesté.

—¿Pronto? Deben de ser al menos las dos de la madrugada. Mañana tengo que entregar unos dibujos sin falta. Y, sinceramente, estas confesiones a calzón quitado están empezando a revolverme el estómago.

—Tú preguntaste primero —repuse ofendido—. Me he limitado a contestar con franqueza.

—Como podrías leer en cualquier prospecto: el exceso de franqueza puede producir sensación de mareo y vómitos. Quédate la manta si quieres, ya me la devolverás otro día, lavada a ser posible. Buenas noches, Konrad.

—Buenas noches, Ali.

La observé desaparecer en el interior de la vivienda y seguí el rastro de las luces que se iban encendiendo y apagando; primero en la planta baja, luego en el piso de arriba. Solo cuando quince minutos más tarde se apagó por fin la luz del dormitorio, me levanté de mala gana, metí los restos del festín en una de las bolsas, sacudí la manta y me alejé despacio en dirección a mi casa.

Estaba a punto de poner el pie en el primer escalón cuando oí un ruido sospechoso a mi izquierda.

—¡¿Quién anda ahí?!

Las dos casas estaban edificadas sobre unos altos pilares de madera para que, en el caso de que la marea desbordara los límites habituales, no entrara el agua. Con precaución, me asomé al espacio en sombras que quedaba debajo de la construcción, pero los rayos argénteos de Selene no eran lo bastante potentes para taladrar la impenetrable oscuridad. En cristiano: no se veía un carajo.

—¡He preguntado que quién anda ahí! ¡Mira, amigo, tienes dos segundos para salir de tu escondite! ¡Si me obligas a entrar a buscarte, no te van a gustar las consecuencias…! —Utilicé mi tono más amenazador mientras rogaba a los dioses que el merodeador nocturno no se percatara de lo acojonado que estaba.

Oí unos ruidos ahogados que me pusieron la carne de gallina y, de pronto, una sombra con forma humana cobró vida. Aterrado, apreté el mango del sacacorchos que había empuñado para defenderme hasta que mis nudillos se quedaron blancos y no pude reprimir un profundo suspiro de alivio cuando a la escasa luz de la luna distinguí el rostro conocido de la chica de los repartos.

—¡Joder, Verena! ¿Qué coño haces aquí a estas horas? Me has dado un susto de muerte.

—Perdone, señor Landowski. No pretendía asustarlo.

La chica se retorcía las manos muy nerviosa, así que me esforcé en hablarle en un tono menos brusco.

—No te preocupes, Ver, tampoco ha sido para tanto. —Aún me temblaban las canillas, pero no era cuestión de quedar como una nenaza—. Solo explícame qué haces jugando al escondite a estas horas.

—Me… me he peleado con mi madre y he pensado que sería mejor pasar aquí la noche.

—¿Aquí? —Fruncí el ceño, estupefacto—. Hace un frío que pela y con esta humedad vas a pescar un reúma fulminante.

—El reúma no se pesca.

—No seas redicha, niña.

—¡No soy una niña!

Recordé la difícil adolescencia de mis tres hermanas pequeñas y decidí enfocar el asunto con más diplomacia.

—Venerable anciana, si prefieres. El caso es que aquí no te puedes quedar —dije con firmeza.

—¿Por qué no? He traído el saco de dormir.

Ahogué un bostezo; la verdad era que me caía de sueño.

—Mira, no voy a ponerme a discutir a estas horas. Has sido afortunada y me has pillado en un día generoso. Dejaré que te quedes en casa esta noche. —La enorme sonrisa de agradecimiento que me dirigió hizo que añadiera a toda prisa—: Pero solo esta noche, ¿queda claro? Mañana temprano recoges todo rapidito y te largas. La señora Williams viene a limpiar, y no quiero que me acuse de pederasta a voz en grito en la plaza pública.

—¿Deja que esa vieja amargada limpie su casa? Yo podría hacerlo por menos dinero.

No me molesté en contestar. Impaciente, cogí el saco de dormir que estaba a sus pies y empecé a subir la escalera. Ella recogió el resto de los bultos y se apresuró a seguirme.

—En serio —insistió—, ¿cuánto le cobra? ¿Diez dólares la hora? Yo podría hacerlo por ocho. —Al ver que ni siquiera me volvía a mirarla, me hizo una rebaja sobre la marcha—. Cinco dólares y tendrá la casa mil veces más limpia.

—No alucines, Ver. Nadie en este país o, al menos, en este estado, limpia como la señora Williams. ¿Por qué te crees si no que la aguantamos?

Dejé caer el saco sobre el sofá del estudio y me volví hacia ella; tenía un aspecto realmente patético. Se había quitado la boina y los cabellos teñidos de distintos colores se le pegaban a la cara. Además, se notaba que había llorado; estaba muy pálida y se le había corrido la gruesa capa de sombras y máscara de pestañas que llevaba habitualmente, dejándole la cara llena de tiznones. Parecía muy vulnerable y tuve que luchar conmigo mismo para mantener mi pose severa.

—Muchos trastos son esos para una sola noche.

—En realidad, no pienso volver.

—Ese no es mi problema. Aquí solo dormirás hoy.

Noté que los labios juveniles temblaban y, muy a mi pesar, me ablandé.

—Venga, anda —dije más amable—. Cuéntame qué ha pasado mientras suelto esto por aquí.

Me dirigí a la cocina para dejar los restos del pícnic y le ofrecí algo de comer.

—No, gracias, no tengo hambre.

A pesar de sus palabras, calenté agua en un hervidor y, unos minutos después, coloqué sobre la mesa dos tazas grandes llenas hasta el borde de cacao caliente. Le hice un gesto para que se sentara y yo lo hice a su lado.

—Desembucha.

Verena, antaño conocida como Jennifer, rodeó la taza con dedos torpes, seguramente entumecidos por el frío. Se notaba que en el fondo se sentía aliviada de que la hubiera descubierto; por estas fechas, la temperatura nocturna no resultaba demasiado agradable.

—En realidad ha sido por culpa de Norman.

—Si crees que conozco a todos los capullos con los que sales, te equivocas, querida —comenté con tono aburrido, antes de darle un buen trago a mi cacao.

—¡No salgo con él! Está con mi madre.

—¿Tu padrastro?

—¡No, gracias a Dios! Por suerte, no están casados.

—¿Se puso duro con la hora de llegada? —pregunté sarcástico.

—Más bien se puso duro al verme salir de la ducha envuelta en una toalla. ¡El muy hijo de puta trató de violarme!

Al oír aquello, me puse serio en el acto. A juzgar por el modo en que seguían temblando sus manos a pesar de que ya debería haber entrado en calor, no mentía.

—¿Y tu madre?

—Mi madre no estaba en ese momento, obviamente. —Sorbió con fuerza y se enjugó los ojos con el dorso de la mano en un gesto desafiante que me conmovió—. El muy gilipollas me tiró al suelo, se puso encima de mí y consiguió besarme, pero, por suerte, es un guarro y había dejado tirado por ahí el casco vacío de una cerveza, así que agarré la botella por el cuello y se la partí en toda la cabeza.

—¡Joder! —La miré con admiración—. ¿Te lo cargaste?

Lo negó con una leve sonrisa en los labios.

—Por desgracia, el muy cabrón tiene la cabeza bien dura. Le hice una brecha, eso sí, y conseguí que me soltara. En ese momento llegó mi madre.

El rostro juvenil se ensombreció y adiviné lo que seguía después.

—No te creyó.

Movió la cabeza a un lado y a otro.

—El cobarde de Norman le dijo lloriqueando que yo le había provocado al salir medio desnuda de la ducha, como si en ese cuchitril hubiera espacio para vestirse —aclaró llena de indignación—. La excusa era que había bebido unas cuantas cervezas y no sabía lo que hacía. Menuda excusa. Se pasa el día borracho, tumbado en el sofá viendo la tele.

Se quedó en silencio unos segundos y, al fin, confesó con voz trémula:

—Fue mi madre la que me echó de casa. Y yo… —Se encogió de hombros—. Yo no tenía a dónde ir.

Tamborileé con los dedos encima de la mesa sopesando la situación. La cosa pintaba fatal. Si Jennifer acudía a la policía, lo más seguro era que nadie creyera su versión. Hasta yo, que llevaba pocas semanas viviendo por estos parajes, sabía que la fama de chica fácil la acompañaba desde los primeros años de instituto. Puede que la ingresaran en un centro de menores, aunque lo más probable era que la devolvieran a la mugrienta caravana en la que vivía y a la custodia de su madre.

Si la primera opción no resultaba ideal, la segunda mucho menos. En esta ocasión había tenido suerte, pero la suerte no dura eternamente, y uno no siempre tiene a mano una botella vacía de cerveza. Claro que en mi casa tampoco podía quedarse. Un hombre de treinta y dos años y una adolescente de quince sin ningún parentesco viviendo bajo el mismo techo… ¡Puaj! Olía que apestaba. De pronto, tuve un arrebato de inspiración y sonreí.

Jennifer, que no me quitaba ojo, sonrió a su vez, esperanzada.

—¿Se le ha ocurrido algo?

—Es una idea, pero aún tengo que perfilar algunos detalles. —Al ver que ya se había terminado el cacao, le ordené—: Ve a acostarte, estás agotada. Tendrás que dormir en el sofá, el cuarto de invitados no tiene muebles.

—Ningún problema, señor Landowski. Tiene pinta de ser muy cómodo.

La acompañé de nuevo al estudio y le ofrecí la manta del pícnic, pero ella la rechazó, diciendo que con el saco de dormir sería suficiente.

—Buenas noches.

—Buenas noches, señor Landowski, y un millón de gracias.

Capítulo 7

Jennifer

A la mañana siguiente, el señor Landowski me despertó poco después de las ocho.

—Venga, dormilona —gritó desde la puerta—. El heraldo del fin del mundo estará aquí dentro de una hora. Vístete, recoge todo y pásate por la cocina a desayunar algo.

Me hubiera gustado esconder la cabeza debajo de la almohada como hacía en casa y seguir durmiendo un par de horas más, pero recordé dónde me encontraba y por qué, y con un gruñido bajé la cremallera del saco de dormir y me puse en pie. Descalza, me asomé al pasillo y oí el golpeteo de algo metálico que venía de donde imaginé que estaría la cocina.

—¿Puedo usar el baño, señor Landowski? —grité.

—Claro. ¡No te asustes del desorden!

Cogí una muda de ropa y la bolsa de maquillaje de la mochila y subí la escalera. El baño estaba bastante desordenado, sí. Los pantalones y la camiseta que el señor Landowski se había puesto el día anterior estaban tirados en el suelo, lo mismo que la toalla. Me agaché a recogerla y comprobé que estaba húmeda. De todas formas, nada que ver con el estado mierdoso del minúsculo aseo de la caravana después del paso de Norman el Repugnante; al menos la toalla estaba limpia.

Me duché a toda mecha —aunque el chorro superpotente era una pasada y el agua, que casi quemaba, un lujo al que no estaba acostumbrada— y me pasé un algodón untado de crema limpiadora por la cara antes de volver a maquillarme. Cuando terminé con la tercera capa de rímel, decidí que estaba lista y bajé la escalera.

—Venga, siéntate, que se enfrían.

Señaló una silla frente a la que había colocado un plato lleno de gofres bañados en litros de sirope de arce y un vaso de zumo de naranja. Al verlos se me hizo la boca agua y me abalancé sobre ellos. Después de comerme un par y de beberme el zumo, aparté el plato.

—Muchas gracias, señor Landowski, pero ya no puedo más.

—¿No?

Él se había zampado al menos media docena, pero aun así acercó el plato y terminó los gofres que quedaban.

Mientras lo miraba comer, de pronto, me sentí muy preocupada. La noche anterior había dormido genial, convencida de que aquel hombre encontraría una solución a mi problema, pero por la mañana ya no estaba tan segura de que eso fuera posible. De todas formas, me gustaba ver zampar al señor Landowski; se notaba que lo hacía con ganas, pero al menos no se le caían migas al masticar ni se le llenaba la barbilla de grasa como le ocurría al novio de mi madre. Cada vez que tenía que sentarme a la mesa con Norman me entraban ganas de vomitar; era ver las alitas de pollo que traía mi madre del restaurante en el que trabajaba, y ya se me revolvía el estómago.

—Como te dije anoche: tengo un plan.

Sus palabras me arrancaron de mis tristes pensamientos; tenía una bonita voz de bajo que me recordaba a la de Milky Chance.

—¿De veras, señor Landowski?

Me miró con cara de cabreo.

—¿Cuándo te vas a quitar esa irritante costumbre de llamarme señor Landowski? Me llamo Konrad y, por cierto, tutéame. Eso me recuerda que a partir de ahora te llamaré Jenn; Verena me parece demasiado largo y Ver no me convence.

«Konrad», repetí el nombre despacio en mi cabeza. Sí, me gustaba, le iba bien a un tipo tan macho como él. El señor Landowski, bueno, Konrad, me había caído bien desde que le llevé el primer pedido. Era amable y generoso con la propina, no como otros a los que parecía que cada centavo les costaba un riñón y parte del hígado. Además, a pesar de que tenía tripa y era un poco viejo, estaba bastante bueno.

—Dime qué has pensado, Konrad.

—Irás a vivir a casa de la vecina.

—¡¿Esa loca?! —Lo miré con incredulidad—. Pero si no me deja ni acercarme a la puerta…

Él me devolvió la mirada con más cara de cabreo aún.

—Para empezar, no está loca. —Abrí la boca para darle algunos ejemplos de las idas de olla de la colega, pero al ver su gesto severo, me lo pensé mejor y la volví a cerrar—. A Ali le irá bien tener un poco de compañía. Lleva demasiado tiempo viviendo con esa gata acosadora.

Yo tenía mis dudas. Muchas, la verdad sea dicha, pero él parecía muy seguro.

—No creo que…

No me dejó terminar. Se levantó arrastrando la silla con un chirrido grimoso, cogió los dos platos y el vaso y los dejó en el fregadero.

—Anda, sé buena y recoge esto un poco antes de que venga la señora Williams. Si no, me tocará aguantar un buen sermón.

Obediente, recogí los innumerables cacharros sucios que había desperdigados por la encimera —al menos tres veces más de los que yo habría necesitado para hacer la misma tarea— y los fregué en un periquete.

Cuando terminé, volví al estudio, enrollé el saco de dormir y metí de nuevo la bolsa de maquillaje y la ropa sucia en la mochila.

—Estoy lista.

Konrad, que estaba mirando algo en Internet, se guardó el móvil en el bolsillo trasero del pantalón.

—Bien, vamos.

Capítulo 8

Konrad

Unos minutos más tarde, después de llamar al timbre de la vecina con el código secreto, esperé armado de paciencia a que abriera la puerta.

—¡Caramba, Konrad, podías haberme dejado dormir un poquito m…! —Ali, con un despeinado mañanero de lo más seductor, se detuvo en seco al reparar en mi acompañante y frunció el ceño con ferocidad—. ¿Qué hace esta aquí?

—No seas grosera, Ali, «esta» tiene un nombre, bueno, más bien dos. Venimos a hacerte una proposición.

Me sentía incapaz de despegar los ojos del incitante escote bronceado que el camisón corto de tirantes finos dejaba a la vista.

—Me da igual cómo se llame hoy. —Se puso en medio de la puerta con un brazo apoyado en cada jamba—. No quiero que entre. Lleva las siglas ETS tatuadas en la frente.

—¡No tengo ninguna enfermedad de transmisión sexual, sabihonda! —El chillido de Jenn casi me dejó sordo. Acto seguido, se dio media vuelta y dijo muy ofendida—: Me voy, Konrad. Ya te advertí que esto no era una buena idea.

—Así que ahora eres Konrad…

—No seas mal pensada, Ali, cada día te pareces más a la señora Williams. ¡*Mizzi, Mizzi*! —bramé de repente—. ¡Baja de ahí ahora mismo! ¡Ni se te ocurra saltar por el hueco de la escalera, gata mala!

Asustada por mis gritos, mi vecina se volvió a mirar y aproveché la brecha en la muralla para agarrar a Jenn del brazo y arrastrarla dentro de la casa. En cuanto comprendió que había sido víctima de una de mis ingeniosas artimañas, Ali se enfrentó conmigo, rabiosa perdida.

—¡Fuera de mi casa! ¡Los dos!

—Vámonos, Konrad. Yo no pienso quedarme a vivir aquí. —Jenn trató de zafarse, pero la tenía bien sujeta.

—¡Ah! Pero ¿es que pensabas vivir aquí? —Era evidente que la pobre Ali no daba crédito a sus oídos.

—¡Por supuesto que no! ¡No voy a quedarme ni cinco segundos en este manicomio!

A pesar de los polvos blancos que se había echado poco antes en abundancia, las mejillas de la adolescente estaban rojas de furia.

—¿Qué quieres decir con eso de manicomio? —Mi vecina entrecerró los ojos y le lanzó una mirada asesina; los vasos sanguíneos de sus mejillas también parecían a punto de reventar.

Al ver el cariz que estaba tomando la situación, decidí que había llegado el momento de intervenir. Apunté a Jenn con el índice y le dije:

—Tú, nada de hablar de manicomios. —Ella soltó un bufido. Me volví hacia Ali—. Y, tú, podrías ser un poco más amable, jo… demonios. —De su boca brotó un bufido muy similar, pero, sin hacerle el menor caso a ninguna de las dos, proseguí—: Solo quiero que me des la oportunidad de explicarte mi plan. Venga, vamos a la cocina y nos tomamos algo mientras charlamos.

—¿Por qué no podemos charlar en la terraza? —Se notaba la desesperación en su voz, pero yo ya iba por el pasillo y la chica del súper me seguía de cerca—. ¡Esto es allanamiento de morada!

Sin dejar de protestar, Ali entró en la cocina justo a tiempo de arrebatarme la sartén que acababa de sacar de un armario.

—¡Dame esto! ¿Qué pretendes?

—Jugar al tenis, ¿no te jo…?

—¡Que no digas burradas!

Al ver que mi adorable vecina estaba a punto de perder los papeles, decidí que sería mejor dejar el humor para otra ocasión.

—Pretendo hacer tortitas, pero no encuentro la mantequilla por ningún lado.

—No encuentras la mantequilla porque en esta casa no entra esa porquería. ¿No te has enterado todavía de que está cargada de grasas saturadas y colesterol?

Empezó a sacar fruta del frigorífico con impaciencia.

—Yo no quiero, señor…, esto, Konrad. Estoy hasta arriba de gofres —dijo Jenn, quien, sentada a la mesa, se entretenía en repasar con una uña mordisqueada y pintada de negro el contorno de una veta de la madera.

—¿Acabas de comer gofres y pretendes zamparte unas tortitas? —Ali me miró con tal cara de horror, que por una vez me sentí ligeramente avergonzado de mi considerable apetito.

—Más que nada, para romper la tensión del ambiente. —Me justifiqué como pude, al tiempo que me sentaba al lado de Jenn—. La gente está menos agresiva con el estómago lleno.

Ali no se molestó en contestar. Con los labios apretados en una línea fina, finísima, enchufó la batidora que estaba sobre la encimera y empezó a pelar la fruta a toda velocidad y a echar trozos dentro del jarro de cristal con precisión de baloncestista.

—Tenéis suerte de que yo sea una persona hospitalaria. Voy a haceros el desayuno, un desayuno saludable, por supuesto, pero luego os largáis. ¡Tú! —Señaló a Jenn con el cuchillo—. No toques nada.

En un claro desafío, mi protegida empezó a manosear como una posesa todo lo que quedaba a su alcance.

—Para tu información, zorra chalada: yo hago lo que me da la gana y puedes meterte tu desayuno por el…

La mirada que le lancé la silenció al instante.

—¡Konrad! —lloriqueó Ali—. ¡Quiero que saques a este ser inhumano de mi casa ahora mismo!

De muy mala gana, porque me lo estaba pasando en grande, me vi obligado a intervenir.

—Chicas, por favor —alcé las palmas de las manos en un ademán tranquilizador—, no más peleas.

Milagrosamente, ambas se callaron y, por fin, pude empezar a aclararle la situación a mi vecina.

—Ali, el caso es que a Jenn la han echado de su casa y no podemos dejarla en la calle.

—No podrás tú. Si tanto te preocupa, llévatela a la tuya.

Siguió cortando la fruta con unos movimientos tan bruscos que temí por la integridad de sus dedos.

Me armé de paciencia y procuré hablar despacio, como quien trata de explicar lo evidente a una persona no demasiado lista.

—Ali, Ali, no quiero que me encierren en la cárcel por corrupción de menores. ¿Qué crees que pensarían nuestros queridos vecinos si viviera conmigo? La gente tiene una mente muy, muy sucia… —Moví la cabeza con ademán pesaroso, antes de guiñarle un ojo con picardía—. Y yo el primero.

—Me importa una mierda lo que diga la gente, señor…

—¡Calla, Jenn!

Apretó los labios con fuerza, pero, una vez más, me obedeció a la primera.

—Pues que vuelva con su madre y con el vago de su novio.

—No entiendo que la loca esta, que nunca sale de su casa, esté tan bien informada.

Por fortuna, Jenn había hablado en voz muy baja y solo yo pude oír lo que dijo. Con disimulo, le pegué un pellizco por debajo de la mesa que me valió una mirada de dolorido reproche.

—No puede, Ali. El cabrón ese ha intentado forzarla.

Aquella terrible revelación silenció a mi vecina en el acto. Se quedó muy quieta con el cuchillo en el aire y clavó la mirada en la adolescente. Jenn trataba de mantener una pose de indiferencia; sin embargo, el temblor de sus labios la traicionaba. Comprendí que Ali no sabía qué decir. En silencio, terminó de cortar el último kiwi, añadió un buen chorro de leche desnatada y puso la batidora en marcha. Por unos minutos, aquel ruido fue lo único que se oyó en la cocina.

Cuando la mezcla estuvo bien batida, Ali la repartió en tres vasos altos. Nos dio uno a cada uno y se sentó a la mesa, lo más lejos posible de nosotros. Después de dar un sorbo a su bebida, dijo en un tono más amable:

—Cuéntamelo todo.

Jenn le contó lo mismo que me había contado a mí la noche anterior.

—¡Marrano!

Aquel era el calificativo más hiriente que le había escuchado aplicar a ningún ser humano, lo que me demostró que la historia le había llegado al alma.

—Me has quitado la palabra de la boca.

Mi vecina me miró con ojos implorantes.

—¡Pero tenemos que hacer algo, Konrad! ¡No podemos dejar que ese subhumano se vaya de rositas! —Se volvió hacia Jenn—. A ti te encantan las malas compañías. Seguro que alguno de esos gamberros que tienes por amigos estaría más que dispuesto a darle una lección.

—¡Mis amigos no son unos gamberros! —negó, ofendida, aunque enseguida se encogió de hombros y confesó con sinceridad—:

De todas formas, no creo que ninguno de los chicos con los que he salido estuviera dispuesto a mover un dedo por mí.

Una vez más, Ali la miró sin saber qué decir, y de nuevo juzgué necesario entrar al quite.

—Calma, Ali, no te pongas violenta. Por ahora, están claros cuáles deben ser nuestros siguientes pasos. —Ambas me miraron expectantes, lo que me hizo pensar que quizá no estaban tan claros—. Jenn necesita un sitio donde quedarse una temporada y tu casa es el lugar ideal.

—Pero ya sabes que a mí me gusta estar sola —protestó asustada—. No soporto la idea de convivir con nadie, y menos con ella.

—Tampoco a mí me hace mucha gracia la idea de quedarme en la casa de una lo... —Ali entrecerró los ojos, como retándola a terminar la frase. Al verla, Jenn se lo pensó mejor y, después de un par de carraspeos, continuó con más prudencia—: Una persona que está chal... —de nuevo se lo pensó mejor—... que a lo mejor es sonámbula y me apuñala mientras duermo.

—No te preocupes por eso. No utilizaría un cuchillo: el veneno es más limpio y deja un rastro mucho más sutil.

Ali empleó un tono sedoso y racional, y Jennifer se frotó los brazos con fuerza, como si se le hubieran puesto los pelos de punta. Solté una carcajada y me levanté.

—Veo que vais a hacer buenas migas.

—Seguro —masculló Jennifer.

—¿Te vas? —Mi vecina alzó las cejas, alarmada.

—Sí, quiero currar un poco y luego iré a comer a mi restaurante favorito.

—¿De verdad me va a dejar aquí sola, señor Landowski? —A Jenn le tembló un poco la voz.

—Creo que os encontraréis más a gusto si yo no estoy. Así podréis hablar de cosas de chicas.

—¡Qué planazo!

Fingí que no advertía el sarcasmo de la adolescente y me encaminé hacia la puerta. Ali salió corriendo detrás de mí.

—¡Konrad!

Me volví y la vi alargar la mano para detenerme; por desgracia, debió recordar a tiempo sus múltiples neuras porque la detuvo en el aire sin haberme rozado siquiera.

—¿Cuánto tiempo va a quedarse?

Le lancé una de mis sonrisas más cautivadoras.

—El que sea necesario, ¿no crees? Muchas gracias, Ali, sabía que podía contar contigo. —Sin más, me agaché y deposité un ligero beso en sus labios que la dejó paralizada.

—¡Nos vemos!

Como de costumbre, bajé los escalones de dos en dos y me alejé silbando en dirección a mi casa.

Capítulo 9

Jennifer

—No entiendo que el señor Landowski, con lo bueno que está, la haya besado. —Había seguido aquella curiosa escena con interés apoyada en la pared con los brazos cruzados—. Hay que tener mal gusto.

Mi comentario, calculado al milímetro para dar por saco, la arrancó de la típica parálisis propia de un troll al que le hubiera dado la luz del sol. Con cara de horror se llevó una mano a la boca para limpiarse y la volvió a bajar antes siquiera de rozar sus labios.

—¡Oh, Dios mío, me ha besado! ¡Seguro que me contagia un herpes! ¡Y no nos olvidemos de la mononucleosis!

Salió disparada y yo, que por primera vez desde el día anterior me estaba divirtiendo, la seguí escaleras arriba. Ya en el cuarto de baño, se agachó sobre el lavabo y se frotó los labios con jabón de manos, histérica perdida.

Puse cara de asco, pero no dije nada. No quería que se diera cuenta de que estaba ahí espiándola y me cerrara la puerta en las narices. Definitivamente, la tía esa estaba como una chota.

Cuando se hartó de comer jabón, se lavó los dientes a conciencia y, más tarde, hizo varios enjuagues con un brebaje de esos que pican un montón y que le provocó varias arcadas. Por fin, después de más de diez minutos dale que te pego, debió de darse por satisfecha con la desinfección, porque se secó la boca con la toalla con cara de agotamiento.

—Jo-der.

La loca dio un bote y se volvió a mirarme.

—¿Qué haces tú ahí?

Puse mi mejor expresión de inocencia.

—Nada, nada. Solo pasaba por aquí, ya me voy.

Parecía un poco avergonzada de que la hubiera pillado en un momento tan chungo, pero alzó la nariz y dijo, muy digna:

—Dormirás en esa habitación. —Señaló la puerta de enfrente—. Ahora te daré toallas y sábanas para que hagas la cama…

—No hace falta, tengo mi saco de dormir.

—¡No me interrumpas! —Al verla tan alterada, opté por un silencio prudente. Prefería mil veces aguantar sus paranoias a que me echara a la calle—. El saco ese lo sacas a la terraza y lo dejas ahí ventilando unos cuantos días. Cambiarás y lavarás las sábanas y las toallas una vez a la semana. En el programa largo y a sesenta grados.

—Esa temperatura destroza los tejidos.

Lo sabía de sobra. Desde los seis años me había encargado de hacer la colada, cocinar y, en lo posible, limpiar la caravana donde vivía con mamá y su interminable lista de novios capullos.

Me apuntó con el dedo.

—¡Ni una palabra más, jovencita! Si no cumples mis normas, te irás a otro sitio.

Me hizo gracia que me llamara «jovencita»; la señorita Palafox no debía de tener más de veintitantos. Además, vista de cerca era guapísima, más incluso que la protagonista de *Tortilla de mercenarias,* a la que soñaba con parecerme desde que vi la película.

—¿Sabe? —Alcé una ceja con cara de entendida—. Creo que el

señor Landowski está colado por usted.

Ella arrugó la nariz como si aquella idea no le gustara un pelo.

—En mi opinión, y sin ánimo de pecar de mala persona, al señor Landowski le gustan todas. Por suerte, al parecer ha marcado una línea roja con respecto a las niñas de quince.

—¡No soy ninguna niña! —Le lancé una mirada de odio a la que no hizo ni caso.

—Claro que lo eres; una niña bastante tonta, la verdad sea dicha. Y no cambies de tema. Estábamos estableciendo las normas de la casa. A ver, por dónde iba... ¡Ah, sí! Por desgracia, no nos queda otro remedio que compartir el cuarto de baño, así que grábate esto en la cabeza: uno, prohibido tocar mis cosas, nunca, jamás, bajo ninguna circunstancia. Dos, quiero que entre tus artículos de aseo y los míos haya, al menos, una distancia prudencial de veinte centímetros. Tres, prohibido entrar en mi dormitorio. Cuatro, prohibido entrar en la casa sin sacudirse antes la arena de los pies. Cinco, prohibido estar en el salón cuando yo no esté. Seis, prohibido hurgar entre mis pertenencias. Siete, prohibido tocar los alimentos de la nevera o la despensa. Ocho...

Menos mal que tuvo que detenerse para respirar.

—Prohibido todo, creo que ya lo he pillado. —Fruncí los labios en una mueca irónica copiada de uno de los personajes de *Gossip Girl,* pero que yo había perfeccionado.

—¡Prohibido hacerte la chulita!

Alcé los ojos al cielo.

—Mañana, cuando te levantes para ir al instituto, no quiero oír un solo ruido. Aunque lo más probable es que yo ya esté despierta.

—No se preocupe, no pienso ir.

—¿Cómo que no? —Se quedó alucinada.

Bajé la vista y empecé a garabatear en el suelo con la punta de una de mis Dr. Martens. Vale, no son auténticas, pero dan el pego.

—Este es mi último año, voy a cumplir dieciséis. Así que no

tiene sentido ir todos los días al instituto. Además, nunca me ha gustado estudiar.

La loca puso los brazos en jarras.

—¿Quién ha dicho que vas a dejar los estudios?

—Yo. Y mi madre está de acuerdo, ella prefiere que trabaje.

—Claaaro, a ella le fue tan bien dejando el instituto embarazada para irse a vivir con el desgraciado de tu padre…

Hasta yo soy capaz de reconocer el sarcasmo cuando lo oigo, pero en vez de soltarle una fresca me quedé mirándola con la boca abierta.

—¿Cómo puede saberlo siempre todo?

—Tengo poderes —dijo con una sonrisa siniestra.

—¡Venga ya!

—Algún día te contaré una historia de lo más interesante. Ahora ven conmigo.

Aunque no me gustaba nada recibir órdenes, la seguí sin rechistar. Lo cierto es que sentí un gran alivio al saber que podría quedarme allí. La casa era preciosa y muy amplia. Todo estaba limpio y ordenado, no como la vieja caravana en la que vivíamos, que por mucho que me esforzara siempre estaba asquerosa.

La verdad era que, a pesar de nuestros desencuentros, me gustaba estar con la señorita Palafox. Sí, estaba loca y podía ser una auténtica bruja, pero no sé, me hacía gracia y era tan guapa… Sin pensar me puse un poco más recta, tratando de imitarla.

Me dio un juego de sábanas, otro de toallas y, sin dejar de hablar, me vigiló mientras hacía la cama.

—Por supuesto que vas a seguir yendo al instituto. Es más, quiero una media de B+ en tus próximas notas.

En ese momento estaba remetiendo la sábana bajera, pero al oírla me enderecé como si me hubieran pinchado en mis partes con un alfiler y la miré pasmada.

—¡Venga ya! ¡Está loca de remate! —Su cara se nubló como el cielo cuando está a punto de estallar una tormenta de verano, y me recordé que sería mejor que midiera mis palabras si no quería que me echara a patadas—. Esto... quiero decir que está soñando. Si llego a C- me voy de fiesta.

—¿Quieres vivir toda tu vida en una caravana como tu madre?

—Claro que no, pero...

No me dejó seguir.

—¿Quieres trabajar diez horas al día para llegar, arrastrándote, a fin de mes?

—¡Por supuesto que no, pero...!

—¿Quieres pasar de mano en mano? ¿Estar cada dos meses con un novio distinto que te chulee?

Esta vez, tan solo negué con la cabeza.

—Pues entonces tendrás que obedecerme. Si conseguí que mi ex, al que el único deporte que le gustaba era el futbolín, acabase finalista en el Campeonato de España de Surf, puedo conseguir que una adolescente sin autoestima se gradúe con buena nota en el instituto.

Le brillaban los ojos, y la seguridad con la que hablaba casi me convenció de que quizá, con un poco de suerte, se produciría un pequeño milagro y hasta un zote como yo podría acabar la educación secundaria.

—¿Y me va a ayudar usted?

—Borra esa expresión escéptica de tu cara.

—Escep... ¿qué?

Soltó un profundo suspiro.

—Veo que la cosa no va a ser fácil, pero, en fin, Alicia Palafox no es de las que se asusta frente a un reto. Fui una de las alumnas más brillantes de mi promoción y te aseguro que me sobra cualificación para esta tarea, por ardua que resulte.

—¿Puede hacer el favor de hablar en cristiano? —pregunté de mal humor.

Pero ella siguió a su rollo sin hacerme ni caso.

—Y ya de paso, cambiaremos esa forma de vestir y de maquillarte tan horrible que tienes.

—¡Deje de soñar!

Pero ella sonrió y algo en su mirada me dio un escalofrío.

—Definitivamente, va a ser todo un reto.

Capítulo 10

Konrad

Saqué la cajetilla del bolsillo trasero, encendí un cigarrillo y le di una larga calada.

«Problema resuelto», me dije con satisfacción.

A pesar de su renuencia, era evidente que mi vecina tenía un corazón demasiado tierno para dejar a Jenn en la estacada. Había hecho bien en dejarlas solas. Estaba seguro de que les resultaría más sencillo llegar a algún tipo de acuerdo si yo no estaba delante; al menos esa era la experiencia que había tenido cuando vivía con mis hermanas. La fraternidad entre mujeres era algo más que una leyenda urbana.

Aspiré otra bocanada de humo, entornando los párpados para protegerme del brillo del sol. Y encima la había besado. Recordé, divertido, cómo me había mirado Ali. Bueno, más que un beso había sido un roce de bocas casi inapreciable, pero había bastado para hacerla entrar en *shock*.

—Será mejor que te acostumbres a que te bese y te toque a menudo, Alicia Palafox —murmuré para mí—. Forma parte de la novedosa y eficaz terapia del doctor Landowski.

Subí la escalera exterior a toda prisa tarareando *Hit the Lights* y me interrumpí cuando llegaba a mi parte favorita —justo en uno de los acordes de «*we are gonna kick some ass tonight*»—, al oír ruidos al otro lado de la puerta. Vaya por Dios, la señora Williams había llegado.

—¡Buenos días, señora Williams! —grité al entrar.

Al instante, el rostro lívido y surcado de arrugas finas de la mujer asomó por la puerta del estudio.

—Veo que Volvemos a las Andadas, señor Landowski.

Tenía los labios contraídos en una línea apretada y sus ojillos malvados desprendían un brillo que no supe muy bien si calificar de regodeo desaprobador o de complacido disgusto.

—No sé de qué me habla, señora Williams. ¿Ha acabado ya en el estudio? ¡Perfecto! Voy a trabajar un poco.

—¡Mire! —Con ademán de prestidigitador sacó lo que escondía detrás de la espalda: un sujetador de algodón amarillo bordado con pequeñas flores de color rosa—. ¿No tiene Nada que Confesar?

Tomé nota mental de decirle a Jenn un par de cosas.

—Solo que la felicito, señora Williams. No esperaba que sus prendas íntimas fueran tan alegres.

Me miró indignada.

—¡Esto…! —Se detuvo; daba la impresión de que estaba a punto de ahogarse con sus propias palabras—. ¡Esta Prenda Impúdica no es mía!

—Pues no sé qué decir. ¿Ve? —Me subí la camiseta hasta debajo de la barbilla—. Yo aún no lo necesito.

La señora Williams apartó la mirada de mi torso desnudo como si quemara.

—¡Por Todos los Cielos, tápese!

—Hecho. —Me bajé de nuevo la camiseta con mansedumbre.

Con precaución, volvió a posar en mí los desconfiados ojos de color indefinido.

—¿Seguro que no ha dado otra de sus fiestas? Esas Bacanales en las que, según las Malas Lenguas, los invitados practican hasta el Noventa y Seis. —Parecía completamente escandalizada.

—Vamos, vamos, señora Williams, que me ruborizo. ¿No fue santa Teresa la que dijo que la imaginación era la loca de la casa? —Me miró con cara de incomprensión. A pesar de su jerigonza religiosa, al parecer no estaba muy versada en las vidas de los santos—. Noventa y seis es una cifra difícil, un eterno desencuentro. Me conformaría con un confortable treinta y tres. ¿No cree usted?

Lo dije con una expresión tan formal que noté que mi interlocutora era incapaz de decidir si hablaba en serio o me reía de ella. Ante la duda, optó por hacer mutis por el foro con la mayor dignidad posible.

—En fin, no puedo perder más tiempo charlando con usted, aún tengo que limpiar la cocina, que parece un campo de batalla.

La señora Williams recogió sus bártulos, pero antes de que se hubiera alejado un par de pasos, le arrebaté el sujetador con un movimiento fluido.

—Yo me encargaré de esto, si no le importa. Seguro que le daré mejor uso que usted.

Con tranquilidad, lo guardé en el bolsillo trasero de mi pantalón, me metí en el estudio y le cerré la puerta en las narices.

***

Después de teclear sin pausa más de tres horas, leí lo último que había escrito y, satisfecho, decidí que me había ganado un merecido descanso. Por unos instantes, barajé la idea de hacerle otra visita a mi vecina para ver cómo le iba con su nueva inquilina. No obstante, después de pensarlo un poco, llegué a la conclusión de que sería mejor darles más tiempo.

Silbando, cogí la sudadera que estaba colgada del respaldo de la silla, me la puse y salí por la parte trasera, que daba a la pequeña explanada de arena de playa en la que aparcaba mi decrépito Land Rover Santana descapotable, debajo de una desvencijada pérgola de madera. Encendí un cigarro, arranqué el coche y aceleré lo máximo que daba de sí mi cacharro, dejándome acariciar por la brisa.

Aparqué en el diminuto estacionamiento de grava frente a Marcia's, mi restaurante favorito, que quedaba a pocos metros del célebre Jams, el supermercado gourmet de Truro. Quizá llamar restaurante al Marcia's fuera una exageración; en realidad, tan solo tenía dos mesas pequeñas y una barra para los habituales, pero ni siquiera en el mejor *brunch* de Nueva York había probado unos huevos Benedict como los que servían allí.

—Hola, Mike.

—Hola, Konrad. Ya veo que no puedes pasar más de un par de días sin tu ración de huevos.

Mike, un sesentón calvo y grande de expresión amable, colocó una servilleta y unos cubiertos en el sitio que yo solía ocupar en la barra.

—Ya sabes que tu mujer prepara los mejores huevos Benedict del país.

La aludida, una mujer con el pelo gris, menuda y con la piel muy tostada por el sol, asomó la cabeza por el ventanuco que separaba la cocina del resto del local.

—Hola, Konrad, me alegro de verte.

—¿Qué tal vas, Marcia?

—Ya sabes, tirando. Un par de huevos, ¿no?

Le dirigí mi sonrisa más encantadora.

—Qué bien me conoces, guapísima.

—¡Eh, tú, deja de coquetear con mi mujer! —dijo Mike de buen humor, al tiempo que dejaba una Budweiser bien fría frente a mí.

—Te lo he dicho un centenar de veces, Mike. Vigila a esa joya que tienes en la cocina o un día de estos la raptaré.

Seguimos bromeando un buen rato. A pesar de que los habitantes de Nueva Inglaterra tendían a considerar forastero a cualquiera cuya familia no hubiera vivido en aquel estado al menos un par de generaciones, a mí me habían recibido como si fuera un lugareño más casi desde el principio.

—¿Para cuándo la próxima película, Konrad? —gritó Thomas, otro de los habituales, desde la otra punta de la barra—. Tengo el DVD de *Guerreras sangrientas buscan* casi rayado de tanto ponerlo.

—Vas a tener que esperar, viejo. Esta vez estoy con algo muy distinto.

Ataqué con ganas el plato de huevos que Mike me acababa de servir.

—Espero que no sea por culpa de la loca esa que vive en la casa del capitán. Según los rumores, os veis muy a menudo y la locura es contagiosa…

Thomas Olsen era un tipo escuchimizado que pasaba la mayor parte del tiempo bebiendo cerveza y chismorreando encaramado a ese mismo taburete. Sus propias palabras debieron parecerle muy divertidas y soltó una carcajada maliciosa que cortó en seco al ver la mirada que le lancé.

—Alicia Palafox no es ninguna loca.

—No, por supuesto que no. —Se apresuró a negar; se notaba que lo había acojonado. A pesar de la opinión poco amable de la vecina sobre mi supuesta *fofez*, no me costaba demasiado esfuerzo resultar temible si me lo proponía—. Dice la señora Williams que os habéis hecho buenos amigos.

—Conociendo a la querida señora Williams como la conozco, dudo mucho que se haya limitado a decir eso.

Seguí masticando con parsimonia.

—Yo no la he oído decir nada malo de la señorita Palafox —intervino Mike—. De hecho, creo que es de las pocas personas a las

95

que tiene en gran estima. Pero reconozco que me produce curiosidad: ¿de veras es tan guapa como dice Ethel Williams?

—Más aún. —Asentí con la boca llena—. Es una auténtica preciosidad.

—Eres un tipo afortunado, Konrad. —Thomas iba bastante pasado de alcohol—. Espero que cuando te canses de ella, te acuerdes de mí.

Su zafiedad me fastidió, por no decir algo más fuerte, y golpeé con fuerza la barra con la palma de la mano. Se hizo el silencio.

—La señorita Palafox y yo somos amigos, ¿entiendes? —Mi tono estaba cargado de amenazas—. Así que cierra esa sucia boca de una puta vez.

—Thomas, creo que por hoy ya es suficiente. Mejor te vas ya a tu casa y te echas la siesta. —El formidable Mike, que en ese momento secaba con un paño los vasos que acababa de sacar del lavavajillas, no tuvo que repetírselo dos veces. Thomas se apresuró a bajarse del taburete y salió del local algo tambaleante—. No le hagas caso.

Me encogí de hombros. Sabía que era una tontería sentirme molesto por el comentario. En el fondo, el tipo no era más que un pobre diablo que bebía de más, pero había tenido que echar mano de todo mi autodominio para no partirle la boca de un puñetazo. La cosa se estaba volviendo rara de cojones, me dije, mosqueado. No entendía a cuento de qué venían esas ganas repentinas de ejercer de caballero andante. Resultaba ridículo.

En ese momento entró en el local una atractiva treintañera que trabajaba de dependienta en la única tienda de ropa del pueblo.

—Hola, Sarah —la saludó Mike—. ¿Lo de siempre?

—Sí, Mike, muchas gracias.

La recién llegada se subió al taburete que quedaba al lado del mío, sacó pecho y se volvió hacia mí con una sonrisa provocativa en los labios.

—Vaya, el famoso guionista en persona.

«Esto es una señal», pensé mientras recorría con ojos golosos aquel escote de vértigo que los dos botones desabrochados de la blusa dejaban a la vista, antes de subirlos y clavarlos en los suyos, verdes y muy maquillados.

—El mismo, preciosa.

Ya había charlado en un par de ocasiones con aquella alegre divorciada que, en palabras de Mike, se había ventilado a medio Truro. Ella se me había insinuado de manera poco sutil en cada uno de nuestros encuentros, pero yo, por unas cosas o por otras, hasta entonces no había podido aceptar su amable invitación. Sin embargo, ahora era el momento perfecto. Llevaba semanas con una insatisfacción sexual de campeonato por culpa de mi vecina, y lo más frustrante era que Ali ni siquiera era consciente de ello. Ya era hora de que me desfogara un poco. Además, Sarah era exactamente mi tipo: una rubia desinhibida de piernas largas y grandes pechos, con pocas inquietudes intelectuales.

La invité a la ensalada y a las cuatro cervezas que se bebió, una detrás de otra. A las ocho de la tarde ya estábamos los dos un poco borrachos, pero, a pesar de ello, acordamos ir a tomar la última a un bar de copas que quedaba a las afueras. En el bar, aproveché para besarla y Sarah no solo no se resistió, sino que entrelazó las manos detrás de mi nuca y apretó las caderas contra las mías en una invitación nada sutil. Extrañado de no sentir la menor excitación, aumenté la intensidad del beso, pero fue inútil. Cada vez que nuestras lenguas se enroscaban, me venía a la cabeza la imagen de Ali con su pañuelo de pensar y me desconcentraba. Achaqué aquel insólito acontecimiento al hecho de que aún no había bebido lo suficiente y pedí otra ronda para los dos.

Ya en casa —y sin tener la menor idea de cómo habíamos logrado llegar allí sin estrellarnos— la invité a subir al dormitorio. Sarah, que no iba mucho mejor que yo, accedió en el acto y se aferró a la barandilla con todas sus fuerzas, como si temiera rodar escaleras abajo si no se agarraba. Tardamos casi un cuarto de hora en subir la escalera y, una vez en el dormitorio, otros diez minutos más en desnudarnos, antes de desplomarnos sobre la cama agotados por el esfuerzo.

Me daba vueltas la cabeza, pero traté de concentrarme lo suficiente para acabar lo que habíamos empezado. Uno tenía su pundonor. Alcé la mano y con un enorme esfuerzo de voluntad traté de dirigirla hacia uno de esos pechos generosos, pero apenas había empezado a toquetearla con torpeza cuando las tremendas ganas de dormir me vencieron. Un minuto después, en la habitación tan solo se oían los ronquidos de ambos.

Capítulo 11

Konrad

Algo me había despertado. Solté un gruñido y traté de seguir durmiendo, pero, de nuevo, aquella especie de chillido agudo me atravesó los tímpanos. Jurando entre dientes y con la cabeza retumbando como si alguien hubiera organizado en ella un concurso de cañonazos, logré incorporarme y abrir los ojos. El dormitorio estaba sumido en la penumbra y solo acerté a distinguir el contorno de una silueta humana a los pies de la cama.

—¡Chist! ¡Deja de gritar, caramba!

A pesar de que estaba hecho polvo y tenía la cabeza a punto de estallar, esa voz femenina me resultó familiar.

—¿Quién es usted? ¿Qué hace aquí? —preguntó Sarah en tono asustado, al tiempo que se tapaba pudorosamente con las sábanas hasta la barbilla (y, de paso, me dejaba a mí en pelotas), como si fuera posible distinguir algo en semejante oscuridad.

—La vecina —respondió la voz.

—¡Jo… demonios, Ali!

—¿La conoces? —dijo mi compañera de cama. Noté que se

volvía hacia mí y, por el tono de su voz, adiviné que me miraba acusadora.

—¿Te importaría hablar un poco más bajo? Tengo una resaca de cojones.

—¡No digas palabrotas, Konrad! —me regañó mi vecina en el acto.

—¿Qué hace esta aquí? —preguntó Sarah muy enfadada—. ¿No será una *voyeur*?

Aunque sonó algo parecido a «fuager», Ali la entendió a la primera.

—¡No soy ninguna *voyeur*! —En esta ocasión la pronunciación fue perfecta; se notaban los veranos que mi vecina había pasado en el sur de Francia cuando era niña—. Es más, en cuanto he llegado he apagado la luz. Como comprenderá, señorita Parker, no resulta nada atractivo ver a dos adultos desnudos, uno de ellos bastante pasado de peso, por cierto, roncando como lirones. La imagen me va a producir pesadillas una buena temporada, créame.

—¿Los lirones roncan? —pregunté distraído, pero ninguna de ellas me prestó la menor atención.

—¿Y por qué una vecina se colaría en el dormitorio de su vecino de madrugada si no es porque busca algo… algo sexual? —Al parecer, Sarah era difícil de convencer.

La carcajada que soltó Ali me hizo rechinar los dientes.

—Para su información: uno, son las seis y media de una mañana preciosa; dos, si me conociera mínimamente, sabría que jamás buscaría nada sexual y menos con alguien como Konrad. —Sin hacer caso de mi resoplido de indignación, mi vecina continuó—: Tres, no estaría aquí si no fuera por algo importante; cuatro, no tenía ni idea de que estaría acompañado; cinco…

Interrumpí sin delicadeza aquella enumeración que amenazaba con volverse interminable.

—Y ¿qué es eso tan importante que no puede esperar a una hora más razonable?

—¡Es Jennifer! —Ali pronunció el nombre con dramatismo—. No resisto vivir con ella ni un minuto más.

—¿Quién es esa tal Jennifer, si puede saberse? —Pero en esta ocasión fuimos nosotros los que ignoramos a Sarah por completo.

—Ayer recogió los cacharros de la cena y hoy he perdido más de media hora ordenando la cocina. Y, cuando he subido a ducharme, ¡me he dado cuenta de que se había puesto mi crema hidratante!

—¿Eso es lo que era tan importante? —se quejó Sarah. Aunque era imposible saberlo, estoy casi seguro de que había puesto los ojos en blanco, pero, antes de que yo pudiera impedir lo que me temía que vendría a continuación, añadió—: Desde luego, tu vecina está como una cabra.

—¡Yo no estoy como una cabra! —La voz de Ali estaba cargada de furia—. No sé por qué hay personas que creen que tienen derecho a ir por ahí insultando a la gente. Yo también podría llamarla unas cuantas cosas, ¿sabe, Sarah Parker? Es *vox populi* que se ha zumbado a todo Truro y medio Provincetown.

—¡Konrad, ¿vas a permitir que esta chalada me hable así?!

—¡Que no soy ninguna chalada!

—Un poco de calma todo el mundo y, por favor, dejad de gritar —supliqué, apretándome la cabeza entre las manos.

Pero Sarah, demasiado rabiosa para atender a razones, apartó las sábanas y saltó de la cama. A tientas, buscó su ropa y cuando lo tuvo todo, salvo un zapato que no aparecía ni vivo ni muerto, salió como una exhalación rumbo al cuarto de baño.

Aproveché para taparme un poco porque me estaba quedando helado y, de paso, encendí la luz.

—De verdad, Ali, que para una vez que podía haber habido tema… —Chasqueé la lengua, fastidiado—. Anoche íbamos demasiado borrachos, pero hoy habría sido el perfecto polvo mañanero.

—Por el amor de Dios, Konrad, que aún no he desayunado. ¿Te importaría no ser tan gráfico? —me regañó, aunque enseguida aña-

Isabel Keats

dió—: Y da gracias a tu ángel de la guarda por no haberte acostado con ella. No quiero ni pensar en la cantidad de *cocolotrocos* saltarines que acechan en su… ya sabes qué.

—No, la verdad es que ni idea de su «ya sabes qué» —repliqué lleno de frustración—. Llevo tanto tiempo sin acostarme con una mujer que se me ha olvidado. Vas a tener que hacer algo.

—¿Yo? —Me miró sorprendida.

—Sí, tú. Al fin y al cabo, has sido tú la que has ahuyentado a Sarah.

—Mira, Konrad, ya te he dicho que lo siento, pero estás cien veces mejor sin esa pilingui.

Sarah, ya vestida y después de haber intentado sin éxito limpiar los restos de máscara de pestañas que le daban aspecto de lémur, tuvo que entrar justo en ese momento. Murphy era un inoportuno bastardo.

—¡¿Quién es una pilingui?! ¡Konrad, no voy a consentir que esta mujer me siga insultando! ¡Llévame a casa!

Tenía un terrible dolor de cabeza y me entraron ganas de gritarle que se largara como pudiera, pero comprendí que no podía hacerlo, así que me enrollé la sábana a la cintura y me levanté a regañadientes.

—¿Te vas? —Ali me miró con incredulidad—. ¿Me dejas sola ante el peligro?

—Jo… demonios, Ali, no exageres. Jenn tiene menos peligro que un abuelo en andador. Lo que ocurre es que tenéis que aprender a vivir juntas. La convivencia es lo que tiene: es un auténtico coñazo. ¿Por qué te crees que yo sigo soltero?

—¿Nos vamos de una puñetera vez? —Sarah interrumpió mi pequeño discurso con brusquedad.

La miré con desagrado, tomando nota una vez más de su aspecto lemuruno, y me pregunté que demonios había visto en esa mujer, aparte de un buen par de tetas, claro. Resultaba una tía de lo más cargante. Busqué una muda de ropa limpia en el armario y me dirigí al cuarto de baño. Ali me siguió por el pasillo con expresión lastimera.

—Pero ahora querrá desayunar y seguro que se empeña en recoger la cocina otra vez. —Hizo un puchero—. No voy a poder soportarlo, Konrad.

Me encerré en el baño, pero seguí dando voces a través de la puerta cerrada.

—Tonterías, Ali, te acostumbrarás poco a poco. Te irá bien, ya te lo he dicho. Si quieres volver a la... —titubeé un instante— a la normalidad, tienes que habituarte de nuevo a estar en contacto con otros seres humanos. Que sí, que luego están esos momentos en los que te alegras de no tener un AK 47 con tres docenas de cargadores llenos de cartuchos a mano, porque sabes que te emplearías a fondo, pero eso ya es otra historia.

—Pero...

ALI

Dejé de protestar al oír la ducha corriendo al otro lado y me quedé mirando la hoja de madera con fijeza. Me sentía desamparada.

—Está claro que la locura es contagiosa.

Aquella frase, mascullada por la amante *wannabe* de mi vecino —la misma que en ese momento saltaba a la pata coja tratando de ponerse el otro zapato, que había localizado por fin debajo de la cama, sin perder el equilibrio—, me sacó al instante del pozo de autocompasión en el que me había tirado de cabeza y, con la celeridad de una cobra, me volví hacia ella lista para atacar.

—Contagioso es el herpes genital.

—¿Qué insinúas?

Las mejillas de la mujer se encendieron de pura rabia.

—Contagiosas son la clamidia y la gonorrea.

—¡Yo no tengo…!

Pero yo proseguí, implacable:

—Contagiosa es la sífilis, contagiosa es la tricomoniasis.

Saltaba a la vista que jamás había oído hablar de esta última, pero yo sabía de sobra que una palabra como «tricomoniasis» impone lo suyo. Cuando se puso a dar pequeños saltitos, comprendí que había empezado a notar un picor terrible entre las piernas y que lo de los saltitos era para disimular.

—Contagiosa es…

En ese momento se abrió la puerta del baño y Konrad salió envuelto en una nube de vapor. Al ver la cara de horror de su compañera de juerga de la noche anterior y por lo que debía de haber entendido a través de la madera, supongo que pensó que sería oportuno intervenir antes de que aquel catálogo inexorable acabara con la patética Sarah desmayada a mis pies.

—Déjalo ya, Ali, pareces un pit bull.

Satisfecha al ver que mi adversaria temblaba como una hoja y seguía con los saltitos, me callé por fin y esbocé una sonrisa malvada.

—Venga, nos vamos.

Konrad empezó a bajar la escalera con Sarah pegada a sus talones. Al ver que, en efecto, se marchaban grité desde arriba:

—¡Y yo ¿qué?! ¡¿Qué hago si a esa adolescente con doble personalidad le da por lavarse la cabeza con mi champú?!

—Tendrás que superarlo —se limitó a decir Konrad antes de salir.

Regresé a casa muy enojada, sin dejar de rumiar el tremendo egoísmo de mi vecino, que me endosaba a mí el problema mientras él se iba de juerga. Nada más abrir la puerta, escuché a Jennifer cantando en la cocina. Temiendo lo que me encontraría, me dirigí allí arrastrando los pies.

—¡Hola, señorita Palafox! —me saludó con alegría desde el fregadero mientras frotaba unos cubiertos con un estropajo lleno de jabón—. Le he hecho el desayuno: tostadas de pan integral untadas con queso fresco y zumo de naranja recién exprimido.

Se la veía tan orgullosa de sí misma que no tuve corazón para decirle que jamás comía nada que no hubiera preparado con mis propias manos. Desmadejada, me dejé caer sobre una de las sillas y alargué una mano trémula para coger una de las tostadas. Al notar mi titubeo, Jennifer preguntó:

—¿No le gusta? —Noté que la brillante sonrisa de la adolescente se apagaba poco a poco—. He encontrado una revista llena de menús con desayunos sanos y pensé…

—Por supuesto que me gusta, Jennifer, es uno de mis desayunos favoritos. Muchas gracias por tomarte la molestia de prepararlo.

Con decisión, le di un mordisco a la tostada y mastiqué despacio, reprimiendo las náuseas. Si en el pícnic había conseguido comer *foie* de la misma lata en la que Konrad había metido un dedo de dudosa limpieza, esto debería ser coser y cantar.

Mi indeseada huésped volvió a sonreír y siguió charlando, ajena a mis esfuerzos por terminar el desayuno sin salir corriendo al cuarto de baño.

—Yo ya me he comido las mías y estaban riquísimas. En casa no solemos desayunar tan sano, ¿sabe? Como mucho, cuando me acuerdo de pillarlos, tomo los cereales de oferta del súper, pero he pensado que ya que voy a pasar aquí una temporada lo mejor será que me adapte a sus costumbres. Al fin y al cabo —agregó con cierta timidez—, no me importaría nada tener un tipazo como el suyo.

Bajé el último bocado con un largo trago de zumo, tratando

de no elucubrar si la chica se habría lavado las manos o no antes de exprimir las naranjas.

—Querer mejorar es un paso positivo en la buena dirección —dije, al fin, mientras me concentraba en impedir que lo que había entrado con tanta dificultad por mi boca volviera a salir de golpe por el mismo sitio.

—Bueno, tengo que irme ya si no quiero perder el bus. ¡Adiós, señorita Palafox!

Se agachó a coger la mochila que estaba en el suelo y salió a toda prisa.

—¡Llámame Ali!

Por toda respuesta, escuché el portazo que dio al cerrar la puerta de entrada.

Aún con las piernas temblorosas, me levanté para recoger los cacharros y los llevé a la pila para fregarlos. Desde luego, aquel desayuno había sido todo un desafío. Konrad iba a sentirse superorgulloso de mí cuando se lo contara.

«Y ¿qué más me da lo que piense de mí?», me pregunté confusa, pero lo cierto era que sí que me importaba.

Aunque era incapaz de encontrar una explicación racional —como tratar de explicar por qué a una le gustan más las mariquitas que las salamandras cuando las dos tienen unas manchitas monísimas, o los botijos sin pintar que los decorados, o… Vaya, me estaba yendo por las ramas—, sentía que Konrad se había convertido en un buen amigo.

Apenas acabábamos de conocernos y ya había revolucionado mi vida. Contra mi voluntad, me había obligado a salir de esa reclusión autoimpuesta y, gracias a él, había vuelto a descubrir placeres casi olvidados o, sencillamente, nunca conocidos. Aquel pícnic en la playa me había hecho anhelar el regreso a la normalidad, como él la llamaba. Estaba cansada de la soledad; del temor que me acosaba a todas horas, el mismo que me había hecho encerrarme cada día un poco más en mi pequeño mundo, ordenado y bajo control. Sin saberlo había lanzado una llamada de socorro e, inexplicablemente, había sido un tipo como Konrad, insensible en apariencia, el único que la había captado y se había apresurado a acudir en mi ayuda.

Eso sí, con lo de Jennifer se había excedido, pero mucho. Fruncí el ceño al pensarlo, y el estado de ánimo gentil y apacible en el que me había sumido se desvaneció en el acto. Ayer me habían pillado con la guardia baja, pero en cuanto esa jovenzuela volviera del instituto le dejaría bien claras, de una vez por todas, las normas de *mi* casa.

Capítulo 12

Jennifer

Esa misma tarde, en cuanto llegué del instituto, mi anfitriona insistió en ir a hablar con mi madre. En un principio me negué en redondo. No, *niet*, *nein*. La idea de que mi madre pudiera haberse preocupado, algo de lo que Ali parecía estar convencida, casi me hizo soltar una carcajada. Mi madre pasaba millas de mí y así se lo dije.

Además, no me hacía maldita la gracia que, precisamente ella que había aceptado cargar conmigo sin el menor entusiasmo, viera la caravana tan cutre en la que había vivido hasta entonces. Lo más probable era que una mujer que llevaba una ropa tan guapa y tenía esa obsesión enfermiza con los gérmenes se olvidara de lo que había hablado con el señor Landowski en cuanto pusiera un pie dentro de la caravana y me echara de su maravillosa casa con una patada en el culo. Sin embargo, al ver que ninguna de las terroríficas excusas que inventaba servía para hacerla olvidarse de aquella idea demencial, no me quedó más remedio que rendirme.

—¿Quieres que vayamos en coche? —se ofreció, a pesar de que

Konrad me había comentado, no sé a cuento de qué, que no le gustaba nada conducir.

En realidad, se notaba a la legua que no tenía ganas de hacer aquella visita, pero hasta Jenna, la ciega de *Pequeñas mentirosas*, se habría dado cuenta de que era una de esas personas supermotivadas —como la pesada de Cinthia, mi profesora de mates— que siempre hacen lo que consideran su deber, aunque ese deber nos dé mucho por ahí al resto.

Me encogí de hombros.

—El camino es malo. Será mejor que vayamos andando. No creo que tardemos más de media hora si vamos campo a través.

—¡Un momento! —Al ver que iba hacia la puerta, corrió detrás de mí—. ¿Crees que debo coger el repelente de mosquitos? A lo mejor también sería conveniente que llevara la mascarilla y... ¿qué tal unos guantes? También tengo un traje de neopreno, en caso de... en caso de...

Sin darme la vuelta para comprobar si me seguía o no, contesté con impaciencia:

—No te preocupes, en esta época ya no hay mosquitos. Tampoco es necesario que entres en la caravana, le diré a mi madre que salga. Y, para tu información, las zonas más profundas del pantano no deben de tener más de cuarenta centímetros de profundidad, así que dudo mucho que puedas bucear ahí.

—¿Bucear? —preguntó con voz de no entender nada, al tiempo que corría para no quedarse atrás—. ¡Espera! ¡No he cerrado con llave!

—Da igual, por si no lo has notado, aquí no hay ni Dios. Pero, si no nos damos prisa, se hará de noche y entonces sí que tendremos problemas para encontrar el camino de vuelta.

Al ver que no tenía la menor intención de esperarla, Ali renunció a volver para cerrar la puerta y me siguió con rapidez, sin dejar de mirar a un lado y a otro. Me apuesto tres pavos a que trataba de pillar a los cientos de posibles intrusos que acechaban entre los hierbajos en espera de una oportunidad tan magnífica como aquella.

Avanzamos a buen paso sin decir ni mu, siguiendo los liosos caminos de arena blanca que casi desaparecían entre las altas hierbas y las aguas color chocolate de los marjales. Ali estaba completamente desorientada y me preguntó un par de veces si nos habíamos perdido. Al cabo de más de treinta y cinco minutos caminando sin parar, llegamos a la explanada en la que estaba aparcada sobre sus cuatro ruedas pinchadas la roñosa caravana que había pertenecido a mi padre, en la que habíamos vivido juntos unos años hasta que, un buen día, se largó sin decir adiós.

—¡Hogar, dulce hogar! —Hice una mueca—. Será mejor que te quedes aquí.

Ella me obedeció sin dejar de mirar, con los ojos como pelotas de pimpón, la multitud de trastos inservibles —llantas de neumáticos con las que había hecho carreras de enana; sillas oxidadas a las que les faltaba alguna pata; una nevera sin puerta de los años sesenta que dejó ahí una noche de borrachera uno de los novios de mi madre, en la que yo solía jugar al escondite— tirados por todo el claro. Una decoración de pesadilla que parecía salida de la cabeza de un interiorista psicópata.

—¡Mamá!

Me detuve a un par de metros de la caravana.

Después de varios gritos más, la puerta se abrió con violencia y mi madre —que, según mis cálculos, no debía de tener muchos más años que Ali, aunque aparentaba el triple—, salió con un porro en la mano. Llevaba una de esas viejas camisetas que se ponía al llegar a casa, que le llegaba por encima de las rodillas y que, por cierto, como ahora no estaba yo para encargarme de la colada, tenía unas cuantas manchas.

—¡¿Por qué coño gritas?! ¡¿Es que no puede una descansar después del trabajo sin que vengan a molestarla?!

—Esta es Alicia Palafox. —La señalé con el dedo, sin molestarme en responder—. Ahora vivo con ella y se ha empeñado en hablar contigo.

—¿De qué demonios quiere hablar conmigo?

Como le ocurría siempre que bebía o fumaba más de la cuenta, algo que solía hacer en cuanto salía del curro, mi madre rezumaba agresividad y Ali dio un paso atrás. Fijo que le hubiera gustado salir corriendo, pero seguro que sabía que, si trataba de regresar por su cuenta, se perdería en aquella maraña de caminos sin señalizar.

—Yo, ejem, solo quería hacerle saber que Jennifer se quedará una temporada en mi casa. Como no me conoce de nada, he pensado que se quedaría más tranquila si venía a decírselo en persona.

Mi madre dio una profunda calada con los párpados entrecerrados, antes de dirigirse a mí con un tono cargado de sarcasmo:

—Me gustaría saber cómo coño te las has apañado para liar a esta ricacha y que te admita en su casa. —Me apuntó con el porro, acusadora—. La de putas mentiras que le habrás contado.

—Señora, ejem, señorita Davis. —Al parecer, Ali no sabía muy bien cómo dirigirse a ella, pero puso ese tono suyo de profesora que le molaba tanto—. Le agradecería que no empleara palabras malsonantes delante de su hija.

—Palabras malso... ¡Qué cojones! ¡Esta es mi casa y aquí yo hablo como me sale del co...!

—¡No lo diga, señorita Davis! ¡No se atreva a decirlo!

Fue para mearse de la risa, porque Ali agitó un dedo delante de la jeta de mamá con tanta severidad que la otra cerró el pico sin acabar la frase.

Solté un suspiro de alivio. En cuanto vi salir a mi madre con el porro entre los dedos, comprendí que la cosas iban a ponerse bastante chungas. A diferencia de lo que solía ocurrir con el resto de los mortales, a Jane Davis la marihuana, en vez de calmarla, la volvía más violenta.

111

Justo entonces, la puerta de la caravana se abrió de nuevo golpeando con fuerza contra la chapa, y el novio de mi madre, vestido con unos calzoncillos mugrientos y una no menos mugrienta camiseta de tirantes, salió a ver qué pasaba. Al notar sus ojos descoloridos clavados en mí, se me puso la carne de gallina.

—¡¿Qué cojones está pasando aquí?! ¡No hay quien duerma en esta puta casa!

Llevaba un botellín de cerveza medio vacío agarrado por el cuello —a saber cuántos llevaba ya— y se balanceaba inestable sobre las piernas peludas. Tenía pinta de ir fumado también.

—Será mejor que nos vayamos ya.

Yo estaba cada vez más nerviosa. Ali, tan fina y educada, tenía todas las de perder si se enfrentaba a aquellos dos.

—Parece que la pequeña embustera ha encontrado a una incauta que la ha aceptado en su casa. Claro que todo Truro sabe que esta mujer está como una puta cabra.

El tono de mamá era hiriente y, al oír la risita burlona que lanzó el asqueroso Norman, sentí que me ponía roja. Los ojos se me llenaron de lágrimas de pura rabia y aunque abrí la boca para replicar, la volví a cerrar sin decir nada, a sabiendas de que mi voz saldría temblorosa y solo conseguiría que se rieran aún más.

Sin embargo, no había contado con Alicia Palafox: una tía acojonante —lo supe cuando la conocí un poco mejor— que no se callaba jamás ante las injusticias. Adoptó una pose guerrera: con las manos en las caderas y los ojos echando chispas, les plantó cara con un valor que ni Katniss cuando se presentó voluntaria para ocupar el lugar de su hermana.

—¡Como una cabra lo estará usted! Y no le cuento cuál será el estado de su cerebro en un par de años como siga fumando esas porquerías que destruyen las neuronas a la velocidad de la luz. ¿Sabe qué le digo? Que es increíble que le obliguen a uno a pasar un examen para conducir un coche o para entrar en la universidad o para… no sé, trabajar en un McDonald's, y cualquiera, sin ningún tipo de formación humana, pueda traer un hijo al mundo cuando se le antoja.

»Señorita Davis, es usted la peor madre que ha caminado nunca sobre la faz de la Tierra. —¡Buah, qué piba! Se venía arriba a medida que hablaba—. No solo se permite tomar drogas, beber y decir palabrotas delante de su hija, sino que la echa de casa, con tan solo quince años, porque prefiere creer la palabra de ese… ese ser repugnante que trató de violarla.

—¡Yo no traté de violarla! ¡Esa zorra provocadora miente! —chilló el «ser repugnante» agitando el botellín ya vacío con aire amenazador. Pero Ali estaba embalada y ni siquiera el temor de que pudiera tirárselo a la cabeza la detuvo.

—Ustedes son lo peor de lo peor. Lo más vil que puede encontrarse entre los miembros de la raza humana. Son el eslabón perdido entre la lombriz de tierra y la cucaracha, o, peor aún, entre una tenia y una garrapata de chucho sarnoso o entre un mono uakari y un orco de Mordor o…

—¡No tiene derecho a venir aquí a insultarnos, perra entrometida!

Mamá, fuera de sí, interrumpió con su elegancia de siempre aquel desfile de animales extraños que tenía pinta de no ir a acabarse jamás.

—Descuide, ya nos vamos. —Ali les lanzó la misma mirada de desprecio que se gastaba Blair (volviendo a *Gossip Girl*), y me entraron ganas de aplaudir—. ¡Venga, Jennifer, alejémonos de este lugar ponzoñoso antes de que se nos contagie algo!

La seguí obediente, pero antes de desaparecer de la vista de mamá y de Norman, que continuaban ahí atontados, a cuál con más cara de idiota, me volví y les enseñé el dedo corazón.

CAPÍTULO 13

KONRAD

El calor del verano, como solía ocurrir en Cape Cod, había durado hasta bien entrado el otoño. Quizá por eso era la estación favorita de muchos de los lugareños; ya sin el bullicio de los miles de turistas que los visitaban en julio y agosto, pero aún con un tiempo apacible, aunque las temperaturas hubieran bajado bastante en los últimos días.

Ali había sacado su manta escocesa y, medio recostados y bien abrigados con gruesos jerséis de lana, observábamos a una incansable Jenn que corría arriba y abajo por la playa jugando con su última adquisición: un perro peculiar, fruto de una exótica mezcolanza de razas, que saltaba detrás de ella con los ensortijados rizos marrones al viento.

Con el rostro alzado en dirección a los débiles rayos de sol que pugnaban por atravesar las nubes, mientras escuchaba a medias la enésima queja de Ali por la incorregible inclinación de su protegida a echar mano de hasta el último de sus productos de tocador, empecé a repasar con complacencia los acontecimientos de las últimas semanas.

Había sido todo un acierto obligar a mi vecina a admitir a Jenn en su casa. Sus continuas peleas eran una fuente interminable de inspiración, y el guion de mi nueva película avanzaba a pasos de gigante. De hecho, le había mandado a Lewis un pequeño borrador, y desde entonces —a juzgar por sus llamadas— mi agente, más que andar, flotaba en el éter.

Es más, aunque ambas discutían sin cesar desde que amanecía hasta que se ponía el sol por las cosas más peregrinas, había notado que empezaban a profesarse una especie de afecto mutuo.

Ali se había tomado muy en serio la misión de conseguir que la adolescente acabara la educación secundaria con buena nota. Según me había contado Jenn hecha una hiena, todas las tardes la obligaba a estudiar en el salón mientras ella trabajaba en sus diseños. Eso sí, también reconoció que, si no entendía algo, su torturadora se lo explicaba de un modo amable y sencillo. En vista de las observaciones de los profesores en el último boletín de notas —que mi vecina me había mostrado triunfante—, la cosa marchaba viento en popa. Además, desde que tenía otras cosas en qué pensar, había notado que Ali ya no hablaba tanto de su ex.

Por otro lado, se notaba a la legua que Jenn tenía cada vez más seguridad en sí misma. El evidente complejo de inferioridad que arrastraba desde niña debido a sus circunstancias personales parecía haberse evaporado. Descubrí con cierta diversión que había convertido a Ali en su modelo: apenas se maquillaba, caminaba más erguida, comía mejor, hacía más ejercicio, y entre las dos habían elegido un guardarropa nuevo que ya no ocultaba las suaves curvas juveniles de Jenn.

Además, ya no tenía tantas espinillas. La casi total ausencia de productos cosméticos de mala calidad y la nueva alimentación, mucho más saludable, le habían dado un brillo nuevo a su piel y a su pelo que, poco a poco, iba librándose de las mechas de colores. Hasta su forma de moverse y caminar denotaba mayor confianza.

Por lo visto, sus compañeros de instituto también lo habían notado, pues no era raro que alguno se ofreciera a acompañarla a casa después del colegio. Sin embargo, Jenn, quien según los chismes de los lugareños hasta entonces se iba con el primer jovenzuelo granujiento que se lo pedía —imagino que buscando en vano un afecto que nunca llegaba—, ahora no tenía tiempo para los chicos. Según me confesó un día, estaba demasiado ocupada convirtiéndose en la persona que siempre había soñado ser.

Excepto por otro desagradable encontronazo con su madre, que un día que estaba borracha había ido a exigirle a Ali una especie de impuesto revolucionario a cambio del honor de recibir a su hija en su casa, y que mi vecina, sin dignarse siquiera a abrirle la puerta, había resuelto con un par de frases contundentes, todo marchaba viento en popa.

Incluso yo le había tomado cariño a aquel saco de pulgas que una tarde se había pegado a Jenn cuando esta volvía del colegio, y que no me había quedado más remedio que adoptar en vista de lo burra que se había puesto mi vecina con el asunto. El peludo *Peluquín* se había convertido en un miembro muy amado —salvo por Ali, por supuesto, que al parecer no simpatizaba en absoluto con la costumbre que tenía el chucho de arramplar con sus zapatillas de estar por casa a la menor oportunidad— de aquel extraño clan que habíamos formado en torno a nosotros.

Sí, me dije, satisfecho, mientras contemplaba por entre los párpados entornados a *Peluquín*, al que una ola acababa de dar un buen revolcón al tratar de recuperar el palo que Jenn le había arrojado al mar. Me gustaba esa familia algo peculiar con la que compartía tantas horas del día, pero, sin duda, mi favorita era Ali.

La miré de reojo. En ese momento gesticulaba frenética, sin dejar de regañar a Jennifer por poner en peligro la vida de ese «chucho asqueroso», como solía llamarlo, a pesar de que a nadie se le había escapado con cuánta frecuencia le preparaba la mezcla de arroz, integral por supuesto, y pollo, que era el plato favorito del animal. Como de costumbre, estaba preciosa. Tenía el pelo revuelto y las mejillas sonrosadas por la brisa que soplaba con fuerza desde el océano, y el grueso jersey azul marino de cuello vuelto enfatizaba el tono cremoso de su piel.

Me había enamorado de Ali como un gilipollas.

Aquel pensamiento repentino ni siquiera me sorprendió. En realidad, lo intuía desde la noche de mi rotundo fracaso con Sarah. Por muy borracho que estuviera, siempre había cumplido con las mujeres como un campeón, pero en aquella ocasión la idea de hacerle el amor a otra que no fuera Ali no solo me había dejado frío, sino que me había llenado de desagrado.

Así que ahora me enfrentaba a un tremendo dilema: ser o no ser. O lo que era casi lo mismo: ¿qué iba a ocurrir de ahora en adelante con mi vida sexual? Con Ali no era fácil hacer predicciones, aunque, en mi modesta opinión, gracias al tratamiento de choque Landowski mi vecina había mejorado mucho.

Aunque hacía gala de un discreto disimulo raro en mí, aprovechaba la menor oportunidad para tocarla. Si estaba sentado a su lado en la cocina, me estiraba por encima de ella para alcanzar un salero, la jarra, o lo que estuviera más a mano y, de paso, le rozaba la mejilla con la nariz o los cabellos color miel con la punta de los dedos. Cuando ella protestaba, diciendo que no tenía más que pedirle las cosas y ella me las pasaría, me disculpaba y, a la menor oportunidad, repetía la jugada. Si paseábamos por la playa, pues aprovechaba para colocar la mano en la parte baja de su espalda como si pensara que ella necesitaba que la guiase. Las primeras veces, Ali se había apartado en el acto con un violento respingo. Sin embargo, desde hacía un tiempo se limitaba a ponerse rígida y a resoplar.

Recordé el día que los tres decidimos ver una película en mi casa. Mi vecina quería ver mi obra cumbre: *Tortilla de mercenarias*, «la peli más cañera de todos los tiempos» en palabras de Jenn, pero juzgué que sería mejor no asustar demasiado a Ali de momento, así que propuse que viéramos una de esas comedias románticas de Sandra Bullock que me parecían un tostón. Como sospechaba —luego decían mis hermanas que no estaba en contacto con mi lado femenino—, las dos aceptaron encantadas.

Jenn, que no tenía un pelo de tonta, insistió en sentarse en uno de los extremos del sofá de cuero con la excusa de que no sabía por qué, de pronto, tenía ganas de hacer pis a todas horas y no quería interrumpirnos la película. Ali no se percató del guiño que intercambiamos y aceptó sin sospechar lo más mínimo, con la condición, eso sí, de sentarse ella en el otro extremo. Después de sacudir bien su parte del sillón y repasarla con un pañuelo de papel que llevaba en el bolsillo del pantalón, se sentó y se puso a disfrutar de la película.

Esperé a que estuviera bien metida en la historia antes de inclinarme a coger el bol de palomitas que había sobre la mesa y volverme a sentar mucho más cerca de ella, de modo que su brazo y su muslo derecho entraron en contacto directo con mi brazo y mi muslo izquierdo. Absorto en apariencia en las alocadas aventuras de Sandra, observé por el rabillo del ojo que mi vecina se apartaba poco a poco con disimulo. Contuve una sonrisa antes de devolver las palomitas a la mesa y acomodarme de nuevo aún más cerca de ella. Seguimos así un rato, jugando al gato y al ratón, pero, en cuanto comprendí que Ali ya no podía alejarse más —el brazo del sillón resultaba una barrera insalvable—, bostecé, me estiré y pasé un brazo por encima del respaldo como quien no quiere la cosa, hasta que mis dedos rozaron su melena dorada. Al instante, la espalda de mi vecina adquirió la rigidez de una tabla.

—Konrad —musitó para no molestar a Jenn, que seguía la película en estado de trance.

—Dime, Ali.

Me incliné sobre ella aún más y pegué la oreja a su boca.

—¿Te importa apartarte un poco? No puedo respirar.

Con fingida preocupación, acerqué los labios a su oído y pregunté en un susurro cosquilleante que la puso más tensa aún.

—¿Qué ocurre? ¿Te encuentras mal?

—No, es solo que… —De pronto, entrecerró los párpados y su mirada se convirtió en una clara acusación—. ¡Lo estás haciendo a propósito!

Puse mi mejor cara de inocencia.

—No sé a qué te refieres.

—Me estás… manoseando.

En ese momento Jenn anunció:

—¡Mierda, me meo! ¡Paro la peli, ¿vale?! Y salió disparada de la habitación.

—Anda que no le he dicho veces que procure ser más fina. —Ali se distrajo por unos instantes.

—Conmigo al menos has triunfado. —Pensé que era un buen momento para hacerle un poco la pelota—. Ya casi no digo tacos.

La vi poner los ojos en blanco.

—¡Joder, Ali…! —empecé a protestar, pero su expresión amenazadora me detuvo en seco—. Perdona, se me ha escapado.

Pero esta vez ella no se dejó distraer por mi aspecto contrito.

—Mira, Konrad, ya te he dicho que no me gusta que me toquen. Estás demasiado cerca de mí, hasta puedo oler el pestazo a tabaco que suelta tu camiseta.

Cogí la tela de algodón, me la llevé a la nariz y empecé a olisquearla.

—Pues yo no noto nada.

—Claro, cómo lo vas a notar. —Puso de nuevo los ojos en blanco—. ¿Aún no te has enterado de que el tabaco destruye los nervios olfativos y daña también los receptores del gusto?

Puse cara de aburrimiento y cambié de tema al instante; si la dejaba, mi vecina expondría sobre la marcha una tesis completa sobre los efectos perniciosos del tabaquismo en la salud.

—No te embales, Ali. Estábamos en otro asunto. Me has acusado de manosearte y me siento ofendido, la verdad sea dicha. ¡Y como vuelvas a poner los ojos en blanco —advertí—, te voy a tumbar sobre mis rodillas y te voy a dar unos buenos azotes!

Se detuvo justo a tiempo y se contentó con alzar las cejas ligeramente.

—A ti no te ofende nada, Konrad Landowski, tienes la piel más gruesa que la de un elefante. ¿O la tendrá más gruesa un cocodrilo? —Se quedó unos segundos considerando el asunto, pero enseguida volvió a la carga—: Llevas toda la película acosándome; prácticamente te has sentado encima de mí y ahora —apartó la cabeza con brusquedad— me estabas tocando el pelo.

«Pillado», me dije. En realidad, lo que más me apetecía en ese momento era enredar los dedos en esos suaves cabellos dorados, obligarla a alzar el rostro hacia mí y acallarla de una vez con un apasionado beso en la boca, con aderezo de lengua e intercambio de saliva.

—Ha sido un acto reflejo. ¡Te lo juro!

—¡Konrad! —Se encaró conmigo con el ceño fruncido—. Imagino que como buen polaco serás católico y no necesitarás que te recuerde lo que pasa cuando se jura en falso.

—Está bien. —Alcé las manos en ademán de rendición—. Lo reconozco, te he tocado a propósito.

Dudando entre esbozar una sonrisa de satisfacción al haberme hecho confesar por fin, o una mueca desaprobadora por lo que implicaba esa misma confesión, Ali se contentó con conservar el semblante impasible.

—¿Con qué intenciones?

«Con qué intenciones va a ser, so inocentona. Quiero que te acostumbres al roce de mis dedos sobre tu piel, esa piel que parece seda o terciopelo o… algodón de azúcar; que mis yemas exploren todos los rincones donde estoy seguro de que es más suave aún: las axilas, detrás de las rodillas, las ingles… Quiero que te acostumbres a que te bese a conciencia, sin dejar el menor recoveco de tu cuerpo sin recorrer mientras te retuerces de deseo. Quiero que te acostumbres a…».

Al comprender que ella seguía esperando una explicación, me obligué a salir de aquellas ensoñaciones calenturientas.

—Es parte de la terapia, Ali.

—¡Ah! ¿Así que ahora eres médico? —replicó sarcástica.

—Te aseguro que mejor que cualquier loquero con los que acostumbras a tratar. Conozco bien a las mujeres. Ali…

Debió de detectar el leve grado de amenaza que había imprimido al pronunciar su nombre, porque contuvo su gesto favorito, así que continué:

—Ya te he dicho que necesitas acostumbrarte de nuevo al contacto humano. Y ¿qué mejor manera de hacerlo que con un amigo? Así puedes estar segura de que me muevo por motivos totalmente altruistas, que no busco solo camelarte para llevarte a la cama como haría cualquier otro.

«Vaya sarta de estupideces», me dije, admirado de mi propia verborrea. No había más que echar un vistazo a mi entrepierna para notar lo mucho que me afectaba su cercanía, pero, increíblemente, ella se lo tragó.

Después de sopesar un buen rato mis palabras dijo por fin:

—Quizá tengas razón. —Al oírla, mi amigo íntimo hizo la ola y me vi obligado a acomodarme los vaqueros; sin embargo, el resto de la frase acabó con aquel prematuro entusiasmo de manera fulminante—. Puede que sea más fácil con un tipo como tú, así no hay peligro.

Ofendido, le pedí explicaciones.

—¿Qué quieres decir con un tipo como yo? ¿Qué es eso de insinuar que yo no tengo peligro?

Como si le extrañara verme tan enojado, trató de explicarme lo que había querido decir en realidad, aunque sus razones no contribuyeron a apaciguar mi cabreo, la verdad sea dicha.

—Ya sabes lo que pienso de tus hábitos, Konrad. Jamás me enamoraría de un fumador, ni de una persona tan mal hablada y con semejante flotador alrededor de la cintura. A ver, me caes bien —se apresuró a añadir al darse cuenta de que yo parecía a punto de explotar—. Eres divertido, aunque a veces tu humor resulta algo burdo.

—¿Burdo? —Sonó como un escupitajo.

—Del tipo caca, culo, pedo, pis —aclaró muy seria.

—Caca, culo…

—¿Vas a repetir todo lo que digo? —preguntó impaciente—. Lo que quiero decir es que tu idea no me parece mala del todo, siempre y cuando sepas cuándo parar. —De pronto, su rostro se iluminó—. ¡Ya sé! Estableceremos una contraseña, como en el libro ese en el que le zumban la badana a la chica en una habitación muy cuca. Cuando yo diga, por ejemplo…, por ejemplo…

—¡Para ya, maldito cabrón!

La voz de Jenn, a la que ninguno había oído regresar, absortos como estábamos en nuestra conversación, nos hizo dar un respingo.

—Eso es una ordinariez, Jennifer. —Ali frunció los labios en un mohín remilgado—. Quería decir algo así como por ejemplo…

La miramos expectantes.

—¡Queso! ¿Qué os parece? —dijo Ali.

Pasó los ojos de uno a otro, al parecer muy satisfecha consigo misma, pero su animación se borró de golpe al descubrir que nuestra mirada de expectación se había transformado en otra de absoluto estupor.

—¡Queso! —repitió Jenn; en aquella simple palabra se concentraba todo un mundo de desdén.

—¡Jo… demonios, Ali! ¿Eso es todo lo que se te ocurre?

—Yo creo que es una buena contraseña —contestó a la defensiva.

—Descartada. Cada vez que la oyera me entraría hambre y tendría que ir a picar algo a la cocina. —Me quedé pensando un rato—. ¿Qué tal esta? ¡Detente, mi señor!

Ahora fue el turno de las chicas de mirarme con cara de asco.

—Es una mierda. Además, es demasiado larga —dijo Jenn. Mi vecina debía de estar muy de acuerdo porque ni siquiera se molestó en regañarla—. ¿Cuál era la del libro ese?

—En realidad no lo he leído, lo conozco porque mi amiga Sandra se pasó un par de meses sin hablar de otra cosa.

—Rojo, era rojo —intervine.

—¡Ajá! —Mi vecina enarcó las cejas varias veces—. O sea que tú sí lo has leído…

Me encogí de hombros sin hacer caso de su actitud burlona.

—Ya sabes que cuando hay sexo de por medio…

—No sigas. —Alzó las manos para detener una explicación que seguramente pensaba (y no se equivocaba) que no iba a ser demasiado apropiada para sus delicados oídos—. Está bien. Rojo. Cuando diga rojo paras en seco, ¿entendido?

—No estoy seguro de haberlo entendido bien. Será mejor que hagamos una prueba.

—¿Tengo que ir a hacer pis otra vez? —Saltaba a la vista que Jenn se moría de ganas de observar el experimento.

Ali frunció el ceño sin comprender, pero yo me apresuré a contestar con una mirada de lo más expresiva:

—Ya sabes cómo sufre el riñón si pasa mucho tiempo lleno, y ya no digamos la vejiga.

—Bueno, está bien.

De mala gana, Jenn nos dejó solos.

—¿También eres su médico? —preguntó Ali desconcertada.

—Vamos, no te distraigas. Estábamos hablando de poner a prueba la palabra mágica.

—Es que, yo…

—Cierra los ojos si prefieres —dije con firmeza.

Ali apretó los párpados con todas sus fuerzas y esperó muy tensa. Al verla, no pude reprimir una sonrisa.

—Veamos, yo hago así…

Alcé la mano para tocar su rostro, pero antes de que llegara siquiera a rozarla, emitió un chillido:

—¡Rojo!

—¡Ali, jo… demonios, que no te he tocado!

—¿No? —Abrió los ojos sorprendida—. Juraría que he sentido algo.

Moví la cabeza exasperado.

—A ver, un poco de concentración, por favor.

—Está bien. —Tragó saliva y cerró los ojos de nuevo, pero volvió a abrirlos antes de que me diera tiempo a levantar la mano y dijo muy nerviosa—: No va a funcionar.

Traté de armarme de paciencia.

—Tranquila. Solo voy a rozarte con la yema del dedo, nada más. En cuanto tú digas «rojo», paro.

—Está bien. Ya… ya estoy tranquila.

Noté que le temblaban las manos, pero solo dije:

—Ojos cerrados ¡ya!

Obedeció por fin y, con sumo cuidado, acaricié con la yema del índice la arruga que se le marcaba en el entrecejo. Los labios de mi vecina se abrieron como si hubiera apretado un interruptor, pero me apresuré a posar el dedo sobre ellos.

—Shh, tranquila —susurré con dulzura.

Ali apretó los puños contra los muslos y tragó saliva una vez más. Muy despacio, deslicé el dedo casi sin tocarla a lo largo de la suave línea de la mandíbula hasta llegar a la oreja.

—Ya está bien por hoy.

Rompí el contacto y di un paso atrás.

—¿Ya está?

Abrió los ojos y parpadeó un par de veces. ¿Se sentía aliviada o todo lo contrario? La verdad era que no habría sabido decirlo.

—Iremos poco a poco. ¡Jenn, pequeña meona —grité en dirección a la puerta—, vamos a terminar de ver la peli!

***

Se me escapó una sonrisa al recordar aquel día. Desde entonces la palabra «rojo» se había convertido en la banda sonora de mi vida; sin embargo, aunque las cosas iban muy despacio, notaba ciertos avances.

¡Jo… demonios, qué ganas tenía de fumar! Cuando estaba con Ali, procuraba abstenerme. Había notado que el más leve signo de olor a tabaco la hacía mantenerse a distancia y, para mí, eso era aún peor que el mono de nicotina.

Volví a mirarla de reojo y decidí aprovechar que estaba distraída con los juegos de Jennifer y el perro para cogerla de la mano. Al instante, ella trató de retirarla, pero no se lo permití.

—A ver si eres capaz de aguantar dos minutos —la desafié; había descubierto que con Ali aquel truco solía funcionar.

No dijo nada, pero dejó de forcejear, aunque yo sabía que había empezado a contar en silencio. Aproveché que aún quedaban varios segundos para acariciarle el interior de la muñeca con la yema del pulgar.

—¡Rojo!

—Hemos acordado dos minutos, aún me quedan noventa y siete segundos.

—¡Cincuenta y cuatro!

—Estás haciendo trampas.

—¡Mentira y gorda! —Me miró indignada—. Eres tú el que cuenta demasiado despacio.

Con la discusión, Ali se había olvidado de que aún retenía su mano entre las mías; sin embargo, no pensaba recordárselo. *Quién me iba a decir que a mi edad disfrutaría haciendo manitas con una mujer*, me dije con sorna. *Si mi amigo Martin viera lo bajo que había caído se partiría de risa, aunque en realidad me daba exactamente igual lo que él o nadie pudiera pensar. Me encantaba sentir los dedos finos y cálidos de Ali entrelazados con los míos.*

En ese preciso instante, un palo cayó en el regazo de mi vecina salpicándonos de gotas de agua helada y, antes de que ninguno de los dos pudiéramos reaccionar, *Peluquín*, empapado y lleno de arena, se abalanzó sobre nosotros ladrando excitado. Empezamos a gritar y, decidido a sacar tajada de la situación, me coloqué encima de Ali con el pretexto de protegerla de aquel ataque repentino.

—¡Largo de aquí, bestia inmunda! —ordené con severidad, al tiempo que escondía el palo debajo de mi jersey con un movimiento rapidísimo.

Sin dejar de menear la cola ante esa pequeña variante de aquel juego tan divertido, *Peluquín* siguió husmeando, frenético, sin importarle lo más mínimo que sus rizos chorrearan agua sobre nosotros.

—¡Quita, Konrad, que no puedo respirar!

—No puedo, Ali. No quiero pensar en lo que hará esta fiera si te suelto.

—¡Vete de una vez, chucho asqueroso! —chilló Ali, a la que seguro que mi cercanía y el considerable peso de mi cuerpo estaban empezando a poner de los nervios—. ¡Jennifer, llévatelo de aquí ahora mismo!

Jenn, a la que no se le había escapado mi maniobra, echó mano de todos los recursos expresivos que debía haber aprendido en sus clases de teatro y, conteniendo la risa, gritó con dramatismo:

—¡No puedo, Ali, está como loco! ¡Nunca lo había visto así! ¡Oh, Dios mío!

—¡Ay, me ha mordido! —berreé muy metido en mi papel—. ¡Pero no te preocupes, vecina, te protegeré de esta fiera aunque me arranque la piel a bocados!

—¡Cielos!

Con las mejillas enrojecidas, el pelo revuelto, y la mezcla de temor y desconfianza asomando en los inmensos ojos castaños, Ali estaba irresistible y ya no pude aguantarlo por más tiempo. Llevaba reprimiéndome desde hacía meses, pero ¡era un hombre, joder! Con decisión, incliné la cabeza y mi boca se apoderó de esos labios enloquecedores que estaban hechos para besar y sonreír, al tiempo que me sacaba el palo de debajo del jersey con disimulo y lo lanzaba lo más lejos posible para que *Peluquín* nos dejara en paz.

—¡Mmm! ¡Mmm!

Me aposté conmigo mismo a que aquellos sonidos ahogados querían decir: ¡rojo!, ¡rojo! Noté que Ali titubeaba unos segundos antes de apoyar las manos contra mi pecho y empujarme con fuerza, pero seguí besándola con la maestría que había acumulado desde que a los doce años besé a una chica por primera vez.

—Mmm…, mmm.

Los sonidos cada vez se hacían más débiles y la lucha de Ali por liberarse iba perdiendo fuelle, por lo que pude concentrarme de lleno en hacerla disfrutar. Con los dedos hundidos en la suave melena dorada, tracé el contorno de sus labios con la punta de la lengua antes de mordisquear el inferior con una suavidad exquisita hasta que sentí que se arqueaba contra mí en un acto reflejo.

Estaba tan excitado que me dije a mí mismo que o paraba en ese instante o haría algo que la asustaría sin remedio. Así que, con un esfuerzo titánico, aparté la boca de la suya, aunque no fui capaz de resistir el impulso de salpicar de besos ligeros la suave línea de la mandíbula hasta llegar al lóbulo de su oreja. Un lóbulo suculento engalanado por un diminuto lunar que me volvía loco. Ali dijo algo.

—¿Qué has dicho?

Me apoyé sobre los antebrazos y la miré, jadeante. Ali tenía los ojos cerrados, y su pecho subía y bajaba al compás de la respiración agitada.

—Rojo. —La palabra brotó como un suspiro por entre los labios entreabiertos.

Preocupado al ver que seguía inmóvil con los párpados apretados, le acaricié los pómulos con los pulgares tratando de tranquilizarla.

—Ya está, ¿ves? Ya he parado. En cuanto has dicho la palabra mágica. ¡Mírame, Ali! —ordené cada vez más alarmado.

Finalmente, abrió los ojos muy despacio. Había una hondura en los preciosos iris castaños que no supe descifrar; lo único que sabía era que no me habría importado zambullirme de cabeza en aquellas aguas profundas y desaparecer para siempre. Con rapidez, me puse en pie y le tendí una mano para ayudarla a levantarse. Ella hizo como que no la veía; se había incorporado sobre los antebrazos y seguía mirándome en silencio.

—¡Joder, Ali, di algo!

—¿Qué quieres que diga? —Su voz sonaba muy ronca, como si el hecho de hablar le hubiera irritado la garganta.

—Pues no sé. —Me pasé una mano por el pelo revuelto despeinándome aún más y miré a mi alrededor, desesperado por encontrar alguna idea—. ¿Cómo te encuentras? ¿Qué sientes?

—Me siento mal, Konrad. —La suavidad con la que hablaba y la mirada sin expresión no recordaban en absoluto a la Ali de siempre—. Hoy he comprendido que no puedo confiar en ti.

—¿Cómo que no? —Me aparté otro mechón de la frente con dedos nerviosos—. Has dicho «rojo» y he parado.

Sin decir nada, se puso en pie y se entretuvo un rato en sacudirse la arena del jersey y los pantalones antes de empezar a caminar en dirección a la casa.

—Ali… —la llamé con voz suplicante.

Pero ella se alejaba sin volver la vista atrás.

—¡Ali, eres injusta!

Al oír aquel calificativo se detuvo en seco, como si acabara de recibir un balazo. Unos segundos después, se volvió hecha una furia y se plantó frente a mí con los brazos en jarras.

«¡Ah!», me dije aliviado, pues prefería mil veces esa cólera que la apatía anterior. «Esta sí es mi Ali».

—¡¿Injusta?! ¡¿Cuántas veces he dicho «rojo»?!

La miré con aparente desconcierto.

—Solo esta, que yo sepa. —Capté unos destellos tormentosos en sus ojos y añadí con cautela—: A lo mejor lo has dicho más veces y yo no te he entendido.

—Claaaro —replicó sarcástica—, cómo vas a entenderme si estabas… si estabas…

—¿Comiéndote la boca? ¿Dándote un morreo de los que sientan cátedra? ¿Acariciándote la campanilla con la lengua? —apunté con amabilidad.

Ali abrió y cerró la boca varias veces antes de replicar:

—¡Eres un cerdo! Pero a mí no me engañas, sabías perfectamente que estaba diciendo «rojo», que, en realidad, ¡estaba gritando «rojo»!, pero no has querido darte por enterado porque eres un salido que no piensa más que en… que en…

—¿Tener una vida sexual activa y saludable? ¿Acaso es algo malo?

—¡Que te calles! —Roja de rabia, se tapó los oídos con las manos—. ¡No vuelvas a llamar a mi puerta, ¿me oyes?! ¡No quiero volver a verte ni a ti ni a este chucho asqueroso nunca más! Señaló con el dedo a *Peluquín* que, con la lengua colgando y el palo bien custodiado entre las patas, nos observaba muy entretenido, antes de darse de nuevo media vuelta y dirigirse a su casa a paso ligero.

—¡Ali, lo siento!

Ella siguió caminando como si no me hubiera oído.

—¡Te juro que no te entendí!

Sin volverse, replicó desde lo alto de la escalera:

—¡Y deja de jurar en vano, Konrad Landowski!

—¡Ali, yo…!

Por desgracia, para entonces mi vecina había entrado en la casa y había cerrado de un portazo.

Me volví al oír un suave silbido y descubrí a Jenn a mi lado. El viento que acababa de levantarse hacía ondear con fuerza su melena, que ya había recuperado casi por completo su tono rubio natural.

—¡Buah! Qué chungo lo tienes… —Movió la cabeza de lado a lado con pesimismo.

Puse cara de póquer.

—No sé de qué me hablas.

—No, seguro. —Alzó una ceja con sorna—. ¿Piensas que a estas alturas no sé cuándo a un tío le pone una tía? A ver si crees que me chupo el dedo.

—Como comprenderás, no me interesa lo más mínimo la vida sexual de una mocosa como tú —repliqué sin la menor delicadeza—. Y para tu información: Ali no me pone.

Jenn soltó una carcajada y se volvió hacia el perro.

—¿Has oído eso, *Peluquín*? Luego dicen que los adultos no cuentan mentiras.

Al ver que hasta el perro tenía una expresión burlona, me apresuré a aclarar un par de cosas.

—Bueno, solo un poquito. —Jenn frunció los labios en un mohín petulante, así que añadí—: Y no siempre.

—Vale, vale, no digo nada. Voy a entrar, que ahora hace un frío que pela. Hasta mañana, *Peluquín*. —Se agachó y acarició los rizos tiesos y llenos de arena del perro. Luego se enderezó y siguió los pasos de Ali.

—¡Oye, Jenn! Si se te ocurre alguna cosa… —Carraspeé un par de veces—. Ya sabes, para conseguir que se le pase el cabreo, me avisas.

La adolescente agitó la mano en el aire antes de abrir la puerta y desaparecer también en el interior de la casa.

—Y tú, ¿qué miras? —pregunté irritado, pero *Peluquín* se limitó a observarme comprensivo y a mover la cola con complicidad—. No tienes ni idea. Ni tú, ni esa enana sabelotodo.

Enojado, encendí un cigarro, cogí el palo húmedo y lo arrojé al mar con todas mis fuerzas. Al ver que el perro salía detrás de él como una flecha, solté una sonora maldición. Oscurecía con rapidez y no quería ni pensar en lo que diría la señora Williams al día siguiente si ese chucho estúpido entraba empapado en la casa. Me dije que lo mejor sería entrar a buscar una toalla y secarlo un poco. Al percatarme del rumbo que tomaban mis pensamientos, me lamenté con amargura de lo bajo que había caído el gran Konrad Landowski, asustado como un mocoso por lo que pudiera decir esa arpía.

Sin embargo, apagué la colilla en uno de los numerosos maceteros baldíos que el dueño anterior había olvidado en la mudanza, entré en la casa, salí con la maldita toalla y no dejé pasar al perro hasta que consideré que estaba medianamente presentable. Mis rodillas crujieron al incorporarme y noté un molesto pinchazo en un costado. Hambre, seguro. Fui a la cocina, me asomé al congelador y decidí que un buen plato de burritos rellenos de carne picada, bien acompañados de frijoles con arroz, acabaría con todos mis males.

Capítulo 14

Jennifer

Levanté la cabeza del libro de historia y lancé un suspiro de bienestar. Me encantaba aquella habitación. Ali había despejado una de las cabeceras de la mesa para convertirla en mi zona de estudio. Como cada noche desde que había empezado a refrescar, habíamos cerrado las contraventanas y encendido la chimenea que, junto con varias lámparas de pie colocadas con mucho gusto, le daban a los muebles un cálido resplandor dorado. Como de costumbre, Ali estaba sentada en el taburete frente a la mesa inclinada esa tan rara y coloreaba muy concentrada uno de sus últimos diseños. Tenía a *Mizzi* y a uno de los gatitos que no había regalado dormitando sobre un almohadón a sus pies.

En casa de Ali no me costaba nada concentrarme. No podía evitar comparar aquel silencio amistoso con los gritos que se oían día y noche en la atestada caravana de mi madre. Ahora todo aquello me parecía muy lejano. Con quince, bueno, casi dieciséis, acababa de descubrir que el lujo auténtico no consistía en tener varias mansiones y un cochazo aparcado junto a la puerta de cada una de ellas, como siempre había pensado, sino en vivir en un espacio lo bastante amplio con un ambiente agradable y ordenado.

Ya no estudiaba por temor a que Ali me echara de su casa, como sucedía al principio. Aunque reconozco que me encantaba ver la chispa de orgullo en sus ojos cuando le enseñaba el resultado de algunos de mis exámenes, cada uno mejor que el anterior, ahora me esforzaba por mí misma, por mi futuro, porque quería de la vida algo mejor de lo que había tenido hasta entonces.

Eché un vistazo al móvil y vi que ya era la hora de irme a la cama. Ali también era muy estricta con los horarios y yo ya no trataba de escaquearme como al principio; al fin y al cabo, ese cambio de rutinas tenía sus ventajas. Desde que me acostaba más temprano, me costaba mucho menos madrugar al día siguiente. Empecé a recoger los libros y, después de meter hasta el último boli en la mochila, me levanté.

—Buenas noches, Ali.

—Buenas noches, Jennifer. ¿Todo bien con el general Grant?

Esta evaluación estábamos estudiando la guerra de Secesión.

—Sin problemas. Ya sé casi tanto de él como de Justin Bieber.

Ali alzó el pulgar antes de seguir con lo que estaba haciendo y yo subí a mi cuarto. En cuanto me puse el pijama y me lavé los dientes, me lancé de un salto sobre la cama y, con un suspiro de placer, me tapé con el cálido edredón que olía a suavizante. Desde lo más profundo de mi corazón surgió una plegaria sincera.

—Por favor, Dios, si de verdad existes déjame seguir viviendo con Ali, Konrad y *Peluquín* el resto de mi vida, o al menos hasta que vaya a la universidad. Aunque en esto también tendrás que echarme una mano, porque voy a necesitar una beca y de las buenas, claro, ya sabes que la *uni* cuesta un pastón y además…

Pero antes de poder soltar todo lo que llevaba dentro, me quedé dormida.

Ali

Dos horas después de que Jennifer se fuera a la cama, decidí que ya era suficiente por hoy. Bostecé y me bajé del taburete estirando los brazos por encima de la cabeza hasta que me crujieron todas las vértebras. Luego desenrollé mi pañuelo de pensar, lo dejé bien doblado sobre el asiento para el día siguiente y subí a mi dormitorio. Me estaba quitando el jersey cuando sonó el móvil. Sorprendida, lo cogí y chasqueé la lengua con impaciencia al ver quién era el inoportuno que llamaba a esas horas.

—Konrad, es tardísimo. Estaba a punto de acostarme…

—Ali… —Algo en su tono hizo que me detuviera—. Ali, ven, por favor.

—¿Te ocurre algo? —pregunté preocupada. De pronto, se me ocurrió una idea—: ¿No será un truco de los tuyos, Konrad Landowski?

—Ali, creo que me está dando un infarto. —Su voz sonaba tan débil que me costó entenderle.

—¡Tranquilo, Konrad! ¡Tranquilo! ¡Sobre todo, no pierdas la calma! ¡Voy ahora mismo! ¡No subas las escaleras! ¡Tampoco las bajes! ¡Vamos, que no te muevas!

Tiré el móvil encima de la cama, volví a ponerme el jersey a toda prisa y tan solo me detuve unos segundos para dejarle a Jennifer una nota pegada con un imán en la puerta de la nevera.

Enseguida me planté en la casa de al lado, entré sin llamar, subí los escalones de dos en dos sin hacer caso de los ladridos entusiastas del chucho asqueroso, que como de costumbre quería jugar, y empujé la puerta del dormitorio sin molestarme en llamar. Encontré a mi vecino recostado contra el cabecero, apretándose el pecho con una mano. Su rostro había adquirido un desagradable tono grisáceo y estaba empapado de sudor. Que el cenicero que solía tener en la mesilla —una costumbre nada higiénica, por otro lado— estuviera casi vacío de colillas daba fe de su grado de malestar. Me detuve en seco y recorrí los dos últimos metros que me separaban de la cama mucho más despacio.

—Voy a llamar a una ambulancia. —Procuré sonar lo más calmada posible, aunque lo cierto era que estaba aterrada.

—No… demasiado pesada. —Hablaba tan bajo que apenas podía entender lo que decía—. Se hundiría en la arena del camino, tienes… —se detuvo sin aliento— tienes que llevarme en el Land Rover.

—¡Calla de una vez, chucho asqueroso! —le grité al perro que me había seguido al interior de la habitación meneando el rabo muy alterado. Luego me volví de nuevo hacia Konrad—. No sabes lo que dices, Konrad. Hace siglos que no conduzco y estoy acostumbrada al cambio automático.

—Seguramente moriré de todas formas —lo dijo con la actitud resignada de un gran hombre. Un poco forzada, desde mi punto de vista. Seguro que hasta en un momento como este se estaba felicitando por su entereza—, pero tenemos que intentarlo al menos.

Desesperada, miré a mi alrededor buscando algo que pudiera ser de ayuda en semejante emergencia. De pronto, tuve una idea y corrí al cuarto de baño. Abrí el armario que había sobre el lavabo y empecé a leer las etiquetas de los pocos botes de medicamentos que guardaba ahí mi vecino. Por fin, cogí uno de ellos con dedos temblorosos y regresé al dormitorio a la carrera.

—¡Tómate esto!

Konrad abrió la boca, obediente, y le coloqué una pastilla debajo de la lengua como había visto hacer centenares de veces en mi serie de médicos favorita.

En cuanto la pastilla se disolvió, preguntó con voz débil:

—¿Qué me has dado? ¿Una aspirina?

—No tenías. Por suerte, he encontrado tus pastillas para el corazón.

—¡¿Mis qué?! —Me sorprendió el tono que empleó, mucho más fuerte que antes.

—Tus… —Me mordí el labio con la desagradable sensación de haber metido la pata hasta el fondo—. Tus pastillas para el corazón. Lo pone aquí. ¿Ves?

Casi pegué el bote a su cara para que pudiera verlo bien y, al fijarme mejor, noté que la etiqueta, decorada con corazones púrpura y la silueta de una mujer desnuda pintada en negro, resultaba, cuando menos, bastante exótica para un medicamento contra el infarto.

—¡Jo… demonios, Ali! ¡Ahora sí que la has liado parda!

«Al menos, la pastilla ha servido para sacarlo de esa apatía pesimista», me dije. Soy de esas personas que siempre procuran ver el lado positivo.

—Son pastillas de ketamina. —Me quedé muda al escuchar aquello—. Las llevó mi amigo Martin a una de nuestras fiestas. Yo no las probé, pero fui testigo de los estragos que causaban.

—¡¿Y puede saberse por qué las tenías en tu armario de medicamentos?! —A pesar de mi tono acusador, estaba segura de que mi rostro había adquirido el mismo tono gris mortecino que el del paciente—. ¡¿Para confundir a las vecinas que actúan con buena intención?!

—¡No sé, jo… demonios! Las guardé de recuerdo. Jamás pensé que a alguien se le ocurriría enchufarme una a traición.

—¡Oh, Dios mío! ¡Oh, Dios mío!

Me retorcí las manos, sin saber qué hacer.

—Vamos… Ayúdame a llegar hasta el coche.

Esta vez no protesté. Con cuidado, lo ayudé a levantarse. Konrad pasó un brazo sobre mis hombros mientras yo lo sujetaba de la cintura. De esa manera, conseguimos dar unos cuantos pasos vacilantes en dirección a la puerta del dormitorio.

—¿Estás bien? ¿Te duele mucho?

Alcé el rostro congestionado por el esfuerzo, pero el pobre Konrad no podía hacer mucho más para aliviarme del peso de su cuerpo, que como creo que ya he mencionado en alguna ocasión, era más que considerable.

—Ahora no me duele tanto. Son pinchazos que vienen y van, pero cuando vienen… ¡Jo… demonios, es como si me ensartaran con una lanza!

Por fin habíamos conseguido llegar al pie de la escalera.

—¿Dónde están las llaves del coche?

Konrad rebuscó en uno de los bolsillos de su pantalón con la mano libre.

—¡Mierda, no están!

—¡Por Dios! De verdad, Konrad, sé que este no es el momento, pero ¿te das cuenta de que tengo razón cuando te digo que el orden es bueno para la salud? —Lo vi poner los ojos en blanco y me di cuenta de que él tenía razón; era un gesto de lo más irritante—. ¡Venga, haz memoria!

Trató de concentrarse y, por fin, dijo:

—Creo que las dejé arriba, en la mesilla.

Contuve las ganas de gritar y con una calma que estaba muy lejos de sentir, pregunté tratando de fingir que dominaba la situación:

—Está bien, ¿crees que podrás sostenerte tú solo si te apoyas en el pasamanos?

Mi vecino asintió con la cabeza. Lo fui soltando poco a poco, atenta al menor indicio de oscilación, pero al ver que conseguía sostenerse en pie por sus propios medios corrí una vez más escaleras arriba. Por fortuna, las llaves estaban donde había dicho. Jadeante, las cogí, bajé de nuevo a toda prisa y llegué justo a tiempo de sujetar a Konrad, quien, apretándose el pecho con una mano, se tambaleaba peligrosamente.

—¡Ya te tengo!

Quizá pequé de optimista porque, de pronto, todo el peso de Konrad se me vino encima y mis rodillas fueron cediendo a cámara lenta, en un suave aterrizaje, hasta que los dos acabamos sentados en el suelo. Para ser sincera, yo acabé sentada en el suelo y él encima de mí.

—¡Konrad! ¡Konrad! ¿Estás bien?

Lo sacudí con fuerza, cada vez más asustada. Era consciente de que, si él no ponía de su parte, no íbamos a ser capaces de incorporarnos de nuevo. El hecho de saber que era viernes, que Jennifer los sábados se levantaba tardísimo y que la señora Williams no llegaría hasta el lunes, no contribuyó a tranquilizarme en absoluto. Para colmo, acababa de caer en la cuenta de que me había olvidado el móvil sobre la cama y de que tampoco había cogido las gafas que utilizaba para conducir de noche.

—¡Konrad!

—Voy, voy, no me metas prisa, joder —susurró apenas.

—Esta vez te perdono porque… porque puede que… que te estés muriendo… —Sorbí con poca delicadeza y caí en la cuenta de que estaba llorando; los nervios habían podido conmigo—. Pero prométeme que no… no vas a volver a decir pa… palabrotas.

—Te prometo que no diré más palabrotas y, si salgo de esta —se agarró a uno de los balaustres y se incorporó con esfuerzo; el ruido que hacía al respirar resultaba aterrador—, te prometo además… que dejaré de fumar y… hasta te contrataré de… entrenadora… personal.

—¿Y también dejarás de tomar comida basura? —Nunca estaba de más aprovechar la ocasión.

—Te lo juro. —Con un gruñido, logró ponerse de rodillas.

Liberada al fin de su peso, me levanté y, olvidados mis reparos, lo agarré por debajo de las axilas y tiré hacia arriba hasta que, gracias a nuestros esfuerzos combinados, Konrad consiguió ponerse en pie.

Me enjugué la frente sudorosa con el dorso de la mano y, con mi vecino apoyado de nuevo sobre mi hombro, avanzamos penosamente hasta llegar al coche. Agotado, Konrad se derrumbó sobre el asiento delantero y yo lo ayudé a meter las piernas en el vehículo. Con un suspiro de alivio, me volví hacia el perro que nos había seguido hasta allí y lo obligué a volver a meterse en la casa.

—Pórtate bien, chucho asqueroso. —Lo apunté con un dedo—. No manches nada, mañana vendrá Jennifer a ocuparse de ti.

Cerré la puerta con firmeza y me apresuré a sentarme al volante. Después de un par de intentos conseguí arrancar y, de modo casi milagroso, logré meter la primera, que rascó de mala manera porque se me había olvidado pisar antes el embrague.

Konrad salió unos segundos de su dolorido silencio para regañarme:

—¡Ali, que te cargas la caja de cambios!

—Perdona —respondí, cada vez más nerviosa.

Entonces pisé con fuerza el acelerador y el viejo Land Rover, con un crujido lastimero, dio un salto brusco hacia delante. Un poco más y me dejo los dientes en el volante.

—Perdona —repetí.

Me pareció que mi vecino hacía un comentario desagradable respecto a las mujeres y la conducción, pero preferí dejarlo pasar.

A trompicones, tomamos el camino de arena en el que el maldito Land Rover hizo un par de amagos de quedarse atascado. Por fortuna, después de una serie de maniobras algo bruscas, lo reconozco, aderezadas por unas cuantas maldiciones del moribundo, conseguí salir a la carretera.

—¿Ves qué bien? Ya casi estamos. —Mi alegría, tan escandalosamente falsa, le arrancó un nuevo gruñido a mi vecino.

Conduje en silencio varios minutos, no me atrevía a pasar de cuarenta kilómetros por hora porque no recordaba cómo se metía la tercera y, a juzgar por el estruendo, el motor ya iba más revolucionado de lo conveniente. Por suerte había luna llena y, con la ayuda de los faros, que no sabía cómo había logrado encender, podía distinguir el trazado de la carretera con bastante nitidez a pesar de ir sin gafas.

—Ali, ¿llevo puesto el cinturón? —La voz de Konrad me sobresaltó, y di un giro tan brusco al volante que estuvo a punto de sacarnos de la calzada.

—¡Caramba, Konrad! ¿Nunca te han dicho que no hay que distraer al conductor? —conseguí decir en cuanto me recuperé del susto. Tratando de no volver a perder de vista la carretera, giré un poco la cabeza con rigidez para asegurarme de que el cinturón de seguridad de mi acompañante estaba abrochado—. Sí, lo llevas puesto.

—Qué raro. Entonces no sé por qué tengo esta sensación de estar flotando.

Alarmada, me volví a mirarlo y no pude esquivar un bache que estuvo a punto de hacerme perder de nuevo el control del Land Rover.

—¡Yuju! —gritó mi vecino, agitando los brazos con frenesí—. ¡Vuelo! ¡Vuelo! ¡Estoy volando!

Hice un puchero y empecé a lloriquear.

—¡Oh, Dios mío, ¿en qué te he ofendido?! ¿Qué más puede ir mal esta noche?

—¡Ali, mírame! ¡Soy un águila! —vociferó Konrad sin dejar de agitar los brazos delante de mis narices—. ¡Soy un cóndor! ¡Soy un halcón! ¡Soy…!

Lo aparté de un manotazo.

—¡Que te estés quieto, que no veo nada! —chillé semihistérica—. Casi te prefería cuando te estabas muriendo, Konrad, de verdad te lo digo. Te juro que me estás poniendo muy nerviosa.

Me costaba respirar y noté un principio de taquicardia. Horrorizada al reconocer los primeros síntomas de un ataque de pánico, me aferré al volante con más fuerza aún, sintiendo las palmas sudorosas. Sin embargo, me obligué a inspirar profundamente y a espirar con lentitud.

«No puedo venirme abajo, no puedo venirme abajo, no puedo venirme abajo…», recité aquel mantra en silencio una y otra vez hasta que, igual que un caballo al que tiran con fuerza del bocado, mi corazón se vio forzado a retomar un ritmo más normal.

Ajeno por completo a mis terribles apuros, Konrad siguió con su perorata:

—No digas eso, Ali. ¿Cómo puedes querer que me muera? Me siento mejor que nunca. —Había dejado de agitar los brazos, pero ahora se golpeaba los muslos con las palmas de las manos, marcando un compás endiablado—. ¿Y sabes por qué?

Con los ojos entrecerrados y los cinco sentidos concentrados en la carretera, me limité a resoplar con fuerza, pero él prosiguió sin desanimarse:

—¡Porque estoy enamorado de ti! —confesó eufórico a la noche desierta.

Moví la cabeza y solté un resoplido aún más fuerte que el anterior, pero no despegué la vista del camino.

—¡Ali, mi Ali! ¡¿Me has oído?! ¡Te quiero! ¡Te amo! ¡Eres la luz de mi vida! De hecho —bajó un poco la voz—, ¿sabías que un aura dorada te envuelve de pies a cabeza? Es curioso que no me haya dado cuenta antes. Resplandeces.

—Un aura dorada. —Contuve las ganas de poner los ojos en blanco por miedo a que el coche se insubordinara una vez más.

Konrad empezó a vociferar de nuevo.

—¡Eres tan hermosa! ¡Ali, luz de mi vida, deseo hacer el amor contigo y luego morir entre tus brazos! ¡Quiero que el mundo explote a nuestro alrededor en mil pedazos después de hacerte mía!

En esta ocasión, sí que me volví a mirarlo con una mueca de disgusto.

—Konrad, siento haberte drogado, ha sido sin querer, de verdad, pero, por favor, vuelve en ti. Jamás habría imaginado que la ketamina tuviera semejante efecto empalagoso.

Pero él seguía, poseído por el espíritu de un millar de poetas.

—¡Tus labios destilan un néctar hipnótico cada vez que te beso! ¡Mi estómago está lleno de mariposas y cuando contemplo tu belleza revolotean con frenesí!

—¿No serán parásitos intestinales? —pregunté preocupada.

—¡Oh, Ali, eres una mujer tan increíble! ¡Una grácil gacela, una delicada florecilla que llena mis horas vacías con su aroma inolvidable! —Ahora se había convertido en un batería enloquecido y golpeaba con fuerza el salpicadero del Land Rover sin dejar de hablar a voz en grito—. ¡Tú eres lo mejor que me ha pasado nunca!

—Sí, al menos desde que te dejó tu novia, la contorsionista. —A pesar de las circunstancias, no pude resistirme a lanzarle una pulla.

—¡Eso está olvidado, Ali! ¡Soy un hombre nuevo! ¡Soy un hombre que jamás volverá a mirar a otra que no seas tú! ¡Porque no hay ninguna como tú! ¡Porque tú eres mi sol, mi luna y mis estrellas! ¡Mi muñequita preciosa! —insistió. Yo fingí dar una arcada—. ¡Mi cosita linda! ¡Mi…!

De pronto, se soltó el cinturón, se abalanzó sobre mí, me sujetó el rostro con las dos manos y me dio un beso apasionado.

Aquel ataque era lo último que esperaba. Di un par de volantazos y los neumáticos trazaron una peligrosa ese en el asfalto. Luego por fin conseguí apartarlo de un empujón y recuperar el rumbo.

—¡¿Estás loco?!

Jadeante, me llevé una mano al corazón; estaba segura de que ahora era yo la que estaba sufriendo un infarto.

—¡Solo estoy loco por ti! ¡¿Oyes esa llamada?! —Se colocó una mano detrás de la oreja como si, en efecto, lo llamaran voces invisibles—. ¡Siento que puedo volar! ¡Vuelo!

Se puso en pie y volvió a agitar los brazos, pero antes de que me diera tiempo a echarle un discurso sobre las normas viales, se derrumbó sobre el asiento con una exclamación de dolor y empezó a gemir encogido sobre sí mismo.

Al verlo, se me pasó el enfado de golpe.

—¡Aguanta, Konrad, ya llegamos!

En efecto, el letrero luminoso del Cape Cod Hospital acababa de aparecer a mi derecha. Tomé el desvío con brusquedad y, aún en segunda, aceleré hasta que todas y cada una de las piezas del Land Rover crujieron de un modo terrorífico. Aparqué de cualquier manera cerca de la rampa de urgencias y me bajé de un salto. Pocos minutos después, estaba de vuelta con un celador que empujaba una silla de ruedas. Konrad seguía doblado sobre sí mismo.

El hombre abrió la puerta con cara de hastío y le puso una mano en el hombro.

—Vamos, amigo, voy a ayudarlo a bajar. Enseguida se encontrará mejor.

—¡Ali, Ali, mi amor! ¡¿Dónde estás?! ¡Me han envenenado y ahora este extraterrestre me quiere abducir!

Sin dejar de apretarse el pecho con una mano, golpeó al celador en la mandíbula con la otra. El tipo se agarró a la puerta para no caer al suelo y soltó un brutal juramento. Me vi obligada a apretar los labios con fuerza para no echarle un rapapolvo.

—¡No es un extraterrestre, Konrad! ¡Te lo juro!

Al oír mi voz, mi vecino pareció tranquilizarse un poco.

—¿Estás segura? ¿Es de la Coalición?

—Sí, claro, de la Coalición de… ¡los Mensajeros del Espacio! Los buenos, ya sabes.

Sin dejar de hablar, ayudé al malhumorado celador a sentarlo en la silla de ruedas y caminé al lado de Konrad, con la mano apoyada sobre su hombro, mientras el otro la empujaba con esfuerzo, soltando una maldición detrás de otra y poniendo a prueba mi paciencia.

Las urgencias estaban atestadas de personas en diversos estadios de enfermedad, fracturas y demás, pero el celador nos condujo con rapidez a un pequeño *box* situado al fondo del pasillo.

—Voy a buscar al doctor Hudson. Este capullo ha tenido suerte de que esta noche le tocara guardia, es el mejor cardiólogo del hospital.

Antes de salir volvió a correr las cortinas, y con una angustiosa sensación de aislamiento procuré no pensar en la cantidad de virus, bacterias y otras faunas microscópicas que debían de proliferar en aquel medio. Me arrodillé frente la silla y traté de verle la cara a mi vecino, que seguía hecho una pelota con los brazos cruzados sobre el pecho y la frente apoyada en las rodillas.

—Konrad…

Me detuve titubeante, con las palmas en el aire. Por fin inspiré con fuerza y, con decisión, tomé la cabeza morena entre mis manos y lo obligué a alzar el rostro hacia mí.

Konrad me miró con los ojos vidriosos por el dolor, pero, en cuanto me reconoció, trató de esbozar una sonrisa valiente.

—Ali —susurró—, mi preciosa Ali.

Justo en ese momento, alguien corrió la cortina con un desagradable chirrido metálico y dos hombres vestidos con bata blanca entraron en el *box*. Solté a mi vecino y me puse en pie de un salto mientras Konrad observaba a los recién llegados con las pupilas relampagueantes. El más alto se llevó lo que parecía un pequeño

144

mando a distancia a la boca y habló con una voz sin entonación:

—Varón, blanco, posible infarto...

—¡Ali, cuidado! —gritó Konrad—. ¡Los extraterrestres nos atacan de nuevo!

Se puso en pie con mucho esfuerzo y una mueca de dolor en el rostro, y golpeó el brazo del primer «extraterrestre» con todas sus fuerzas. Aquel ataque feroz pilló al recién llegado completamente desprevenido. El hombre soltó una exclamación de sorpresa y la grabadora salió volando por los aires.

—¡Tranquilo, Konrad! También son de la Coalición. —Desesperada, traté de pensar con rapidez—. Vienen a comunicar que el ataque ha sido... ¿cuál es esa palabra tan fea que dicen en las películas?

El otro hombre, que en realidad no debía de ser más que un estudiante en prácticas aficionado a las películas de guerra, sugirió:

—¿Abortado?

—¡Eso, abortado! —Le dirigí una cálida sonrisa que lo hizo sonrojarse.

—¿Se puede saber de qué demonios están hablando?

El doctor de la grabadora, que como mucho tendría treinta años y era muy atractivo, me miró con cara de pocos amigos. Le hice un expresivo gesto con las cejas, invitándole a seguirme la corriente.

—Así que ya puedes sentarte otra vez, Konrad. El doctor te va a dar el antídoto para el veneno que te han inyectado los extraterrestres.

Al parecer, el doctor guaperas no captó mi plan, porque se volvió a mirar a su ayudante con una expresión tirante en el rostro.

—¿Qué locura es esta, Rob?

—Le advierto, doctor Hudson, que es de muy mala educación hablar de la posible locura de las personas —comenté con la dignidad de una princesa—. Por favor, le ruego que atienda a este pobre hombre antes de que sea demasiado tarde.

Por primera vez desde que había entrado en el *box*, el doctor Hudson me miró de verdad. Sus pupilas se dilataron un poco y perdió de golpe la desagradable frialdad de la que había hecho gala hasta entonces. Estuve a punto de poner los ojos en blanco al notar aquella reacción tan poco sorprendente; los hombres se quedaban idiotizados en cuanto veían un rostro bonito. Por suerte, el carraspeo impertinente de Rob, el estudiante que supongo que le habían adjudicado aquella semana, lo sacó del trance y le recordó nuestra apurada situación. Al momento, recuperó su aire profesional, se asomó al pasillo y gritó con impaciencia:

—¡Mike! —El celador que nos había ayudado a llegar hasta ahí soltó una nueva maldición. La verdad era que resultaba un tipo muy poco amable. Dejó el café que acababa de sacar de la máquina sobre el mostrador de la recepción y se acercó de mala gana—. Te he dicho mil veces que dejes a los pacientes encima de la camilla.

—Lo siento, doctor Hudson, pero es que es un tío peligroso.

—¿Peligroso?

El celador esquivó la mirada de reproche que le lancé y repitió:

—Muy peligroso. Además, juraría que va hasta arriba de drogas.

—¡Drogas! ¿No me habías hablado de un infarto? —preguntó mientras el acusica y el estudiante subían a Konrad, no sin esfuerzo, a la camilla.

—Puedo explicarlo… —dije con un hilo de voz.

—Ahora no es momento de explicaciones, señorita.

Aliviada por poder retrasar mi confesión unos minutos, me quedé en silencio. El doctor levantó la camiseta de Konrad, dejando al descubierto el voluminoso abdomen que estaba aún más hinchado de lo habitual, y empezó a examinarlo. Al cabo de media hora —que se me hizo eterna— de meticuloso reconocimiento, volvió a bajarle la camiseta y se dirigió a mí.

—Señorita…

—Alicia, Alicia Palafox.

—¿Es usted la mujer del paciente? —El doctor Hudson, tan severo él, no podía disimular la curiosidad.

—No, no, solo soy su vecina.

—Ah. —Al oír mi respuesta esbozó lo más parecido a una sonrisa que entraba dentro de su repertorio y continuó—: Voy a hacerle unas pruebas, pero casi con toda seguridad podemos descartar el infarto.

Se me iluminó el rostro al escuchar aquellas maravillosas palabras, y noté que mi interlocutor perdía el hilo de su explicación.

—¡Así que no va a morir! —Me puse tan contenta que estuve a punto de abrazarlo, pero, por supuesto, me contuve a tiempo.

—No por ahora —negó con firmeza—. Tiene pinta de ser gases.

—¿Gases? —Me quedé boquiabierta hasta que conseguí asimilar la noticia. Entonces, puse los brazos en jarras y me enfrenté a él en actitud belicosa—. ¿Me está diciendo que he pasado una de las peores noches de mi vida por unos simples gases?

—No es extraño confundir los síntomas. Los gases pueden producir un intenso dolor abdominal alto y bajo. A pesar de la confusión mental del paciente, he logrado averiguar lo que ha cenado y, créame, después de oírlo, estoy casi seguro de que no me he equivocado con el diagnóstico. —Conociendo el apetito voraz de mi vecino, no me costó nada creer aquella explicación. El doctor Hudson prosiguió con ese tono pausado y algo pedante que le caracterizaba—: Lo que me preocupa ahora mismo es el tema del consumo de alucinógenos. Me temo que me veré obligado a ponerlo en conocimiento de las autoridades…

—¡No, por favor! —Junté las manos con ademán suplicante y

fruncí los labios en un puchero conmovedor—. No ha sido culpa suya, doctor Hudson, tiene que creerme. En realidad, no ha sido más que un desdichado accidente.

El doctor Hudson —de quien más tarde supe que tenía fama de ser el mejor cardiólogo del estado y de tener nitrógeno líquido en las venas en lugar de sangre— prácticamente se derritió a mis pies.

—Le he dado un sedante al paciente y dormirá un buen rato. Si no le importa —los gélidos ojos grises en esta ocasión lucían una cómica expresión de arrobamiento—, acompáñeme a la cafetería y me lo cuenta todo. La invito a un café.

Capítulo 15

Konrad

Abrí los párpados despacio. La luz que entraba a raudales en la habitación resultaba muy molesta y no me sonaba de nada aquel techo blanco ni el fluorescente del centro. Traté de alzar la muñeca para mirar la hora, pero el brazo me pesaba una tonelada. Giré unos centímetros la cabeza y reconocí en el acto a la mujer que hojeaba una revista sentada en un sillón de escay, a pesar de que llevaba una mascarilla sanitaria que le tapaba la nariz y la boca, unos guantes de látex y un gorro de ducha verde.

—Ali… —llamé y me extrañó que mi voz sonara tan débil.

—¡Hombre, vecino, ya era hora!

A pesar de que no podía verla, sabía que en ese momento sus deliciosos labios esbozaban una sonrisa no menos deliciosa. Ali dejó la revista en el suelo con cuidado y se acercó a la cama.

—¿Qué ha pasado?

—¿No te acuerdas de nada? —preguntó. Yo negué con la cabeza—. Pues tienes suerte. No sabes qué nochecita la de ayer, serviría de guion para una de tus pelis. Me llamaste porque pensabas que estabas sufriendo un infarto. Yo, ejem…, me confundí de pastillas y acabaste drogado con ketamina.

Me rasqué la barba que empezaba a despuntar en mi mandíbula y sonreí.

—Creo que empiezo a acordarme de algunas cosas. Pensé que me moría.

Mi vecina negó con la cabeza y sus ojos relucieron con picardía.

—Pues no, no fue un infarto. Fue algo mucho menos glamuroso.

—¿Menos glamuroso? ¿Apendicitis? ¿Piedras en el riñón?

—Frío, frío. Fueron…

—¡Dilo de una vez!

—Gases.

—¿Gases? —repetí en el mismo tono que, sin saberlo, ella había utilizado la noche anterior.

En ese momento se oyó el golpeteo de unos nudillos y la puerta se abrió.

—Buenos días, señorita Palafox.

—Buenos días, doctor Hudson.

Ali se había soltado una de las gomas de la mascarilla y no me gustó nada el modo en que los ojos grises del recién llegado recorrieron a mi vecina de arriba abajo con una mirada cargada de interés, así que fruncí los labios, irritado.

—Veo que la enfermera le hizo llegar el gorro y la mascarilla.

—Sí, y los guantes también. Mil gracias, doctor Hudson.

—Llámame Scott.

—Solo si tú me llamas Ali.

—Alicia.

—Alicia está bien.

Sorprendido por la encantadora sonrisa con la que mi vecina recibió aquella orden nada sutil, me entraron ganas de levantarme de la cama y darle un buen empujón a aquel médico estirado.

Ajena a mis agitadas emociones, Ali se volvió hacia mí y dijo:

—Scott tuvo la amabilidad de conseguírmelos cuando le conté que trabajaba en un hogar para niños burbuja. Ya sabes que no me gusta correr riesgos con los pequeños.

Contuve las ganas de poner los ojos en blanco, ese gesto de Ali tan contagioso; en lugar de hacerlo, observé al médico que en ese momento examinaba mis pupilas con ayuda de una linterna. El doctor Hudson pertenecía a ese tipo de hombre que mis hermanas solían calificar con un par de sentencias inapelables: «devastadoramente guapo» y «eminentemente follable» y, al pensarlo, el mal humor que me había invadido en cuanto entró en la habitación subió unos cuantos niveles.

—¿Cómo se encuentra?

Me sujetó la muñeca para tomarme el pulso. Mientras lo hacía, no pude evitar observar de reojo los pantalones de pinzas y la camisa de rayas que asomaban por la bata blanca entreabierta, y la forma en que ambas prendas se ajustaban a la perfección a su cuerpo atlético.

—Bien —repliqué lacónico.

—Alicia me ha contado lo que pasó. Me imagino que habrá aprendido la lección y no volverá a dejar estupefacientes peligrosos en un sitio en el que cualquiera pueda cogerlos.

Que un fulano que debía de ser unos cuantos años más joven que yo me tratara como si fuera un jovencito estúpido, terminó de cabrearme.

—Verás, Scott, me gusta tener las drogas a mano. Nunca se sabe cuándo las vas a necesitar. Por cierto, la marihuana la guardo en el cajón de la mesilla.

—Ja, ja, Konrad, qué guasón. —Ali asomó la cabeza por detrás de la espalda del médico y se llevó el índice a los labios frenética—. Mi vecino es un bromista, doctor… quiero decir, Scott. Se nota que ya se encuentra mucho mejor.

—Ya veo. —El tal Scott me lanzó una mirada de desconfianza que recibí con semblante impasible—. En fin, señor Landowski, ya le he firmado el alta. Puede irse a su casa cuando quiera.

Como si ya hubiera terminado conmigo, me ignoró por completo y se volvió hacia Ali.

—Entonces, Alicia, ¿qué te parece si quedamos para correr el próximo sábado?

—Me encantaría, Scott. —Le lanzó una sonrisa tan deslumbrante como artificial—. Te espero a las nueve delante de mi casa.

—Allí estaré.

Le estrechó la mano muy formal, y luego el cretino ese salió de la habitación sin volverse a mirarme. Con un alivio evidente, Ali se dejó caer de nuevo sobre el sillón, recogió la revista del suelo y la colocó sobre la mesilla, a una distancia equidistante del termómetro y del vaso de agua.

—Así que ahora quedas con el primero que pasa. ¿Qué ha sido de tus múltiples fobias? ¿Te ha deslumbrado el doctor alguien-me-ha-metido-un-palo-por-el-mismísimo?

Ella me reprendió en el acto, ajena por completo a la inmensa cantidad de celos encerrados en esas frases cargadas de sarcasmo.

—¡No digas burradas! Reconozco que Scott Hudson es uno de los hombres más guapos que he visto jamás; fíjate que, por una vez, he pensado que no desmerece al compararlo con Nacho. —Esta vez no me reprimí; puse los ojos en blanco en un gesto calcado al suyo—. Pero no es por eso por lo que le he dicho que saldría a correr con él. Lo cierto es que no me ha quedado más remedio que aceptar. He tenido que echar mano de todas mis armas de mujer para convencerlo de que sería mejor dejar a la poli fuera de este asunto.

Aquella explicación me fastidió aún más.

—¿Qué armas de mujer? ¡Conmigo nunca empleas armas de mujer!

—Pues claro que no, hombre —dijo como si se dirigiera a un tonto de remate—. A ti no pretendo atraerte.

—¡Ah! —Entorné los párpados, acusador—. ¿Así que admites

que quieres atraer a ese medicucho engreído?

—De verdad, Konrad, no sé por qué te pones así. En realidad, deberías arrodillarte delante de mí y besarme los pies. Si no llego a hacer un poco de esto y de esto —dijo, pestañeando con coquetería antes de morderse el labio inferior con un gesto provocativo—, ahora estarías encerrado en uno de los oscuros calabozos de Falmouth.

—¡Los calabozos de Falmouth no son oscuros! —repliqué rabioso. Lo sabía de primera mano. Martin y yo habíamos pasado un par de horas en uno de ellos después de una noche especialmente movida—. La próxima vez, antes de salvarme consúltame, ¿quieres?

Soltó un resoplido cargado de indignación.

—¡Eres un desagradecido, Konrad Landowski! Por tu culpa, incluso he tenido que soportar que me agarrara de la mano en un par de ocasiones. —Movió la cabeza—. No quiero ni pensar en la cantidad de porquerías que un médico puede acumular debajo de las uñas. Menos mal que la enfermera acababa de traerme…

Agitó los dedos enguantados muy contenta, sin ser consciente de que no hacía más que echar sal en la herida.

—Muy bonito. Yo no te estoy curando para que hagas manitas con cualquiera.

Me crucé de brazos igual que un niño enfurruñado y, al verme, Ali lanzó una carcajada.

—No cuela, Konrad. El papel de macho celoso no te pega ni con cola; aunque a lo mejor son los últimos coletazos de la ketamina. No es por nada, pero cuando vas drogado te pones de un cursi que asusta. —Y se puso a imitarme con los ojos chispeantes de burla—: ¡Porque tú eres mi sol, mi luna y mis estrellas! ¡Mi muñequita preciosa! ¡Mi cosita linda!

—Yo no he dicho eso. —Negué asqueado.

—Ya lo creo que sí.

—¡Mentirosa!

—¿Ya no soy la delicada florecilla que llena tus horas vacías con su aroma inolvidable? —preguntó haciendo pucheros.

Sentí que me ponía colorado y, para disimular, me aclaré la garganta un par de veces.

—En fin, como bien sabes, no puedes hacerme responsable de lo que haya dicho bajo los efectos imprevisibles de una potente droga que tú, te lo recuerdo, me administraste. Así que, olvídalo.

—Hay algo más…

Sus labios dibujaron una mueca malvada y detecté un destello inquietante en los ojos castaños.

—¿Qué estás tramando, Alicia Palafox?

Ali entrelazó los dedos en el regazo y empezó a dar vueltas a los pulgares en un gesto de inocencia, tan descaradamente falso, que me hizo rechinar los dientes.

—Antes de que la droga hiciera efecto, hiciste una promesa —anunció con la voz de un profeta del fin del mundo.

Fruncí el ceño. Aquello tenía mala pinta.

—¿Una promesa?

—Prometiste que si salías de esta no dirías más palabrotas, dejarías de fumar y me contratarías como entrenadora personal.

De pronto, me vino a la mente la dramática escena al pie de la escalera de casa. Las palmas de las manos se me humedecieron al instante, y traté de negarlo todo con una risita nerviosa.

—Anda ya. Te lo estás inventando.

Ali negó con la cabeza, muy seria.

—Sabes que no, y aún hay más.

Cada vez más asustado, pregunté con un hilo de voz:

—¿Más aún?

Mi vecina decidió soltar la bomba de una vez y acabar así con mi sufrimiento.

—Prometiste que dejarías la comida basura.

—¡No!

—¡Sí!

Desesperado, me pasé la mano por el pelo mientras trataba de convencerla de que todo aquello no era más que un terrible error.

—Ali, no puedes pretender que cumpla una promesa que hice cuando pensé que estaba a las puertas de la muerte. Sabes bien que, si hubiera sabido que eran unos simples gases, jamás la habría hecho.

Ali cruzó los brazos sobre el pecho; solo le faltaban los ojos vendados, la balanza y la espada para convertirse en la viva imagen de Iustitia, la diosa romana de la Justicia.

—Me da igual lo que estuvieras pensando en ese momento, Konrad Landowski. Una promesa es una promesa y, si no la cumples, me temo que me veré obligada a no dirigirte la palabra nunca más.

Aquella amenaza me pareció ridícula.

—Podría decirte que voy a cumplir mi promesa y luego hacer lo que me diera la gana.

—Pero sé que tú eres un hombre de honor —lo dijo tan convencida que ni siquiera se me ocurrió negarlo; aunque, desde luego, yo no lo tenía tan claro.

—Mira, Ali, haremos un trato. —Aparté la sábana y dejé colgar las piernas desnudas por un lado de la cama. Alguien me había puesto uno de esos camisones de hospital supersexis de color azul—: Si quieres, uno de estos días nos damos un garbeo por la playa, caminando tranquilamente, eso sí, y luego me invitas a cenar algo sano en tu casa. ¿De acuerdo?

Me miró de arriba abajo y, sin una palabra, volvió a ajustarse la mascarilla, sacó las llaves del Land Rover del bolsillo de su pantalón y me las tendió. Al ver que no hacía amago de cogerlas, las agitó delante de mis ojos con impaciencia.

—Quédatelas, ahora me visto y nos vamos. Si quieres, conduzco yo.

Ignorándome por completo, las dejó sobre la mesilla —no sin correr la revista unos centímetros a la izquierda para que la alineación entre todos los objetos fuera perfecta— y, cuando estuvo satisfecha, se dirigió a la puerta con paso decidido.

Aferrando los extremos del indiscreto camisón con una mano, corrí detrás de ella y apoyé la palma de la otra contra la hoja de madera para impedirle que se marchara.

—¿A dónde crees que vas?

Ella se limitó a alzar la barbilla en un claro desafío y me hizo un gesto con la mano para que me apartase.

—¡Joder, Ali, sé un poco razonable! —Frunció el ceño y agitó el índice delante de mis narices varias veces en una inconfundible amonestación, por lo que me apresuré a pedir disculpas—: ¡Perdón, se me ha escapado! Pero comprende que son demasiadas cosas de golpe. No puedo hacerlo.

Mi vecina se bajó la mascarilla unos segundos y vocalizó con claridad: «sí que puedes», sin emitir sonido alguno.

Resoplé, desesperado. Si algo había aprendido de aquella mujer en el tiempo que habíamos pasado juntos era que mi vecina era terca como una mula. Tenía claro que si decidía no volver a dirigirme la palabra jamás, lo cumpliría a rajatabla; cuando se convencía de que tenía razón, Ali era de una tozudez desesperante.

Por otro lado, no me sentía capaz de engañarla. ¿Por qué? Ni yo mismo lo entendía. Jamás había sentido el menor escrúpulo en mentirle a una mujer, pero con Ali era distinto. La miré con mi expresión más amenazadora, pero ella no se inmutó, y aquel ridículo gorro de ducha y la mascarilla me clavaron tal puñalada de ternura a traición que no pude resistirlo más. Maldiciendo entre dientes acepté por fin.

—Está bien. —Mi vecina alzó las cejas en un gesto elocuente que no tuve dificultad en interpretar: «¿Seguro?»—. ¡Sí, seguro!

Ali se puso de puntillas, enmarcó mi rostro con las manos enguantadas y pegó la boca a la mía con resolución. Aquella inesperada reacción me dejó completamente descolocado. A pesar de que la fina tela de la mascarilla se interponía entre nosotros, pude sentir la presión y el calor de esos labios jugosos que a menudo me mantenían despierto, como si de un juego erótico se tratase. Sin embargo, antes de que me diera tiempo a poner las manos sobre las deliciosas nalgas y pegarla a mí hasta que entre nuestros cuerpos no pudiera colarse ni un hilo, me soltó y se alejó unos pasos.

—¡Genial, Konrad! Ya verás, no te vas a arrepentir.

—Lo dudo mucho —refunfuñé.

Con las puntas de los dedos aparté un poco la tela del camisón de mi cuerpo para disimular mi erección mientras mi desesperante vecina palmoteaba con alegría, ajena por completo a mi pequeño problema.

—Vamos, vístete y salgamos pitando de aquí antes de que pillemos lo que no tenemos.

Diez minutos después, conducía de regreso a toda velocidad. Salvo por un ligero dolor de cabeza y unas terribles ganas de fumar —no había ni rastro de la cajetilla que siempre llevaba en el bolsillo trasero del pantalón y también había desaparecido la que guardaba de repuesto en la guantera— me sentía como nuevo. En tiempo récord, detuve el Land Rover en la franja de arena que había frente a mi casa, donde nos aguardaban Jenn y *Peluquín*, que habían salido a recibirnos en cuanto escucharon el ruido del motor.

—¿Qué ha pasado? ¿Qué tal estás, Konrad? Me tenías muy preocupada. —Resultaba difícil entender lo que decía Jenn en medio de los estruendosos ladridos de entusiasmo del perro.

Jenn ya no llevaba la gruesa capa de polvos de arroz con la que se empolvaba el rostro al principio, pero, a pesar de ello, estaba muy pálida. Al notar su preocupación, le pasé un brazo por los hombros y la estreché contra mi costado.

—Falsa alarma, Jenn. Aún os voy a dar mucha guerra.

ALI

Los observé caminar agarrados hacia la casa y sentí un doloroso ramalazo de envidia. Hacía tiempo que había descubierto que, a pesar de sus exabruptos, mi vecino era un hombre muy cariñoso. Daba muestras de ello a todas horas; con Jennifer, con el chucho asqueroso, incluso conmigo misma a pesar de mi falta de colaboración. A veces sentía un deseo casi irrefrenable de recostarme contra él y deleitarme con el contacto con otro ser humano. Konrad tenía razón, necesitaba recuperar ese contacto. Lancé un profundo suspiro y me apresuré a seguirlos al interior de la vivienda.

La soledad era muy dura.

Capítulo 16

Konrad

A la mañana siguiente, muy temprano, Jenn y yo, erguidos igual que un par de reclutas sobre la arena de la playa, esperábamos órdenes. Poco acostumbrado a madrugar tanto, mi boca se abrió en un enorme bostezo incontrolable.

El día anterior, Ali, con la ayuda de Jenn y del traidor de *Peluquín*, que tenía un olfato sin igual para descubrir hasta el último de mis escondites secretos, habían vaciado mi casa por completo. Empezaron por la nevera y el congelador; mis apreciadas pizzas, tarrinas de helado y demás platos precocinados y aperitivos varios habían acabado en una enorme bolsa que mi vecina me había obligado a llevar, en contra de mi voluntad y pese a mis airadas protestas, al asilo del pueblo.

Luego le tocó el turno a las numerosas cajetillas de tabaco, algunas sin empezar y otras con apenas un par de cigarrillos, que tenía diseminadas por toda la casa. No había quedado ni un rincón por expurgar. Hasta me habían obligado a deshacerme de una bolsa de dulces, duros como piedras, que sabía Dios cuánto tiempo llevarían olvidados por ahí.

Después, aquellas metomentodo habían ido a buscar provisiones a la casa de al lado y entre las dos —yo me quedé en el sillón viendo la tele enfurruñado, aunque no ponían nada que mereciera la pena— habían preparado la cena: ensalada de aguacates y pechuga de pavo a la plancha. Una cena más propia de un fraile en Cuaresma que de un chico grandote como yo, que me dejó aún más hambriento y de un humor de perros.

Para mayor recochineo, Ali decidió dejarme unos palitos de zanahoria para calmar la ansiedad por si me entraban ganas de fumar. Al final me había comido los palitos, una manzana y un par de plátanos que eran parte del desayuno del día siguiente, y no me comí también el fiambre de pavo y el queso fresco porque *Peluquín*, bien aleccionado por la bruja de mi vecina, se había apostado al lado de la nevera y me lanzaba un gruñido amenazador cada vez que me acercaba.

Desesperado, me metí en la cama a las diez en punto con un síndrome de abstinencia brutal y estuve dando vueltas sin parar hasta que logré dormirme dos horas más tarde.

—Muy bien, chicos.

La voz de Ali me recordó dónde estaba y lo que me esperaba. Más guapa que nunca, enfundada en un conjunto de mallas ajustadas de color turquesa y top de tirantes a juego que me hacía salivar cada vez que la miraba, nos sonrió con aprobación; aunque no se me escapó el modo en el que había parpadeado varias veces al verme aparecer con mi viejo traje de baño, las Converse y una camiseta negra con la leyenda «Deja de joderme» en letras bien grandes de color amarillo.

—Vamos a empezar con unos sencillos ejercicios de calentamiento. Luego correremos un par de kilómetros, haremos varios ejercicios de resistencia y terminaremos con unos estiramientos. Nada muy difícil.

—Nada muy difícil, dice. Esta vez seguro que consigues que me dé un infarto de los de verdad —gruñí.

Acababan de rugirme las tripas por enésima vez y hubiera asesinado a una decena de inocentes sin dudarlo a cambio de darle una calada a un cigarrillo.

—El doctor Hudson te hizo un electro y no sé cuántas pruebas más y comentó que, a pesar de tu modo de vida suicida, a tu corazón no le pasa nada.

Al oír el nombre de mi rival lancé un nuevo gruñido. A Jenn, en cambio, acostumbrada a hacer ejercicio de manera habitual desde que vivía con Ali, se la veía la mar de contenta con el flamante equipo de deporte que mi vecina había insistido en comprarle.

Sin hacer caso de mi evidente desgana, la sargento Palafox empezó con el entrenamiento. Aguanté los ejercicios de calentamiento con un sorprendente espíritu estoico, pero en cuanto empezamos a correr, una angustiosa sensación de ahogo me hizo maldecir los casi veinte años de amorosa relación con el tabaco. Apenas había recorrido ochocientos metros cuando me detuve doblado sobre mí mismo, sin dejar de apretarme la mano contra el costado.

—¡Me rindo…, Ali! ¡No puedo… más! —anuncié jadeante.

Jenn, que me sacaba unos cuantos metros, se volvió para mirarme sin dejar de correr de espaldas.

—¡Tú sigue, Jennifer! ¡Ahora vamos nosotros!

Ali le hizo un gesto para que continuase. Ella levantó el pulgar y se volvió para seguir con su carrera. Entretanto, yo resollaba como un toro moribundo con los antebrazos apoyados sobre los muslos.

—¡Venga, Konrad! ¡No puedes rendirte!

—Ya… lo creo… que… puedo.

A pesar de que la temperatura era más bien fresca, me resbalaban goterones de sudor por ambas sienes.

Ali se plantó frente a mí y preguntó con la misma mala leche con que lo haría un fiscal que no hubiera desayunado esa mañana:

—Y ¿qué les dirás a tus hijos?

Levanté la cabeza para mirarla, desconcertado.

—¿Qué hijos? Sabes de sobra que no tengo hijos.

—Ya, pero cuando los tengas, ¿qué les dirás? ¿Que se rindan en cuanto las cosas se pongan difíciles? ¿Que dejen de luchar ante el primer obstáculo? ¿Que…?

—¡Basta, Ali, deja a mis inexistentes hijos en paz! —Me pasé una mano con impaciencia por el pelo empapado—. Estamos en el aquí y ahora, y en este «ahora» me doy por vencido. Como seguramente dijo Robespierre antes de que le recortaran las patillas: «*J'a-bandonne!*».

—Lo prometiste, Konrad.

Yo podía resistir los enfados de Ali sin problemas, pero la expresión de absoluta decepción en los preciosos ojos castaños era otro cantar.

—¡Jo… roba, Ali! Me arden los pulmones y tengo los pies en carne viva. —Aunque sabía que había perdido la batalla, hice un último intento de resistirme.

—Eso es por ponerte esas zapatillas sin calcetines, Konrad. ¡A quién se le ocurre! Pero hay una tienda de deportes bastante decente en Chatham. Puedes acercarte esta tarde y comprar un equipo como Dios manda —dijo con paciencia, al tiempo que se arrodillaba frente a mí. Como si fuera un chiquillo, empezó a deshacer los lazos de las Converse con habilidad—. Será mejor que corras descalzo, y si las echaras al fuego un día de estos, ya sería la pera.

Miré la dorada cabeza cubierta por una gorra blanca inclinada delante de mí y comprendí que, a pesar de aquella deliciosa postura de sumisión, era yo el que me había convertido en su esclavo. Era incapaz de negarle nada: Ali podía hacer conmigo lo que se le antojara. De pronto, imaginé las infinitas posibilidades eróticas de aquella idea y una sonrisa lasciva se dibujó en mis labios.

A ella, que se acababa de incorporar, no se le escapó mi sonrisa y, por supuesto, la malinterpretó.

—¡Así me gusta, Konrad, eres un valiente! Tus hijos se sentirán muy orgullosos de tener un padre como tú.

El futuro padre, o sea *moi*, suspiró con resignación y echó a correr a su lado una vez más.

Tras correr los dos kilómetros —aunque lo de «correr» era un decir, porque cada trescientos metros más o menos, yo recorría un centenar andando—, empezamos con la tabla. Al segundo *burpee* pensé que se me salía el corazón por la boca, pero, a pesar de apretármelo con gesto dramático, mi vecina no se compadeció de mí.

Jenn hizo toda la serie a buen ritmo sin problemas, pero yo me vi obligado a parar varios minutos entre un ejercicio y el siguiente, hasta que a Ali no le quedó más remedio que rebajar el número de repeticiones. Después de la última flexión, mis brazos cedieron y me desplomé de bruces sobre la arena. Exhausto, giré hasta ponerme de espaldas, al tiempo que escupía sin fuerzas, tratando de deshacerme de los granos de arena que se me habían pegado a los labios.

—¡Bravo, Konrad, lo has conseguido! —me jaleó mi entrenadora personal, en un vano intento de infundirme un poco de energía.

—¡Muy bien, Konrad! —La imitó Jenn, aunque estoy seguro de que en realidad pensaba que lo había hecho de pena.

Hasta *Peluquín*, que a lo largo de todo el entrenamiento no había dejado de molestar, cruzándose por delante una y otra vez y haciéndome tropezar en varias ocasiones, ladró para animarme, pero fue inútil. Me sentía incapaz de mover ni una pestaña.

—Jennifer, ayúdalo a levantarse.

La chica me tiró del brazo hasta que por fin conseguí ponerme de nuevo en pie.

—Me has matado, Ali —sentencié en voz baja.

—No exageres, Konrad. Eso sí, lo más probable es que mañana tengas unas agujetas un poco dolorosas. —Lo pensó mejor y añadió—: Bueno, muy dolorosas.

—¿Probable? Ya me duele todo. Me has matado —repetí con una mirada cargada de reproche— y, a pesar de ello, ni siquiera has sido capaz de ayudar a Jenn a levantarme.

Se encogió de hombros, se notaba que estaba incómoda.

—Ya sabes que no me gusta to…

La interrumpí sin la menor delicadeza:

—¡Me da igual que no te guste tocar a la gente! ¡Yo me he esforzado! —Me golpeé el pecho con el puño—. ¡He acabado tu maldita tabla a pesar del hambre, del cansancio y de las ganas de fumar que me están volviendo loco!

—Calma, Konrad…

—¡Alicia Palafox, no me hables como si fuera un idiota! ¡Yo me he esforzado! —Me golpeé el pecho una vez más—. ¡Quiero que tú también lo hagas!

Mi vecina me miró confundida.

—Que haga, ¿qué?

—Esforzarte. Vencer tus miedos. Superar tus traumas. En resumen —terminé con firmeza—, quiero que me abraces.

—¿Ahora? —Puso cara de horror.

—Ahora.

—Vámonos, *Peluquín.* —Jenn esbozó una mueca sardónica—. Me parece que esto no es apto para menores.

Sin hacerle el menor caso, clavé los ojos en el rostro asustado de mi vecina.

—Pe… pero, ¡estás sudado y lleno de arena!

—Nadie dijo que la vida fuera fácil.

—Mira, Konrad, hagamos una cosa. —Ali me lanzó una de esas sonrisas artificiales, más artificial que nunca, en un vano intento de ganar tiempo—. Tú te vas a casa a ducharte y luego hablamos, ¿de acuerdo?

—He dicho: ahora. Si no, esta tortura empieza y acaba hoy mismo.

Ali

No se me escapó el brillo decidido de sus ojos. Inquieta, sopesé la situación: si no le daba un abrazo, Konrad volvería a esa dieta rica en calorías, grasas saturadas y nicotina que acabaría mandándolo al otro barrio más bien pronto que tarde. Por otro lado, ¿sería capaz una mujer como yo, con alguna que otra manía —debía reconocerlo—, de abrazar a un hombre algo fondón, sudado y lleno de arena?

—Estoy esperando.

La impaciencia que detecté en la voz de mi vecino me obligó a tomar una decisión. Inspiré con fuerza.

—Está… está bien.

—Perfecto, soy todo tuyo.

Konrad separó los brazos del cuerpo y esperó.

—¿Seguro que estás seguro? Yo también he sudado lo mío… —Lo miré esperanzada.

—Muy seguro.

Avancé unos pasos y me detuve a menos de medio metro de él. Nerviosa, me humedecí los labios con la lengua —un gesto que mi vecino siguió con interés evidente—, antes de cerrar los ojos, levantar los brazos y rodear con ellos su cintura.

—Ali… —Su voz tenía un tono sedoso.

—Dime, Konrad —contesté sin abrir los párpados.

—¡He dicho un abrazo! —gritó.

Abrí los ojos, sobresaltada.

—¡Te estoy abrazando, caramba! —repliqué llena de indignación.

—La única parte de tu cuerpo que está tocando el mío son las yemas de tus dedos. De dos de tus dedos, para ser exactos. Quiero pecho contra pecho, carne contra carne, pelvis contra…

—Vale, no sigas. —Arrugué la nariz con desagrado—. Ya me hago una idea.

—Pues date prisa, que a este paso se va a hacer de noche.

Resoplé de nuevo antes de avanzar otros dos pasos. Miré hacia abajo y vi que aún estaba a unos diez centímetros de la camiseta empapada. Con muy pocas ganas me aproximé un poquito más, apreté los brazos alrededor de su cintura menos de un segundo y di un paso atrás.

—Ya está. —Exhalé un suspiro de alivio.

—Estás de broma, ¿no?

—Ya te he abrazado, Konrad —lloriqueé.

Pero él cruzó los brazos sobre el pecho y anunció con excesiva calma:

—Muy bien, mañana haré medio *burpee* y un cuarto de flexión.

—¡¿Qué más quieres?! —Me llevé las manos a la cabeza, desesperada.

—Quiero un abrazo de verdad, Ali —insistió con paciencia.

—Un abrazo de verdad. ¿Eso es lo que quieres? ¡Pues lo tendrás! —Rabiosa, pegué mi cuerpo al suyo, apoyé la mejilla sobre su pecho y apreté con fuerza los brazos en torno a su cintura—. ¿Satisfecho? —Apreté un poco más—. Y luego no me vengas con que te he pegado algo, ¿eh? Menuda porquería esto de darse un abrazo chorreando sudor. Pero, escúchame bien, Konrad Landowski, ya no tienes excusa. Mañana quiero que corras los dos kilómetros sin parar y que…

No pude continuar porque, en cuanto Konrad se repuso del *shock* de sentirme adherida a él por voluntad propia, me estrujó entre sus brazos hasta cortarme la respiración. Luego hundió el rostro en mi garganta y aspiró mi olor con las mismas ansias con las que aspiraría el humo de un cigarrillo.

—¡Rojo! —exclamé medio asfixiada.

—Déjame un poquito más, Ali —suplicó en un susurro ronco mientras lamía una gota de sudor que resbalaba por mi cuello con la punta de la lengua—. Me encanta cómo hueles y ¿sabes? Se me ocurren miles de maneras aún más interesantes de hacerte sudar…

Al escuchar sus palabras, no pude reprimir un violento escalofrío. Konrad debió de notarlo y me liberó en el acto.

—Bien —respiraba con dificultad—. Este abrazo ha sido correcto.

Yo seguía tratando de serenarme, así que no dije nada. En silencio, regresamos caminando a mi casa.

—Me paso luego a comer. —Asentí con la cabeza y empecé a subir los escalones de madera—. Una cosa más.

Aún notaba las rodillas poco firmes, pero me volví a mirarlo. La brisa había despeinado su pelo negro aún más, y los brillantes ojos azules despedían un chisporroteo poco tranquilizador.

—¿El qué?

—Prometo esforzarme al máximo… —noté que las comisuras de mi boca se distendían en una sonrisa que se cortó de raíz al escuchar sus siguientes palabras—, aunque solo si tú te esfuerzas también. Quiero mi abrazo después del esfuerzo. ¿Estamos?

Esforzarme, esfuerzas, esfuerzo… Parecía un trabalenguas, pero tenía muy claro lo que pretendía.

—Estamos —asentí en voz baja, antes de subir con rapidez los últimos peldaños y desaparecer en el interior.

Capítulo 17

Ali

A lo largo de la semana seguimos una rutina muy similar. A primera hora salíamos a correr por la playa, a pesar de que el sol ya se había resignado a dejar paso al frío y a un viento cortante más propios de la estación. Luego tocaba hacer la tabla que yo hubiera ideado para ese día.

En cuanto terminábamos, Konrad aguardaba inmóvil y con los brazos ligeramente separados del cuerpo a que cumpliera mi parte del trato sin hacer caso de mis intentos de escurrir el bulto. Una vez satisfecho, se arrastraba hasta su casa para darse una ducha y pasaba el resto de la mañana encerrado en el estudio, dándole a la tecla. Según Konrad, el deporte llamaba a la inspiración y su guion avanzaba a la velocidad de un misil balístico intercontinental.

Tanto la comida como la cena las hacíamos en mi casa. En la nevera de mi vecino ya solo era posible encontrar fruta, queso fresco y lonchas de pavo para el desayuno. Los anaqueles de la despensa estaban vacíos salvo por unas sabrosas barritas de cereales hechas por mí, para esos momentos peliagudos en los que, semienloquecido por algún violento ataque de hambre o por la ansiedad que le producía la falta de nicotina, amenazaba con mandarlo todo al garete.

La verdad era que estaba disfrutando como nunca. Después de pasar tanto tiempo sola, resultaba muy agradable comer y cenar acompañada por alguien más que mi gata. A pesar de que solíamos discutir por casi todo, Jennifer y yo cada vez nos llevábamos mejor. De hecho, habíamos alcanzado una sincronización perfecta en la cocina a la hora de preparar las comidas del día, sin interponernos ni una sola vez en el camino de la otra.

Y Konrad…

A veces me sorprendía a mí misma observándolo con disimulo y no podía entender por qué. No era para nada mi tipo. Para nada. Nacho, mi ex, era rubio y tenía una belleza que, aunque no dejaba de ser masculina, resultaba delicada de alguna manera. En los rasgos de mi vecino, en cambio, no había nada de delicado. El pelo casi negro, siempre revuelto; el perenne fulgor de diversión en los ojos azules; la cautivadora sonrisa que le marcaba dos profundas arrugas en las mejillas, a menudo necesitadas de un buen afeitado, y unas cuantas arrugas más de menor tamaño en las comisuras de los ojos. Y luego estaba el tema de su sobrepeso, algo que siempre había detestado en un hombre.

Sin embargo, cuando me estrechaba contra sí después del ejercicio diario, yo notaba un extraño chisporroteo en la boca del estómago que no recordaba haber sentido jamás entre los brazos musculosos y el pecho sin rastro de grasa de mi ex. Ya no me costaba tocarlo; es más, a veces me sorprendía queriendo prolongar aquel abrazo que él solía romper demasiado pronto. ¿Sería posible que estuviera enamorándome de Konrad?

Apenas me vino aquel pensamiento a la cabeza, me entró la risa. ¡Enamorada de Konrad, qué absurdo! Como ya le había hecho saber a mi psiquiatra —habíamos hablado de eso miles y miles de veces, tantas que en más de una ocasión le había pescado escondiendo un bostezo detrás de la mano—, jamás volvería a experimentar nada parecido a lo que sentí, y aún sentía a pesar de los años transcurridos, por mi antiguo novio. En realidad, no había ningún misterio; mi vecino era el primer hombre con el que había entrado en contacto en muchos años y, además, era muy divertido. Sus ocurrencias a menudo conseguían que Jennifer y yo acabáramos con agujetas en la tripa de tanto reír.

No, aquel chisporroteo no estaba producido por un sentimiento amoroso. Konrad era un amigo que había tenido la suerte de encontrar cuando más lo necesitaba y, gracias a él, estaba consiguiendo salir de ese aislamiento en el que me había encerrado sin apenas ser consciente. Lo que no habían conseguido varios años de terapia con uno de los mejores psiquiatras de Estados Unidos, lo estaban consiguiendo un hombre sin pelos en la lengua, una adolescente impertinente y un chucho entrometido.

El sonido del timbre, que no iba acompañado de la familiar secuencia de timbrazos que identificaban tanto a Konrad como a Jennifer, quien había salido un poco antes, me sobresaltó. ¿Quién sería? Con precaución pegué el ojo a la mirilla y mis pupilas chocaron con el pecho —bastante apetitoso, todo hay que decirlo— de un desconocido.

—¿Quién es?

—¿Alicia? Soy Scott Hudson. Habíamos quedado hoy para correr unos kilómetros. He estado esperando un rato en la playa, como acordamos, pero al ver que no salías…

—¡Scott! —Había olvidado por completo aquella cita organizada deprisa y corriendo para desviar la atención del *guapérrimo* doctor de las salidas de tono de Konrad—. ¡Claro, Scott! Verás, es que el chucho asque…, digo, el simpático perrito del vecino ha cogido una de mis zapatillas y no la encuentro. Dame un segundo.

—Claro, lo que necesites.

Me arranqué el pañuelo de la cabeza y corrí escaleras arriba quitándome el camisón por el camino. A toda prisa, me puse unas mallas, una sudadera y busqué las famosas zapatillas. Por unos segundos pensé que mi pequeña mentira inocente se había hecho realidad, porque no estaban en su sitio habitual, pero entonces recordé que la señora Williams se había empeñado en lavarlas. Así pues, fui a la cocina y las encontré colgadas del tendedero.

Bajé la escalera de madera a toda velocidad y me reuní con mi visitante en la playa.

—¡Ya estoy! —anuncié jadeante.

—Ya lo veo.

Me tendió la mano y, por fortuna, no reparó en mi leve titubeo antes de estrechársela. Su mirada se deslizó apreciativa desde mi rostro, congestionado por la prisa que me había dado, hasta las impolutas zapatillas de deporte; aunque antes hizo un discreto alto sobre mi pecho y mis caderas. Por lo visto, entre el sofisticado cardiólogo y mi vecino, mucho más básico, no había tanta diferencia.

Mis ojos, entre tanto, hicieron un recorrido similar. Desde el rostro tostado bajaron por la camiseta de *running* que se ajustaba al pecho poderoso de una forma extremadamente seductora y llegaron hasta las piernas, muy bronceadas y bien tonificadas, cubiertas por una fina capa de vello dorado que los pantalones cortos dejaban al descubierto. Vaya, vaya, me dije, complacida; si hubiera sido *Mizzi*, me habría relamido el hocico. El doctor Scott Hudson era un auténtico adonis. Hacía siglos que no veía un espécimen de humano tan… tan…

—Yo también estoy listo para acompañaros.

La voz del vecino interrumpió el agradable curso de mis pensamientos.

Sorprendida, me volví a mirar a Konrad quien, como de costumbre, iba con uno de sus nada ortodoxos atuendos deportivos. Su única concesión, y solo porque las Converse le habían hecho ampollas el primer día, había sido comprarse unas zapatillas decentes y unos cuantos pares de calcetines.

No se me escapó el modo en que las cejas de Scott se alzaron ligeramente al detenerse sobre su raída camiseta de color naranja —el lema del día era: «No insistas, soy un tipo fácil»—, ni la forma en que Konrad examinó el cuerpo atlético de mi visita sin disimular su desagrado.

—Landowski.

—Hudson.

Ambos se saludaron con un frío movimiento de cabeza, pero decidí hacer caso omiso de la hostilidad que había surgido entre ellos desde el principio. Por el momento, lo más urgente era tratar de quitarle de la cabeza a mi inoportuno vecino la idea de acompañarnos.

—Hoy es tu día de descanso, Konrad. Además, vamos a llegar hasta el caño y eso son más de diez kilómetros.

—Puedo correr diez kilómetros perfectamente.

La duda manifiesta que debió de leer en mis ojos y la sonrisa de desdén mal disimulado de Scott terminaron de enojarlo.

—Voy con vosotros —insistió con la obstinación de un niño malcriado.

Konrad ya me había avisado de que los Landowski siempre habían tenido una vena terca. Según me había contado en uno de nuestros frecuentes paseos por la playa, en los que yo recogía conchas perfectas y él se dedicaba a hacer rebotar piedras planas sobre la superficie del agua, esa misma vena había estado a punto de acabar con la actual rama familiar. Su abuelo, un reconocido héroe de la resistencia, se había negado por activa y por pasiva a huir de Polonia a pesar de que los nazis lo tenían acorralado. Había sido necesaria la intervención de tres hombres robustos y la contundente colaboración de la abuelita Brygida —a la que no le quedó más remedio que echar mano de la cazuela de hierro que utilizaba para preparar el *bigos* de Nochebuena—, para dejarlo inconsciente y poder trasladarlo así a la bodega del barco que los llevó a ambos rumbo a Estados Unidos y a la Libertad. Eso sí, después el abuelo no había vuelto a dirigirle la palabra a su mujer en tres años, lo cual no fue óbice para que Brygida, una auténtica fuerza de la naturaleza como ya se había demostrado, le presentara una nueva criatura al cabo de cada uno de esos años de aparente incomunicación. Por lo que me contó Konrad, su abuela solía decir que los hombres de pocas palabras le resultaban muy sexis.

Lo miré dubitativa, pero al final me encogí de hombros y empecé con los ejercicios de calentamiento. Ellos me imitaron, aunque saltaba a la vista cuál de los dos era competente y cuál era un auténtico cero a la izquierda en aquellos menesteres.

Comenzamos con un trote ligero. Scott y yo charlábamos sin perder el aliento; pero Konrad, en cambio, se vio obligado a concentrar todos sus sentidos en sostener el ritmo para no quedarse atrás. A los dos kilómetros, se quejó de que le ardían los pulmones; a los tres, su respiración sonaba igual que el estertor de un moribundo. A los cinco se había rezagado más de seiscientos metros a pesar de que yo, que me volvía a mirarlo a menudo, preocupada, trataba de refrenar en lo posible a mi compañero, que parecía más que dispuesto a hacer una exhibición de potencia. En el kilómetro siete, Konrad iba haciendo eses y, a juzgar por el tono verdoso de su rostro, estoy segura de que tenía ganas de vomitar.

Scott y yo íbamos de nuevo muy por delante de él, así que tuve que gritar:

—¿Quieres que lo dejemos ya, Konrad? —Mi voz tenía una nota de alarma, pero mi vecino, que al parecer era incapaz de reunir el aliento suficiente para contestar, negó con la cabeza.

—Tiene suerte de que haya un cardiólogo en la sala —comentó Scott con sorna. A él, en cambio, se le veía casi tan fresco como cuando había llegado.

La verdad es que el comentario no me hizo ninguna gracia, y al ver mi mirada de reproche, trató de disimular, aunque con poco éxito, la satisfacción que le producía ver arrastrarse de aquel modo a mi pobre vecino.

¡Hombres! Siempre con sus competiciones absurdas.

Poco después, llegamos al caño que marcaba el final de la carrera, pero aún tuvimos que esperar más de cinco minutos a que llegara Konrad, quien se derrumbó sobre la arena completamente exhausto. Tenía el pelo y el rostro empapados, lo mismo que la camiseta que ahora se le pegaba al abdomen de un modo nada favorecedor.

A pesar de su estado lamentable, se las arregló para lanzarme una extenuada sonrisa de satisfacción. Lo encontré irresistible y le devolví la sonrisa en el acto.

—Te dije que lo conseguiría.

—Me arrepiento de haber dudado de ti.

No sé qué notaría Scott en aquel intercambio, porque al instante sugirió:

—¿Nos vamos ya?

—Primero vamos a descansar un poco —le contesté.

Era curioso, pero, de pronto, Scott Hudson ya no me parecía tan atractivo.

—No hace falta, Ali. Estoy listo.

No había que ser observadora espacial —sí, aquella supuesta carrera mía tan interesante— para darse cuenta de que Konrad mentía como un bellaco, pero al ver sus valientes intentos de ponerse en pie, corrí hacia él y le tendí la mano para ayudarlo, sin que, por una vez, me importara lo más mínimo que su palma chorreara sudor.

—Estoy muy orgullosa de ti, Konrad.

Y aquella sencilla declaración encendió en los llamativos ojos azules un destello de algo a lo que fui incapaz de dar nombre.

KONRAD

Echamos a andar. Yo iba en silencio, porque estaba tan cansado que era incapaz de intervenir en la conversación, y tuve que soportar que el doctor-soy-un-capullo-integral monopolizara a Ali todo el camino de vuelta. Al llegar frente a su casa, Ali nos invitó a tomar un vaso de té helado. Por supuesto, mi rival aceptó en el acto, pero yo me disculpé con la excusa de que necesitaba ducharme cuanto antes.

Ali me sonrió con dulzura y empezó a subir los escalones de madera sin percatarse de la seña que le hice a Jenn, que jugaba con *Peluquín* no lejos de allí. Ella levantó el pulgar y, pocos minutos después, siguió a los otros dos al interior de la casa. Sonreí complacido, esa chica no tenía un pelo de tonta.

Capítulo 18

Jennifer

Oí voces que venían de la cocina y me dirigí allí con *Peluquín* pisándome los talones.

Ali frunció el ceño con cara de malas pulgas en cuanto nos vio.

—Jennifer, te he dicho mil veces que no quiero que este chucho asqueroso entre en la cocina lleno de arena.

—Perdona, Ali, pero es que tenía tanta sed que no me ha dado tiempo a sacudirlo.

Abrí la puerta de la nevera y me serví un vaso de agua de la jarra. Luego apoyé la cadera contra la encimera y empecé a beber sin despegar los ojos del doctor ese, que parecía un modelo de Calvin Klein y que se desvivía por ayudar a Ali sin darse cuenta de que lo único que conseguía era incordiarla.

—De verdad, Scott. No hace falta que me ayudes. —Al ver la sonrisa tensa que le lanzó la tercera vez que tropezó con él al ir a coger unos limones, estuve a punto de soltar una carcajada—. Anda, sé bueno y quédate quietecito ahí sentado mientras yo lo preparo todo.

Desanimado, el doctor buenorro se dejó caer en una de las

sillas. Debió de notar mis ojos clavados en él, porque alzó los suyos al instante. Unos segundos después, incapaz de resistir el duelo de ojos —soy rebuena sosteniendo la mirada al personal—, desvió la vista haciendo como si estuviera muy interesado en inspeccionar el resto de la cocina, pero fue inútil. Mis pupilas, que no se habían desviado ni un milímetro del objetivo, lo atrajeron de nuevo con la fuerza de un imán. Resultaba realmente divertido saber que le estaba haciendo sentir incómodo.

—¿Pasa algo? —me preguntó por fin, claramente fastidiado.

Me encogí de hombros sin apartar los ojos de él.

—¿Algo? ¿Como qué?

—No paras de mirarme.

—Ah, ¿sí? —Ni siquiera parpadeé—. No me había dado cuenta.

Peluquín empezó a gruñir y al oírlo Ali, que hasta ese momento había estado concentrada por completo en lo suyo, se volvió en el acto.

—Jennifer, saca a este chucho asqueroso de aquí. Ya solo faltaba que le diera por gruñir a los invitados.

—Solo está jugando.

—¿Seguro?

Ali observó a *Peluquín*, dubitativa. Tenía el pelo del lomo erizado y la mirada fija, y los belfos retraídos mostraban los colmillos.

—Segurísimo —afirmé con convicción, luchando por no soltar una carcajada al ver que el matasanos se levantaba con rapidez y se ponía a salvo en el extremo más alejado de la cocina.

Vale, lo reconocía, el doctor Hudson no me caía bien. Puede que estuviera potente, pero no tenía ni gota del encanto del vecino. Yo siempre había tenido buen ojo para las parejas; desde el principio supe que lo de Taylor y Calvin no duraría, y en cuanto los vi juntos supe también que Ali y Konrad estaban hechos el uno para el otro, a pesar de que se pasaban el día discutiendo.

—De todas maneras, sácalo, anda. —Se volvió hacia Scott y le tendió la jarra y un cuenco lleno de fruta fresca—. Ven, vamos a la terraza. Hacía mucho que el sol no brillaba como hoy.

Ali se dirigió hacia allí con un vaso en cada mano y el matasanos, que de vez en cuando echaba alguna que otra mirada temerosa por encima del hombro, la siguió de cerca. Sin embargo, *Peluquín* ya no le prestaba la menor atención, extasiado por completo al sentir la caricia de mis dedos detrás de las orejas mientras lo felicitaba en voz baja.

Capítulo 19

Ali

Scott llenó ambos vasos, dio un trago largo y se tumbó en la hamaca que estaba al lado de la mía. Alcé el rostro hacia el sol. A pesar de que el aire era frío, los rayos tenían la potencia suficiente para hacer que el día resultara agradable, aunque, por si acaso, nos habíamos puesto las sudaderas. El runrún de las olas resultaba relajante.

—Se está bien aquí —suspiró mi acompañante, antes de añadir con indisimulable curiosidad—: ¿Esa joven es pariente tuya?

—¿Jennifer? —Terminé de masticar un gajo de naranja antes de responder—: No, para nada. Konrad la encontró una noche rondando por aquí. Se había escapado de su casa, así que la cobijó y ahora me la ha endilgado a mí.

—Me parece una mala idea, Alicia. Quizá esa chica sea peligrosa.

Descarté la idea con una carcajada.

—¡Bah! Como dice Konrad, Jennifer tiene menos peligro que un abuelo en andador.

Se notó que le molestaba que me pareciera divertido el tonto comentario de mi vecino; estoy convencida de que pensaba que era un patán.

—No entiendo por qué dejas que ese hombre te diga lo que tienes que hacer. Al fin y al cabo, solo es tu vecino.

Me volví a mirarlo, sorprendida por su tono.

—Konrad no me manda. Y es mucho más que un vecino. Es un buen amigo.

Scott dio un mordisco a un plátano, como si de ese modo tratara de reprimir la réplica que subía a sus labios. Se veía a la legua que ardía en deseos de prevenirme sobre el indeseable de mi vecino —estoy segura de que pensaba que un tipo que guardaba ketamina en el armario del cuarto de baño no era de fiar—, pero, aunque se notaba que estaba acostumbrado a ejercer su autoridad en casi todos los ámbitos de la vida, no era tonto y sabía que, en aquel punto de nuestra relación, una mujer independiente como yo no se tomaría demasiado bien ese tipo de consejos.

—Entonces —preguntó como quien no quiere la cosa—, ¿va a quedarse mucho tiempo en tu casa?

—Al menos hasta que termine el curso. Desde que está aquí sus notas han mejorado un montón. —Sonreí orgullosa—. Al principio, confieso que no podía soportarla, pero últimamente ya no la encuentro tan entrometida…

Como si estuviera decidida a contradecir aquella creencia tan optimista, la pequeña metomentodo se asomó a la terraza en ese preciso momento.

—¿Queréis más té? ¿Un poco más de fruta?

Me armé de paciencia y respondí:

—No, gracias, Jennifer. Apenas nos ha dado tiempo a empezarlos.

—Doctor Hudson, es usted cardiólogo, ¿verdad?

Scott respondió con un conciso «en efecto», como si estuviera deseando que nos quedáramos a solas de nuevo.

—¿No le da asco? —Mi protegida hizo una mueca—. Me parece una guarrada tocar una de esas cosas blandas y palpitantes, llenas de sangre.

—Esas cosas se llaman corazones, Jennifer. Y ya sabes lo que te digo siempre: no hay que interrumpir a los mayores cuando están hablando —la reprendí con mi mejor tono de abuela severa.

—Vale, perdona, ya me iba. —Para mi alivio, empezó a cerrar la puerta, pero luego la volvió a abrir y asomó de nuevo la cabeza—. Una vez, en una peli, vi a un indio al que le abrían el pecho y le arrancaban el corazón, que seguía a lo suyo: po-pom, po-pom. ¿Es posible? La verdad es que molaba mazo.

Scott ya debía de estar harto de sus preguntas porque le dio una respuesta algo más elaborada, seguramente pensando que así se largaría de una vez.

—Con las herramientas de que disponían las culturas mesoamericanas en las que se practicaban sacrificios humanos, poco más que rudimentarios cuchillos de obsidiana, resulta imposible abrir el pecho de la víctima. Lo más probable es que abrieran por debajo del esternón, rasgaran el diafragma, introdujeran la mano y tirasen con fuerza del corazón. Así conseguían sacarlo latiendo aún.

Lo miramos boquiabiertas, pero mientras que los ojos de Jennifer brillaban fascinados, en los míos debía de asomar algo parecido a la repulsión, por lo que Scott se aclaró la garganta y dijo algo turbado:

—Mejor cambiamos de tema, ¿no?

Escupí en el puño con disimulo la uva que estaba masticando; de pronto, la pulpa me había recordado la consistencia gelatinosa de una víscera.

—Sí, perdonad, ya os dejo tranquilos. —La molesta muchacha agitó la mano y desapareció por fin en el interior de la vivienda.

—Es muy… —carraspeó de nuevo— simpática.

Hice un gesto vago con la mano mientras le daba un sorbo al té.

—Alicia… esto… yo…

En ese momento estaba contemplando absorta el fascinante juego de colores del océano en movimiento, que siempre resultaba una maravillosa fuente de inspiración, y no noté su titubeo. En realidad, me habría gustado que mi visita se marchara de una vez. No era que Scott no me resultara atractivo, pero se me acababa de ocurrir una idea fantástica para un tipo de cortina que me había pedido Sandra y mis dedos hormigueaban con las ganas de transferirla al papel. Fastidiada, me dije que tanta vida social iba a acabar con mi productividad.

De repente, Scott me cogió de la mano y tuve que reprimir el deseo de retirarla con brusquedad. ¿Se habría desinfectado bien después de pasar por el quirófano?

—Alicia… —repitió mi nombre sin notar mi incomodidad—. Creo que me gustas mucho, y desearía…

—¡Hola, hola! —Por fortuna, la voz de Jennifer interrumpió aquella embarazosa situación y aproveché para soltarme. Fingiendo que no notaba la mirada de inquina que lanzó Scott a mi, por una vez, oportuna protegida, añadió—: He pensado que a lo mejor os apetecía ver el documental que están poniendo en la tele. Va sobre trasplantes y…

En ese preciso instante, se oyeron los pesados pasos de Konrad, que subía los escalones de madera de dos en dos como solía hacer.

—¡Genial! ¡El que faltaba! —oí que mascullaba Scott, malhumorado.

Mi vecino debió de oírlo también, porque esbozó una sonrisita sardónica bastante irritante.

KONRAD

Ahora era yo quien contaba con ventaja. Acababa de ducharme, me había puesto los chinos más nuevos que tenía y una favorecedora camisa Oxford azul claro que la señora Williams había planchado el día anterior. Me había afeitado y peinado, y era consciente de que lucía mi mejor aspecto, al contrario que el arrogante *doctorcete*, quien, después de sudar y vestido aún con los pantalones cortos y la sudadera, mostraba una imagen algo dejada, lejos de su habitual perfección.

—¡Qué elegante, Konrad! —Ali me examinó complacida—. ¿Vas a algún lado?

—¿Ya no te acuerdas, Ali? Esta noche hemos quedado para cenar.

—¿Habéis quedado? —Todos menos Ali notamos que a aquella eminencia de la medicina la noticia no le hacía ninguna gracia.

—He reservado en Del Mar, un coqueto restaurante de Chatham. Ya verás, Ali, te va a encantar.

Ella abrió la boca y la volvió a cerrar. Estoy seguro de que no le gustaba lo más mínimo que la pusiera en semejante compromiso, pero sabía que era una tía legal y que no sería capaz de desautorizarme delante de un casi desconocido. Sin embargo, se la veía incómoda y, cuando el médico se levantó para marcharse, mostró un ligero alivio.

—Ya veo. En fin, es tarde, será mejor que me vaya. —A pesar de que su semblante no mostraba ninguna emoción, se notaba a la legua que mi rival estaba molesto. Reprimí el impulso de sacarle la lengua—. Te llamaré la semana que viene, Alicia. Espero que podamos quedar *a solas* uno de estos días.

—¡Claro, Scott! —Ali le lanzó una de esas inmensas sonrisas artificiales en las que era toda una experta—. Venga, te acompaño al coche.

—¡Adiós, doctor Hudson! ¡Me ha encantado charlar con usted de esos temas tan interesantes! —La sonrisa de Jennifer no tenía nada que envidiar a la de la vecina respecto a artificialidad.

En cuanto nos dieron la espalda, Jenn y yo chocamos los cinco y salí pitando hacia la parte trasera de la casa. No tenía la menor intención de permitirles una despedida íntima. Unos minutos después, Ali y yo estábamos otra vez discutiendo como de costumbre.

—Es que no sé por qué has tenido que decirlo. Yo no quiero salir a cenar fuera y tú no puedes, porque estás a régimen.

—Prometo que elegiré algo de la carta que tú apruebes. ¡Venga, Ali! Este es el paso siguiente de tu terapia, ya has superado lo peor. —La atraje contra mí y le di un beso rápido en los labios—. ¿Ves? Ya ni te inmutas cuando te beso.

Por su forma de mirarme, noté que ella no estaba tan segura.

—No sé…

—¿Qué puede pasar? Vamos a un restaurante, cenamos y nos volvemos a casa.

—¿Y dejar sola a Jennifer? —Trató de buscar una salida diplomática, pero no le sirvió de nada.

—¡Buah! Mi madre me dejaba sola en la caravana con tres años.

—Pero tu madre es una irresponsable y yo no.

—Eso suena a excusa barata. Aquí Jenn… —Le pasé un brazo por los hombros y la apreté contra mi costado—. Es más que capaz de cuidarse sola.

Jenn asintió con una enorme sonrisa; resultaba enternecedor ver hasta qué punto agradecía las muestras de cariño. Una vez me confesó que a veces imaginaba que yo era su padre. Al ver mi cara de horror, debió de pensárselo mejor y añadió que en los últimos tiempos le recordaba más a un hermano mayor, quizá porque ya no tosía como un tísico cada vez que subía la escalera o, tal vez, porque había perdido algún que otro kilo y parecía mucho más joven.

—¡Venga, Ali!

—¡Vamos, vecina!

Hasta *Peluquín* lanzó un par de ladridos para animarla. Era demasiada presión y al final no le quedó más remedio que rendirse.

—Está bien. Iré a cenar contigo.

—¡Genial! ¿Me dejas ayudarte a elegir el vestido?

El entusiasmo de Jenn era contagioso.

—Ya veremos. —Ali miró el reloj y alzó las cejas—. ¡Es tardísimo! Voy a ducharme y luego trabajaré un poco.

—¿Qué te parece si primero acabamos con esas frutas y nos preparamos unos sándwiches? —Mis tripas se hicieron notar con un sonoro rugido, que a las chicas les arrancó una carcajada.

Entre risas, preparamos los sándwiches y nos los comimos en la cocina. Después de ayudarlas a recoger, me despedí de ellas, no sin antes recordarle a Ali que volvería más tarde para llevarla a cenar.

Capítulo 20

Ali

Aquella cena impuesta resultó mucho mejor de lo que había esperado. A pesar de que el *maître* del elegante restaurante parpadeó un par de veces cuando le pregunté si en la cocina seguían las normas de higiene correctas respecto a la manipulación de los alimentos, y cuántas veces solían lavarse las manos los camareros en cada servicio, el hombre, un excelente profesional, enseguida se repuso y se apresuró a tranquilizarme con semblante impasible.

Al principio, estaba un poco nerviosa, lo reconozco. Tenía la sensación de que, en cuanto bajaba la vista al plato, los ojos de los demás comensales se clavaban en mi nuca con fijeza. Sin embargo, después de unos minutos la actitud despreocupada de mi vecino me tranquilizó, y empecé a disfrutar del hecho insólito de estar cenando en un restaurante de moda con un hombre atractivo. Algo que no hacía desde… desde… Lo cierto era que ya ni me acordaba.

La cena estaba deliciosa y hasta Konrad, que devoró con ansia la ensalada y el plato de atún que había pedido, tuvo que reconocer que comer sano no era sinónimo de comer mal. Acompañamos el pescado con un riesling bien frío que él se había empeñado en pedir, con la excusa de que darle un gusto al cuerpo de vez en cuando haría que el régimen de deporte, comida saludable y cero nicotina resultara más llevadero.

La velada transcurrió sin el menor obstáculo, en una animada conversación salpicada de risas. Para celebrar aquel hito en mi hasta entonces enclaustrada existencia, Konrad levantó la copa para brindar en más de una ocasión. Yo no tenía costumbre de beber alcohol y empecé a sentirme agradablemente achispada, lo que contribuyó a relajarme por completo.

Mucho más tarde, mi vecino me acompañó hasta la puerta de casa, iluminada por el farol que Jennifer había dejado encendido.

—Gracias otra vez, Konrad. Lo he pasado muy bien. —Se me escapó un hipido que me hizo soltar una risita.

—Yo también lo he pasado muy bien, Ali. Me gusta mucho estar contigo.

—A mí también me gusta mucho estar contigo, Konrad.

—Parecemos dos desconocidos bien educados. —Mi vecino esbozó una sonrisa divertida.

—Qué va, yo tengo la sensación de que te conozco desde… desde… No sé, desde siempre.

Abrí mucho los brazos para dar más énfasis a mis palabras.

KONRAD

La luz del farol arrancaba destellos dorados de su melena corta y, a pesar de que se había puesto un grueso abrigo encima del favorecedor vestido corto que me había hecho tragar saliva cada vez que la miraba, estaba preciosa.

Decidí que era el momento de avanzar un poquito más en la terapia.

—Veo que has disfrutado de la cena y de la compañía, así que creo que ha llegado el momento de reclamar mi recompensa.

—¡Hecho! ¡El próximo día invito yo!

En la cena, Ali había confesado que tenía ganas de salir, de ver gente, de viajar… En definitiva, de volver a hacer cosas que no había hecho desde hacía años.

—No, no. No van por ahí los tiros. —Negué con la cabeza—. Si después de hacer deporte necesito un abrazo, después de cenar lo mínimo es un beso con lengua.

Al parecer, cosa rara, mi comentario no le resultó alarmante; más bien al contrario, le hizo soltar otra risita.

—Konrad Landowski —Ali agitó el índice delante de mi nariz con expresión traviesa—, creo que lo que tú quieres es manosearme. Se nota que hace mucho que no quedas con Sarah Parker.

El hipido que se le escapó fue seguido por una nueva risita.

—Eres muy mal pensada, Alicia Palafox. —La miré con ojo experto y calculé que llevaba el grado justo de alcohol en sangre; lo suficiente para relajarse y no tanto como para quedarse inconsciente—. Venga, tú empiezas.

—Siempre empiezo yo —protestó al tiempo que apoyaba las palmas de las manos sobre mi pecho— y no sé por qué. Nunca he sido de las que toman la iniciativa. Es muy aburrido tener que estar siempre dando órdenes: «¡Eh, tú! ¡Sí, tú! ¡Ven aquí, que te voy a…!».

—Ali, por favor, menos hablar y más estar en lo que se celebra.

Soltó otra de esas risas ligeramente ebrias mientras se alzaba sobre la punta de los pies.

—Perdona, Konrad. —Pegó los labios a los míos y siguió con la cháchara—. ¿Ves? Puedo besarte sin problemas. Ya no siento que me asfixio cuando te beso, aunque a veces el estómago me hace una cosa rara…

La rodeé con los brazos hasta que los límites de nuestros cuerpos desaparecieron y, sin despegar la boca de la suya, susurré:

—Y ahora, ¿qué hace tu estómago?

El suave aliento de Ali me acarició los labios una vez más y respondió también en susurros:

—Chisporrotea.

—¿En serio?

Ella asintió sin perder el contacto entre nuestras bocas. Mis labios se deslizaron entonces por su barbilla, salpicando de besos la suave línea de la mandíbula hasta llegar a su cuello. Ali inclinó la cabeza un poco más hacia el lado contrario para dejarme más espacio y suspiró con los ojos cerrados. Miré su rostro exquisito; era tan suave y se la veía tan a gusto, tan relajada…

—Mmm. Me gusta que chisporrotee, pero… —Pegué la boca a su oreja—. ¡Pero te estás quedando dormida y habíamos hablado de un beso con lengua!

Mi exclamación la arrancó de golpe de su deliciosa ensoñación y abrió los ojos sobresaltada. Entonces sujeté la delicada barbilla entre el índice y el pulgar, y la obligué a alzar la cara hacia mí. Estoy seguro de que no le gustó nada mi expresión.

—¡Rojo! —chilló asustada.

—Demasiado tarde, pequeña. Has despertado a la fiera que vive en mí —ronroneé igual que esa fiera de la que hablaba y, sin más preámbulos, incliné la cabeza y la besé en la boca.

Esta vez no fue un tierno roce de pieles, un toque apenas esbozado, una pincelada etérea sobre sus labios. No. Esta vez no hice nada por reprimir la pasión que me desbordaba cuando estaba cerca de ella. Sin demasiada delicadeza, la obligué a abrir la boca y, en el acto, mi lengua tomó posesión de aquel territorio, casi inexplorado, por derecho de conquista.

Ali trató de apartar la cabeza, pero no se lo permití y, como había ansiado volver a hacer un millón de veces desde que la besé aquel día en la playa, hundí mis dedos en la melena dorada y proseguí con la invasión. La sentí temblar contra mí, pero, en esta ocasión, eso no me detuvo. No supe cuánto tiempo había pasado hasta que algún tipo de sexto sentido me hizo recobrar la cordura y liberé su boca, aunque sin desenredar las manos de sus cabellos.

La miré jadeante. Ali tenía los ojos cerrados y la respiración, rápida y superficial, traicionaba su agitación. Quizá fuera por mi amplia experiencia con las mujeres o, tal vez, por haber crecido con tres hermanas. El caso es que, fuera por lo que fuese, algo dentro de mí me decía que Ali aún no estaba preparada para lo que deseaba; para el modo en que yo, Konrad Landowski, la deseaba.

—Bueno —traté de utilizar un tono lo más sereno posible—, no ha estado mal, ¿eh, Ali? ¿Ali?

Nada.

—Ali, ¿te importaría quitarte esa molesta costumbre que tienes de quedarte muda cada vez que te beso?

Por fin, abrió los párpados.

—¿Por qué me haces esto, Konrad? —Le temblaban los labios.

«¿Porque te deseo? ¿Porque me están matando las ganas de hacerte el amor? ¿Porque estoy enamorado de ti?» Se me ocurrían mil respuestas de ese estilo. Sin embargo, lo único que dije fue:

—¿Besarte? Ya sabes por qué lo hago.

—Lo haces porque quieres ayudarme, ¿no? —Me miró insegura—. Porque forma parte de la terapia. No estarás…

Noté que tragaba saliva.

—No estaré, ¿qué?

—No estarás jugando conmigo, ¿verdad?

De pronto, parecía a punto de llorar. Desde luego, mi vecina

estaba muy tocada. Entre el bastardo de su ex y la zorra de su hermanastra habían conseguido minar su autoestima hasta extremos insospe-
chados. Sin embargo, tampoco podía confesarle que la besaba porque
estaba loco por ella; aún no estaba preparada para escucharlo y lo
único que conseguiría sería que le diera un ataque de pánico y volviera
a encerrarse en su mundo solitario. De hecho, utilizar la palabra «loco»
en relación con Ali en esos momentos habría sido una pésima idea.

—Ali —dije con suavidad—, soy tu amigo. Quiero lo mejor
para ti y jamás se me ocurriría jugar con tus sentimientos. Confía
en mí.

Lo curioso era que lo decía completamente en serio; por una
vez, no me estaba dejando llevar por ningún sentimiento egoísta.
Quería lo mejor para Ali. Deseaba que empezara a gozar de la vida
sin miedo a nada; que volviera a salir con los amigos, a viajar a
destinos exóticos, que se apuntase a clases de salsa o de aikido si lo
prefería… Quería que confiara de nuevo en los hombres, que se
enamorara una vez más, aunque fuera de otro y no de mí. Quería
verla feliz, con un par de críos rubios aferrados a sus piernas —por
lo que había visto con Jennifer, iba a ser una madre excelente— y
estaba decidido a hacer realidad esos deseos.

Clavó los ojos en mí, muy seria, antes de asentir con la cabeza.

—Confío en ti, Konrad. Eres mi amigo. —Entonces su seriedad se evaporó y, una vez más, soltó una risita cargada de picardía—.
Aunque dudo mucho que los amigos se besen de esta manera.

—¿Eso crees? —Aliviado al ver que volvía a ser la Ali de siempre, alcé una ceja con gesto arrogante—. Me juego cinco dólares
a que ha habido chisporroteo. Confiesa, ¿ha habido chisporroteo?

Por unos largos segundos, se quedó frente a mí sin decir nada.
Luego se puso de puntillas, pegó los labios a mi oreja y musitó con
voz ronca:

—Un increíble chisporroteo…

191

Aquel provocativo susurro en mi oído me hizo estremecer, pero, antes de que me diera tiempo a reaccionar, Ali se apartó a toda prisa, abrió la puerta y desapareció en el interior de la casa con un mero «¡Buenas noches!».

Atontado por el deseo y con ganas de echar la puerta abajo, subir corriendo a su dormitorio y hacerle el amor hasta el amanecer, me quedé un buen rato inmóvil, sin percatarme de que la brisa se había transformado en fuertes rachas de viento helado. Estaba completamente absorto en aquellos alarmantes sentimientos que jamás había soñado experimentar por una mujer.

Capítulo 21

Konrad

El mes de noviembre llegó casi sin que nos diéramos cuenta. Los árboles y las altas hierbas de los marjales se tornaron naranjas, pardos y amarillos, los cultivos de arándanos cubrieron hectáreas enteras de pantanos con el brillante color rojo de sus frutos y las incendiarias puestas de sol se volvieron aún más espectaculares. Sí, soy un poeta, lo sé.

A pesar de que el frío se nos había echado encima, no por ello nos encerrábamos en casa. Ali no me daba respiro. Nuestra rutina deportiva empezaba temprano; Jenn se limitaba a correr un par de kilómetros antes de irse al instituto, pero nosotros continuábamos al menos media hora más. Yo seguía protestando sin parar y no perdía ocasión de llamarla sádica y torturadora. Sin embargo, debo reconocer que empezaba a notar el resultado. Después de casi dos meses sin fumar, ya no sentía que me ahogaba al hacer el menor esfuerzo, y disfrutaba de una nueva vitalidad.

Gracias al férreo régimen de deporte y comida sana, los músculos de mis brazos, piernas y espalda estaban adquiriendo una interesante definición, y la barriga incipiente que arrastraba desde que cumplí los veinticinco casi había desaparecido.

De hecho, había interceptado varias miradas admirativas de mi entrenadora al posarse sobre mi torso, que empezaba a merecer el adjetivo de «escultural» por méritos propios. Hasta Jennifer había comentado en una ocasión que le recordaba a no sé qué cantante que, según ella, estaba buenísimo. Todo eso había contribuido a reforzar mi propósito. Ya no entrenaba por estar más cerca de Ali, aunque desde luego su cercanía era un aliciente constante. Ni siquiera por aquella promesa absurda hecha en un momento de debilidad. Ahora lo hacía porque la sensación de ser yo el que dominaba mi cuerpo, y no a la inversa, resultaba adictiva.

Además del deporte hacíamos otros planes. Habíamos ido a cenar fuera tres veces más, aunque por desgracia mi vecina había tenido más cuidado con la bebida y, a pesar de mis ruegos, solo había consentido en despedirse con un beso de buenas noches en la mejilla.

Por otra parte, Ali también había salido en un par de ocasiones con Scott Hudson, una a ver una exposición en el Museo de Historia Natural y la otra a una representación en el Harwich Junior Theatre. En las dos ocasiones, tanto Jenn como yo la sometimos después a un tercer grado. Luego hicimos puesta en común y llegamos a la conclusión de que el correctísimo doctor Hudson era un sosaina que no tenía el menor peligro.

Capítulo 22

Ali

Sabía, por ciertos comentarios burlones que soltaban como quien no quiere la cosa, que Jennifer y Konrad consideraban que Scott era un poco pánfilo. Por supuesto, no les había contado nada del beso apasionado que le había permitido darme al despedirnos después de la última cita.

Por un lado, estaba muy orgullosa de haber sido capaz de besar a otro hombre que no fuera Konrad sin experimentar un ataque de arcadas, pero, por otro, me preocupaba el no haber sentido el menor chisporroteo. Hasta entonces, había achacado esas cosquillosas sensaciones a la novedad de ser besada después de tantos años, pero ahora ya no estaba tan segura.

Los planes con Konrad solían ser más de tipo físico que intelectual y, debía reconocerlo, también resultaban bastante más divertidos. Un día apareció con un par de bicicletas de montaña último modelo que le había prestado el guardés de uno de los maravillosos chalets de la zona, cuyos dueños no regresarían hasta la siguiente temporada veraniega. Con ellas nos dedicamos a recorrer las innumerables vías verdes que atravesaban pantanos y marjales. También fuimos de compras a Provincetown, cuyas tiendas de recuerdos estaban de rebajas de fin de temporada. Visitamos el pintoresco faro de Highland Light, el más antiguo de Cape Cod, y exploramos los misteriosos *kettle ponds*, bellos estanques de origen glaciar, desiertos en esas fechas. Más de una vez nos había llovido en aquellas excursiones, pero eso no nos detenía. No nos importaba lo más mínimo tener que ponernos a cubierto en el primer sitio seco que encontrábamos para comer lo que yo había preparado —siempre sanísimo, por supuesto— y que Konrad solía cargar en una vieja mochila.

Un día me llevó a Pine Grove Cemetery, el segundo cementerio más antiguo de Truro y escenario de una serie de terribles crímenes en los años sesenta que, al parecer, le habían servido de inspiración para alguna de sus películas.

—El primer cuerpo mutilado que apareció aquí mismo fue el de la novia del propio asesino, Susan Perry —me informó mientras deambulábamos entre las lápidas desgastadas por el paso del tiempo y los elementos.

Conservé el rostro impasible. Sabía que Konrad me estaba poniendo a prueba y estaba decidida a no demostrar que aquel cementerio de pasado siniestro estaba empezando a ponerme los pelos de punta.

—Un mes más tarde aparecieron no lejos de aquí restos de otras tres mujeres que habían desaparecido en Provincetown: Patricia, Mary Anne y Sydney. Los cuerpos, brutalmente mutilados, mostraban marcas de dientes humanos. También les habían arrancado el corazón y había signos evidentes de necrofilia. —Hizo una pausa y preguntó con una sonrisa irritante—. ¿Quieres que siga o prefieres no saber más?

—Mmm… necrofilia. Curioso.

Entornó los párpados y me lanzó una mirada calculadora antes de volver al ataque.

—Detuvieron a Tony Costa cuando se descubrió que el terreno

donde habían aparecido enterrados los cuerpos era su jardín particular, en el que el cultivo estrella, por cierto, era la marihuana.

—Así que drogas también. Qué encanto.

Konrad frunció el ceño ante mi aparente indiferencia.

—Fue condenado por tres asesinatos, pero se cree que pudo cometer hasta ocho. En la parte de atrás del cementerio está la cripta donde Costa desmembró a varias de sus víctimas. ¿Te atreves a entrar y contar hasta cien?

Como creo que ya he comentado en alguna ocasión, me costaba resistirme a un desafío, pero debía reconocer que meterme en una cripta en la que habían asesinado a varias mujeres no era mi pasatiempo favorito, precisamente. Sin embargo, enarqué una ceja y pregunté muy chulita:

—¿Qué apostamos?

La sonrisa de mi exasperante vecino se hizo más amplia.

—Si yo gano, abrazo caliente con revolcón en la hierba y beso ardiente incluidos. La verdad es que la última vez disfruté bastante.

Menudo cara dura, pensé para mis adentros. Claro, que no podía negar que yo también había disfrutado… bastante de aquel beso.

—Si gano yo, me arreglarás el grifo del baño, que gotea, y pintarás el cuarto de Jennifer del color que prefiera, siempre que no sea negro, morado, marrón, fucsia ni… Vamos, que lo pintarás blanco roto, gris claro o piedra lavada.

Aquel era un golpe bajo. No ignoraba hasta qué punto Konrad detestaba hacer chapuzas, pero no se lo pensó dos veces; la cripta imponía. Con muy mala uva se apresuró a poner un nuevo dato en mi conocimiento.

—¿Sabías que hace unos años unos investigadores de fenómenos paranormales de Nueva Inglaterra captaron la presencia de varios *poltergeist*, también llamados espíritus burlones?

—Y *poltergeist* también… —Esbocé una sonrisa bonachona—.

Como dicen en mi tierra, ¡que no falte de *ná*!

Habíamos llegado a la cripta, una construcción de ladrillo semi-hundida en el terreno a la que se accedía a través de una puerta de madera desvencijada que estaba entreabierta.

—Entonces, ¿vas a intentarlo o prefieres pagar la apuesta en algún sitio un poco menos tétrico?

Empujé un poco más la puerta, que se abrió con un chirrido siniestro, y me asomé a la oscuridad de aquella especie de cueva. El suelo estaba lleno de las hojas caídas que el viento había arrastrado hasta el interior y olía a tierra húmeda, o quizá a algo mucho más inquietante. Mi corazón latía con rapidez; no sabía si me estaba empezando a rayar, pero me dio la impresión de que algo maligno acechaba ahí dentro.

—Venga, Ali. No tienes por qué hacerlo, te estás poniendo pálida. Al fin y al cabo, solo vas a perder un beso de nada.

La rendición resultaba tentadora, pero a esas alturas Konrad debería haberme conocido mejor. Ya le había contado esa vez en que mi hermanastra se burló de mí, diciendo que yo no era tan valiente como Ana de las Tejas Verdes y no me atrevería a trepar hasta el tejado de nuestro adosado y a dar unos pasos sobre él. Por supuesto, había aceptado el desafío y, por supuesto, acabé igual que Ana: tendida en el solado del porche con la pierna rota. De puro milagro no aplasté a una de mis vecinas, que estaba jugando con otra amiga a las cocinitas.

—Claro que lo voy a hacer. Los fantasmas no existen —afirmé, más para tratar de convencerme a mí misma que otra cosa.

—¿Seguro?

Sin hacer caso de su tono zumbón, inspiré con fuerza y entré. Al instante noté que me hundía hasta el tobillo en aquel espeso manto de hojas en diversos estados de descomposición. Mi infame vecino cerró la puerta un poco más, hasta que no hubo más luz que la de los débiles rayos de aquel sol otoñal que se colaban con timidez por las rendijas de la madera.

—Uno, dos, tres, cuatro… —empecé a contar a toda velocidad.

—¿Sabías, Ali, que el amigo Costa se ahorcó en su celda y que está enterrado en una tumba sin nombre cerca de la de su madre?

—¡Será capullo! —pronuncié entre dientes el primer taco de mi vida—. Veintitrés, veinticuatro, veinti…

De pronto, algo helado me rozó el rostro. Aterrorizada, pegué un alarido y empujé la puerta con todas mis fuerzas, golpeando de paso a Konrad, que estaba detrás con la oreja pegada, antes de desvanecerme sobre la hierba húmeda.

KONRAD

—¡Ali, Ali, ¿estás bien?! —Sin hacer caso de mi pómulo dolorido, corrí hacia ella, caí de rodillas a su lado y empecé a darle leves palmadas en el rostro—. ¡Ali, joder, contesta! ¡Ali, por favor, no me hagas esto!

Muerto de miedo, bajé la cabeza y pegué la oreja contra su pecho. No era un entendido como Hudson, pero me pareció que el corazón latía con normalidad.

—¡Ali, Ali! —Seguí con las palmaditas, pero, a pesar de que se la veía tan guapa y saludable como siempre, no se despertaba—. ¡Joder, Ali, no me lo perdonaré jamás si te he matado de un infarto! ¡Ali!

Desesperado, tomé su rostro entre mis manos y la besé en los labios. Al instante, al igual que una Bella Durmiente, Ali abrió los ojos, apartó el rostro y, en vez del habitual «¿Dónde estoy?», soltó:

—¡Has picado, Konrad Landowski!

Me eché hacia atrás como si me hubiera picado una víbora.

—¿Estabas fingiendo? —No podía creer que fuera tan…

—Pues claro, soy muy buena actriz.

—¡Eres increíble, Ali! —Esta vez había conseguido enfadarme de verdad—. ¡Pensé que te había dado algo!

Soltó un resoplido.

—Bueno, confieso que por poco no me da.

—¿Qué pretendías al pegarme este susto de muerte?

Me dirigió una sonrisa cargada de malicia.

—Justo lo que he conseguido. Reconozco que he perdido, pero ya te he pagado la apuesta.

—¿Cómo que ya me has pagado la apuesta?

—¡Ay, Konradcito mío! —Me pellizcó la mejilla—. Dijiste: abrazo con revolcón en la hierba y beso incluidos, ¿no? Pues ya está.

Muy satisfecha consigo misma, se puso en pie y se sacudió las palmas de las manos, una contra otra.

—¿Cómo que ya está? —Estaba escandalizado.

Ali puso los ojos en blanco y señaló el suelo.

—Nos hemos revolcado en la hierba y me has besado.

—Perdona, señorita Palafox, lo que yo dije, exactamente, fue: «abrazo caliente con revolcón en la hierba y beso ardiente incluidos». ¿De verdad crees que ha habido algo caliente o ardiente en… en esto?

Alcé las palmas en un gesto que esperaba que transmitiera mi absoluto desacuerdo.

Ella frunció el ceño con desaprobación.

—Ya veo que, como de costumbre, te vas a comportar como un mal perdedor.

Menuda cara dura; era ella la que estaba actuando con una absoluta falta de *fair play*.

—Pero es que yo no he perdido. Yo… —Me golpeé el pecho con fuerza—. He ganado la apuesta.

—Vamos, vamos. —Hizo una mueca de aburrimiento—. No empieces otra vez con el numerito de King Kong. He reconocido que has ganado la apuesta y la he pagado, ¿no? Estamos en paz.

La indignación me ahogaba y fui incapaz de pronunciar una sola palabra hasta pasados unos minutos.

—Una promesa te hago, Alicia Palafox… —anuncié, al fin, con la actitud de un Júpiter tonante—. Uno de estos días te voy a enseñar la diferencia entre caliente y frío y entre ardiente e insulso y, encima, me vas a dar las gracias.

Se llevó ambas manos a las mejillas y abrió la boca con fingido pavor.

—Búrlate, búrlate. Ya veremos quién ríe el último. —Con decisión, me puse en pie y me sacudí la tierra húmeda de las rodillas antes de alejarme, aún muy enfadado, en dirección al árbol en cuyo tronco habíamos dejado apoyadas las bicicletas.

Capítulo 23

Konrad

Mientras corregía las últimas páginas del guion, encerrado en mi estudio a salvo de los arrebatos artísticos de la señora Williams, no pude reprimir una sonrisa al recordar aquel episodio. Sin duda, había sido un acierto alquilar aquella casa; tendría que hacerle un regalo a Lewis por convencerme a pesar de mi oposición inicial. No recordaba haberme sentido tan bien en mucho tiempo.

Me palpé los duros músculos del abdomen con satisfacción. Ya no quedaba ni rastro de barriga y, a pesar de lo que le había dicho a Ali en una ocasión, no la echaba de menos en absoluto. Tampoco echaba de menos el tabaco —cierto que nadie fumaba a mi alrededor y eso ayudaba bastante—; no añoraba las toses matutinas ni la falta de resuello cada vez que hacía el menor esfuerzo, y apreciaba el haber recuperado el olfato, algo que ni siquiera sabía que había perdido. Ahora saboreaba mejor la comida, aunque nunca habría soñado que me aficionaría a alimentos que hasta hacía no mucho habría considerado poco más que pienso para los pollos. No solo eso; también había descubierto el placer de cocinar y, con la guía de Ali y de Jenn, que siempre estaban en la cocina experimentando nuevas recetas, me había atrevido con algún que otro plato sencillo.

Sin embargo, mi felicidad no radicaba en esa nueva vitalidad o en este cuerpo fibroso que, a veces, al mirarme al espejo, me parecía el de un desconocido; ni siquiera en el hecho de estar a punto de concluir el guion de una película que seguro que se convertiría en otro éxito, a pesar de que no tenía nada que ver con mis trabajos anteriores. No. Aquel estado de dicha perfecta, de contento infinito, de bienestar sin límites, se debía solo y exclusivamente a la presencia de Ali.

Tan solo había una cuestión que hacía que mi felicidad no fuera completa: me encontraba en una encrucijada. Por un lado, era consciente de que a Ali ya no la paralizaba el temor a sufrir uno de aquellos inesperados ataques de pánico que la habían llevado a aislarse de la gente; tampoco sacaba a su exnovio a relucir a cada momento. Incluso había sorprendido más de un chispazo de deseo en sus ojos castaños al posarse en mí y, desde luego, no se me había escapado la respuesta, sutil pero incuestionable, a mis caricias. Frígida, ¡ja! Por otra parte, a juzgar por lo a menudo que quedaba con mi rival y el modo calculador que tenía de estudiarlo, el estado real de los sentimientos de la vecina no era tan sencillo de descifrar, aunque tenía mis sospechas.

Después de pasar tanto tiempo aislada del mundo, acompañada tan solo de los recuerdos de aquel novio al que, a pesar de su infidelidad, había idealizado de mala manera, de pronto, se encontraba con dos hombres revoloteando a su alrededor. Uno de ellos con un claro interés, o sea él, y otro cuyas intenciones no resultaban tan obvias, o sea yo. En estas circunstancias, mi conocimiento de la psique femenina, adquirido en el trato no siempre fácil con mis hermanas y que tan útil me había sido en el pasado, no era más que un estorbo. Por culpa de dicho conocimiento y a pesar de que estaba al borde de mi resistencia —mis patéticas noches se habían convertido en un sinfín de sueños húmedos que no tenían nada que envidiar a los de un jovenzuelo fogoso—, no me atrevía a confesarle lo que sentía por ella. Tenía la sensación de que, en el fondo, Ali se limitaba a probar sus alas recién redescubiertas.

Jamás había sentido tal indecisión en relación con una mujer. Para ser sinceros, no recordaba haber dado tantas vueltas a nada en mi vida. Sin embargo, había una cosa que tenía muy clara: no estaba dispuesto a precipitarme y perder en unos minutos lo que me había costado meses de laboriosa estrategia conseguir.

Estaba tan concentrado en mis pensamientos, que el leve repiqueteo de unos nudillos en la puerta del estudio me hizo dar un respingo. Sin esperar respuesta, la señora Williams asomó la cabeza.

—Ya me voy, señor Landowski.

—Muy bien, señora Williams, hasta mañana.

Aunque no me había vuelto, estaba seguro de que mi asistenta había apretado los labios finos y arrugados en su habitual muestra de desaprobación.

—Por si lo ha olvidado, mañana es Domingo. Nadie debería trabajar el Domingo, es el Día del Señor.

—¿De qué señor habla, señora Williams? —pregunté con fingida inocencia. Ali tenía razón al acusarme de sentir un gozo desmesurado al hacerla rabiar.

—¡No es usted más que un Pagano Irreverente!

Giré la silla y la miré con engañosa severidad.

—Tiene suerte de que no estén aquí mi madre o mi abuela Brygida, señora Williams. No les habría gustado nada escucharla. Mi familia es católica desde los tiempos de Mieszko, el primer rey de Polonia. Al parecer, uno de mis antepasados campesinos se ocupaba de su huerto de remolachas y el roce, pues ya se sabe…, al final se convirtió.

—¡Católicos! —No tenía duda de que, si no hubiera sido una mujer muy limpia, la señora Williams habría soltado un escupitajo en el suelo—. Los papistas no saben Nada de Nada.

La miré con curiosidad.

—¿A qué iglesia pertenece usted, si no es indiscreción?

La señora Williams alzó la barbilla puntiaguda, rematada por una verruga con tres pelos negros digna de la bruja Piruja, y anunció muy orgullosa:

—Pertenezco a los Subyugados por la Luz del Sexto Día.

Negué con la cabeza.

—No me suena.

—Aún somos pocos, aunque no me cabe Duda de que al Final convertiremos a todos los Infieles. —Su boca se contrajo en una mueca fanática bastante aterradora—. Hace casi un cuarto de siglo nos desgajamos de la rama principal, los Subyugados por la Luz del Quinto Día, por una Pequeña Disputa sobre si era Pecado o no echar un par de gotas de vino al tofu.

—¿Y era pecado?

—¡Por supuesto que es pecado!

—Mmm. Borrachines patéticos.

Por una vez, me miró con cierto agrado.

—¡Exacto! Y además, equivocados.

—Eso además. En fin, señora Williams, será mejor que se vaya antes de que se haga de noche. —Aunque no era ni la una, estaba deseando perderla de vista—. Que disfrute del domingo y cuídese la voz, que la noto algo ronca. A ver si al final no va a poder cantar los himnos en la iglesia.

Aquella advertencia la silenció en el acto. Sin despedirse siquiera, la señora Williams salió del estudio y cerró la puerta con firmeza.

No había pasado ni media hora cuando esa misma puerta se abrió de nuevo, esta vez con tanta violencia que golpeó contra la pared con un ruido seco. Me volví y abrí la boca dispuesto a echarle la bronca a ese recién llegado tan poco delicado, pero el rostro pálido de Jenn, que parecía al borde de un ataque de nervios, hizo que la cerrara de nuevo sin decir palabra.

—¡Konrad! ¡Ven!

Me levanté de la silla en el acto.

—¿Qué pasa, Jenn?

—¡Es Ali, no sé qué le pasa!

—¡Ali!

En dos zancadas me planté junto a ella y sin detenerme a coger un jersey a pesar de que debíamos de estar a menos de cinco grados, corrimos a la casa de al lado mientras Jenn trataba de explicarme, entre jadeos, lo ocurrido.

—Estábamos en la cocina preparando la comida y, de pronto, se le ha caído el plato que tenía en la mano. Me he vuelto al oír el estruendo y me la he encontrado sentada en el suelo, abrazada a sus piernas. Hace un ruido muy raro, como si le costase respirar, y no contesta cuando le hablo.

Entonces ya habíamos llegado a la cocina. Eché un vistazo a mi alrededor y tomé nota de los restos de porcelana esparcidos por el suelo, antes de arrodillarme frente a Ali, que se balanceaba de atrás a adelante con la cabeza hundida entre las rodillas.

—¡Ali, ¿qué pasa?!

Pero ella continuó con aquel balanceo mecánico sin responder. Con decisión, le sujeté el rostro entre mis manos y la obligué a alzar la cabeza. Sus ojos me miraron sin expresión. Le temblaba todo el cuerpo, tenía dificultades para respirar y la frente empapada de sudor.

—Tranquila, Ali. —Clavé mis pupilas en las suyas obligándola a fijar la mirada—. Es el famoso trastorno de pánico del que me hablaste, ¿verdad?

No podía hablar, pero sus ojos castaños me lanzaron una angustiosa llamada de socorro. Con un juramento, la cogí en brazos y me dirigí al salón. Sin soltarla, me senté en el sofá y la apreté con fuerza contra mi pecho.

—Tranquila, cálmate. No pasa nada. Yo estoy aquí —susurré una y otra vez muy cerca de su oído, hasta que las palabras lograron atravesar la nebulosa que la envolvía. Entonces, me rodeó el cuello con los brazos y estalló en sollozos desgarradores.

Jenn, muy asustada, nos miraba desde la puerta sin saber qué hacer. Hasta *Peluquín*, que nos había seguido hasta allí, guardaba un silencio anormal.

Estuve así, abrazándola y diciendo naderías, hasta que los sollozos, cada vez más espaciados, indicaron que empezaba a calmarse. Por fin se incorporó, aunque siguió sentada sobre mis muslos.

—Perdona. —Sorbió con fuerza y trató de secarse las mejillas empapadas con el dorso de las manos.

—No te preocupes, para eso estamos los vecinos.

—¿Para que las vecinas os llenen la camiseta de lágrimas y de mocos? —Trató de bromear con una sonrisa trémula.

—Exacto.

Jenn, aliviada al ver que Ali había recuperado la compostura, al menos en parte, se ofreció a prepararle una manzanilla.

—Muy amable, Jenn. Es justo lo que Ali necesita.

La mirada que acompañó a mis palabras le hizo saber que no era necesario que se apresurase.

Con decisión, tomé entre las mías las manos temblorosas de Ali y las aparté de su rostro. Agarré el extremo de mi camiseta y le sequé las mejillas antes de tratar de sonarle la nariz como si fuera una niña pequeña.

—Sopla —ordené, pero ella me apartó de un manotazo.

—¡Eso es una porquería, Konrad!

—Venga, Ali, no es el momento de andarse con remilgos.

—¡Déjame, en serio! ¡Ya estoy bien!

Observé la palidez de sus mejillas y la expresión de desolación en los grandes ojos irritados por el llanto.

—No, de bien nada. Ya me estás contando qué ha pasado.

Bajó la vista.

—No… no hay nada que contar.

—Ali… —Me armé de paciencia—. Acabo de ser testigo de uno de tus famosos ataques de pánico, algo que me aseguraste que hacía más de un año que no te pasaba. No me digas que no hay nada que contar.

—Te diré que este tipo de crisis no necesariamente tiene una causa concreta. Se desconoce incluso si hay un componente genético y son dos veces más frecuentes en las mujeres que en los hom…

—¡Ali! —la interrumpí con brusquedad, al tiempo que le sujetaba la barbilla con dos dedos y la obligaba a mirarme a los ojos—. No trates de utilizar una de tus conferencias a modo de cortina de humo. Quiero que me digas, ahora mismo, qué ha sido lo que ha desencadenado este episodio.

Mi vecina apartó el rostro, se puso en pie y sorbió un par de veces más, antes de rendirse y confesar.

—Ayer recibí una carta, pero no creo que haya sido eso porque…

—¿Una carta? —la interrumpí de nuevo sin la menor consideración—. ¿Quién manda cartas en estos tiempos?

De nuevo, tardó en responder.

—De mi madrastra. —Apretó los labios con nerviosismo unos segundos—. Nacho y Paula se casan.

Fruncí el ceño. Así que era eso. Ya me olía yo que lo del mamonazo de su ex seguía supurando en algún oscuro rincón.

—¿Se casan? Pensé que me habías dicho que lo habían dejado.

—Aún me costaba no rechinar los dientes al recordar su expresión de felicidad cuando me lo contó.

—Eso me dijo Sandra. Su madre juega al golf con mi madrastra y la tiene bien informada. En los últimos años, han cortado y vuelto a salir más de media docena de veces. Al parecer, se pasan la vida discutiendo. ¿Sabes? —añadió en tono confidencial—. No me gusta criticar, pero la verdad es que Paula siempre ha sido una niña mimada y a menudo resulta insoportable.

Otra vez disculpando al imbécil ese, me dije fastidiado. Sin embargo, mantuve el tipo y dije con serenidad:

—Pues no te preocupes entonces. Lo más probable es que esa boda acabe en nada.

—Esta vez es diferente. —Me lanzó una mirada trágica y soltó la traca final—: ¡Están embarazados!

—¡Joder y rejoder! —Moví la cabeza con pesimismo—. Tu hermanastra lo tiene bien agarrado por los huevos.

Mi vecina, que era toda una experta en llevar la contraria al personal, en especial cuando su orgullo femenino-feminista resultaba afectado, salió en defensa de su hermanastra al instante.

—Oye, que para hacer un bebé se necesitan dos, ¿eh? Ese discurso de que las mujeres nos quedamos embarazadas para pescaros resulta absurdo en estos tiempos en el que los preservativos son baratos y están al alcance de cualquiera y...

Alcé las palmas de las manos.

—No te sulfures, que estoy de acuerdo. La culpa se reparte a partes iguales entre los dos pobres capullos.

—Sin palabrotas —me regañó con severidad.

—Perdón. Se me ha escapado. ¿Qué más ponía en la carta?

Jenn entró en ese momento con la manzanilla y Ali le dio un buen sorbo, agradecida. Después apartó la taza y, con un rápido movimiento, introdujo la mano por el cuello de su jersey y sacó una

209

cuartilla con varios dobleces que guardaba a buen recaudo en una de las copas del sujetador. Mmm…, pensé distraído, ¿qué más tesoros guardaría ahí?

Pero ella ni se enteró de mi pequeño extravío libidinoso, demasiado concentrada en leer de nuevo el pedazo de papel, a pesar de que se notaba que se sabía el contenido de memoria.

—La boda será dentro de dos semanas. Elena quiere que yo esté presente y que Paula y yo hagamos las paces de una vez. ¡Cómo si pudiera olvidarme de lo que pasó así como así! —Empezó a gesticular con las manos, furiosa—. ¡¿Cree que voy a perdonarla y a darle mi bendición después de haberme robado el novio?! ¡¿Piensa que estoy dispuesta a soportar las miradas de lástima del resto de los invitados?! ¡¿Acaso considera que no sufrí ya lo suficiente al tener que dejar a Yogi?!

—¿De verdad estabas con un tío que se llama Yogi? ¿Y tu hermana te robó el novio? —Jenn estaba fascinada—. ¡Menuda guarra!

Ali ni se molestó en regañarla. Seguramente era de la misma opinión.

—¡Joder, Ali, que ya han pasado un montón de años! En algún momento tendrás que hacer borrón y cuenta nueva.

—No insistas, Konrad. ¡No pienso ir!

Puso los brazos en jarras dispuesta para una buena pelea, pero la ignoré por completo.

—¡Silencio! —Alcé de nuevo la mano, imperativo—. Se me está ocurriendo un plan…

Obedientes, esperaron unos minutos sin hacer el menor ruido.

—¡Pues claro! —Sonreí muy satisfecho.

—¿Qué es lo que está claro?

—¿Qué has pensado, Konrad? —preguntaron las dos al tiempo, observándome expectantes.

Al notar su impaciencia me hice de rogar un rato, pero al fin anuncié con suficiencia:

—El doctor Landowski ha encontrado la solución para todos tus problemas, señorita Palafox.

—¿La solución a mis problemas?

—¿Ya no desvariará de mala manera?

Si las miradas mataran, la pobre Jenn habría caído fulminada.

—Vamos a ir a esa boda.

Ali frunció el ceño sorprendida.

—¿Vamos?

—Tú y yo. Me haré pasar por tu novio.

—¿Mi novio?

—¡Es una idea cojonuda, Konrad! —Jenn se volvió hacia su estupefacta anfitriona, emocionada—. ¡Es perfecto, Ali!

Pero ella resopló exasperada.

—Ya sabéis que no me gusta nada la palabra, pero empiezo a pensar que nos hemos vuelto todos locos.

—Piénsalo, Ali. —Utilicé un tono de lo más razonable—. Tu vida se detuvo el día que sorprendiste a tu ex haciéndoselo con tu hermana.

—¡¿Los pillaste in fraganti?!

—En su propia cama —aclaré con un expresivo movimiento de cejas.

—¡No es necesario que le des tantos detalles a la niña!

—¡Buah, qué pasada!

Retomé mi explicación:

—Desde entonces has estado viviendo a medio gas, dándole vueltas al asunto e inventando todo tipo de excusas para tu ex. Ya es hora de que te enfrentes a esos dos cara a cara, que superes este bache y que sigas adelante de una vez con el resto de tu existencia.

Hablaba con tanta convicción que incluso me impresioné a mí mismo. Estoy seguro de que ni a Ali ni a Jennifer les quedó la menor duda de que el insólito tratamiento recetado por el impostor doctor Landowski era el único posible en semejante situación.

—¿Crees en serio que me curaré? —Los preciosos ojos castaños me miraron esperanzados.

Hice la señal de la cruz justo encima de mi corazón.

—No es que lo crea, estoy seguro.

La pequeña chispa de esperanza se apagó.

—Imposible —negó con la cabeza, desanimada—. No podemos irnos los dos. ¿Quién cuidaría de Jennifer?

—¡No necesito una niñera! —replicó la aludida, indignada—. Te recuerdo que desde que tenía…

Ali se volvió hacia ella con la furia de una hidra de siete cabezas.

—¡Me da igual si con tres años ya eras capaz de organizar un mitin a favor de la escolarización obligatoria de las tortugas bobas! ¡Sola no te quedas!

—Pero… —Jenn lo intentó de nuevo, a pesar de que era obvio que, para Ali, aquel asunto no admitía discusión.

—Calmaos las dos. —Puse fin a la discusión, tajante—. También tengo la solución para eso.

Una vez más, aguardaron a que continuara con mucho interés.

—La señora Williams.

—¡La señora Williams! —Ambas cruzaron una mirada de incredulidad.

—Sí, no pongáis esas caras.

—¡Yo con esa frígida reprimida no me quedo! —A juzgar por la cara que puso Jenn, se avecinaba un buen motín—. Seguro que me hace un exorcismo.

—A lo mejor no te vendría nada mal. —Ali la miró con desaprobación—. La señora Williams es una persona mayor a la que deberías mostrar respeto.

Jennifer se encogió de hombros, desafiante.

—¡Es la verdad!

—Lo es —dije muy tranquilo—. Lo que no impide que una chica lista como tú, Jenn, se la camele en un pis pas.

Por supuesto, mis palabras la complacieron. Le gustaba que mostrara confianza en sus múltiples recursos de supervivencia. Sin embargo, Ali rezumaba escepticismo.

—No creo que podamos convencer a la señora Williams de que se quede al cuidado de una adolescente a la que, en más de una ocasión, ha acusado de estar poseída por un Espíritu Inmundo.

—Tú déjame a mí —insistí muy seguro—. Entonces, decidido. Yo me encargo de hacer los arreglos necesarios.

ALI

Lo miré dubitativa; aunque la señora Williams aceptase, no sabía si yo sería capaz de seguir adelante con el plan. Konrad esperaba demasiado de mí, me dije angustiada. Pretendía que en unos pocos días mi vida cambiara por completo. No solo tendría que coger uno o varios aviones llenos de gente desconocida y comer en restaurantes y cafeterías que a saber con qué grado de salubridad contaban, sino que también tendría que presentarme delante de mi hermana y mi madrastra como si no hubiera pasado nada y, lo más difícil de todo, fingir delante de Nacho que ya no sentía nada por él... La verdad era que no estaba preparada. Aún era demasiado pronto; no me sentía capaz.

Konrad pareció leerme el pensamiento. De un salto, se levantó del sofá y me abrazó con ternura.

—Claro que eres capaz, Alicia Palafox. De esto y de mucho más.

Hundí el rostro en su camiseta, que gracias a los cuidados de la desabrida señora Williams olía a suavizante, y me abracé a su cintura con todas mis fuerzas. Al menos iría con Konrad; con él me sentía segura.

Capítulo 24

Ali

Cuatro días después, lo que apretaba con fuerza y llena de temor era la mano de mi vecino, que viajaba en el asiento contiguo en aquel avión pequeño y ruidoso que se dirigía a Nueva York.

Aún no entendía cómo había logrado convencerme de que me embarcara en semejante locura. Él se había encargado de sacar los billetes a Madrid, aunque había insistido en pasar primero por Nueva York para hacerle una visita a su madre, a la que hacía tiempo que no veía. No pude negarme, claro está. No soy un monstruo que disfrute apartando a una madre de su hijo, pero solo de pensar en quedarme un par de días en una casa desconocida, rodeada de gente desconocida, llena de cosas desconocidas, me había provocado una terrible pesadilla la noche anterior.

Por fortuna, Jennifer había asumido la convivencia forzosa con la señora Williams con un sospechoso buen talante y, a juzgar por el destello de malicia que había sorprendido en sus ojos en un par de ocasiones, había hecho unos cuantos planes al respecto. No menos sorprendente había sido la aceptación por parte de la mencionada señora Williams de la tarea de cuidar unos días de una adolescente rebelde. Empezaba a sospechar que no había mujer en el mundo, guapa o fea, casada o soltera, simpática u odiosa, capaz de resistirse al tan cacareado encanto Landowski.

Lo miré de reojo. Konrad tenía los ojos cerrados, pero sabía que no dormía porque no paraba de acariciar con el pulgar la delicada piel del interior de mi muñeca. La sensación resultaba de lo más… placentera. La verdad es que era un hombre muy guapo, incluso de perfil, y eso que por una vez los gruesos párpados velaban el centelleo de sus increíbles ojos azules. La nariz larga y recta resultaba muy varonil, lo mismo que la frente amplia y la angulosa mandíbula. Llevaba un polo de algodón que realzaba la anchura de los hombros y la nueva lisura de su estómago. Para rematar, unos pantalones beige se ajustaban a los muslos atléticos.

Desde luego, ya podía darme las gracias, me dije complacida. (Por unos minutos olvidé que me encontraba encerrada a cal y canto en un avión a miles de pies de altitud, y que a mi alrededor pululaban varias docenas de personas cuyo historial médico desconocía por completo.) Si antes resultaba atractivo, ahora Konrad Landowski se había convertido en un auténtico galán de cine. Y todo gracias a mí.

En ese momento, abrió los ojos y me sorprendió mirándolo.

—Estoy rico, ¿eh? —Me hizo un guiño pícaro.

Sonreí.

—Mucho.

—Y claro, estás pensando que todo esto… —Deslizó la mano desde su frente hasta su abdomen—. Es obra tuya.

—Sí, señor, lo has adivinado. Eres un hombre muy inteligente, Konrad Landowski.

—Demuéstrame que estás orgullosa de lo que has conseguido. Dame un beso —ordenó sin transición.

—¿Aquí? —Eché una ojeada nerviosa a mi alrededor; estábamos rodeados de gente por todos lados y por el pasillo venían un par de azafatas empujando el carro de las comidas.

—Aquí.

—Konrad…

—Ali, ya lo hemos hablado antes. Ahora soy tu novio, pero no vale solo con decirlo, tiene que parecer real. Los días que pasaremos en casa de mi madre son como un ensayo general previo a la función, y si a ella no consigues engañarla, dudo mucho que logres que tu madrastra, tu hermana y el capullo de tu ex se lo traguen.

Me aclaré la garganta con nerviosismo.

—Está bien. Es solo que hay mucha gente.

—Tendremos que besarnos en público a menudo. Es lo que hacen los novios.

No sabía cómo lo hacía, pero Konrad conseguía siempre que mis dudas sonaran a remilgos absurdos. Así que inspiré hondo, aflojé un poco el cinturón de seguridad para conseguir algo de movilidad, coloqué una mano sobre la mejilla masculina y, con mucha delicadeza, apoyé mi boca sobre la de mi vecino.

Como de costumbre, sus labios se amoldaron a los míos como si Dios los hubiera creado específicamente para ese propósito. La verdad era que Konrad besaba de maravilla, me dije con los ojos cerrados mientras disfrutaba de la pericia de esa boca hábil y juguetona. Sin pensar, introduje la mano por el cuello del polo y acaricié la cálida piel de su hombro. A estas alturas, el habitual chisporroteo de mi estómago se había convertido en una descarga de fuego entre mis muslos en toda regla. Cada vez más excitada, me acerqué aún más, y si no hubiera sido por el maldito cinturón —en mala hora no lo había desabrochado por completo—, me habría subido a horcajadas sobre su regazo para tratar de calmar aquel terrible ardor frotándome contra él.

—¡Buenos días, señores! ¿Desean carne de ternera o prefieren el menú de pollo?

La voz alegre de la azafata me arrancó de aquel universo de

pasión desenfrenada con la contundencia de un puñetazo en el ojo. Roja como un pimiento, me separé de él y traté de disimular mi turbación apretándome el cinturón una vez más, hasta que apenas pude respirar.

—Ternera para mí y pollo para la señorita.

Konrad debía de haber adivinado que yo no habría sido capaz de decir una sola palabra aunque la vida de todo el pasaje hubiera dependido de ello.

—¿De luna de miel? —preguntó la amable (y un poco inoportuna, la verdad sea dicha) azafata mientras nos ponía las bebidas.

—Casi. Puede decirse que ya estamos en capilla.

Al oír aquel comentario, deseé poder pulsar un botón de eyección en el brazo de mi asiento y salir disparada de aquel avión en el que, al parecer, la temperatura había subido veinte grados de golpe.

La azafata nos felicitó con calidez antes de alejarse para atender a otros pasajeros.

—Como sigas poniéndote roja saltarán las alarmas de incendio y nos lloverán las mascarillas —dijo sin apartar la vista de mis mejillas encendidas—. Y eso sin contar con la calentura que me ha entrado a mí.

Su último comentario no contribuyó a devolverme la tranquilidad, y cuando al fin recuperé la voz, tan solo acerté a tartamudear muerta de vergüenza:

—Yo… Yo… esto… Volar produce un extraño efecto en mí.

—Pues menos mal que todavía tenemos que subir a unos cuantos aviones más… —ronroneó en plan lascivo total.

Al oírlo, recuperé algo de mi sangre fría.

—¡Oh, vamos! Quita esa cara de asesino vicioso.

—¿Asesino vicioso? Es mi cara de osito achuchable —afirmó ofendido.

—Pues a mí me has recordado a Hannibal Lecter, pero en pervertido.

Levantó la ceja con altivez, pero dejó pasar el comentario.

—Será mejor que comamos o se nos quedará frío. Y tú —añadió al ver que levantaba una de las tapas de papel aluminio y volvía a cerrarla casi en el acto— te vas a comer tu pollo como una niña buena.

—En realidad no sabemos en qué condiciones higiénicas llegan estos alimentos al avión —dije preocupada.

—Ni lo sé, ni me importa. Come.

—Pero…

—Ali, prometiste que harías un esfuerzo. Come.

Sin dejar de refunfuñar, saqué un tenedor y un cuchillo de plástico de la bolsita, los limpié con una de los cientos de toallitas húmedas con las que me había aprovisionado para el viaje, quité la tapa, corté un trozo de pollo diminuto y me quedé con el tenedor en el aire, sin atreverme a llevármelo a la boca.

—¿Y si se ha roto la cadena de frío? —hablé en voz muy baja para que la mujer que iba delante de nosotros, a la que ya había pescado en un par de ocasiones espiándonos a través del hueco entre los respaldos del asiento, no pudiera escucharme—. Las bacterias son invisibles, como bien sabes. Igual está ya putrefacto.

—Tonterías —contestó mi desesperante compañero de viaje sin dejar de masticar con fruición el enorme trozo de carne con puré de patatas que acababa de llevarse a la boca—. Te consideras una persona con imaginación, ¿no?

Asentí dudosa, con el tenedor aún en el aire.

—Pues imagina que es una de esas jugosas pechugas a las finas hierbas que preparáis Jennifer y tú en la impoluta cocina de tu casa, con su chorrito de aceite de oliva virgen y sus gotitas de limón…

Al oírlo, empecé a salivar. La verdad era que estaba muerta de hambre. Así pues, aspiré profundamente, cerré los ojos y traté de dejar la mente en blanco antes de abrir la boca y comerme el trozo de pollo. Casi al instante volví a abrir los párpados y le lancé una mirada acusadora.

—Esta porquería recalentada no se parece en nada a las pechugas que preparamos en casa.

—Pues mi plato está rico. ¿Quieres que te lo cambie?

—Déjalo —suspiré con resignación—, pero vigila por si me salen ronchas, ¿quieres?

—Tranquila —se tragó el trozo de carne—. Yo vigilo.

KONRAD

Cuando volvió la azafata con el carrito, Ali todavía no había terminado. La pobre mujer aún tuvo que hacer tres viajes más antes de poder llevarse la bandeja. Sin embargo, yo estaba más que satisfecho. Un viaje en avión, un beso ardiente que a punto había estado de fundirme un par de neuronas, y una bandeja de menú de aerolínea casi vacía —cierto que yo había contribuido comiéndome el bizcocho del postre y la galletita… ¡Ah! Y el bollo de pan—, pero el balance no podía ser mejor. Estaba seguro de que Ali volvería curada de aquella expedición.

CAPÍTULO 25

ALI

Por suerte —aunque la rapidez y la cara dura de Konrad también tuvieron algo que ver—, a pesar de la tempestad de aguanieve que nos recibió al salir del aeropuerto y del caos circulatorio que el mal tiempo ocasionaba siempre en la Gran Manzana, logramos parar un taxi y llegar a Brooklyn en un tiempo récord dadas las circunstancias.

La madre de Konrad, ahora viuda, vivía en una gran casa de ladrillo marrón en Carroll Gardens, un histórico barrio de emigrantes con marcado acento italiano. De hecho, según me contó mi vecino, Al Capone se había casado en su iglesia de St. Mary Star of the Sea a principios del siglo XX, y se rumoreaba que en el cercano Canal Gowanus habían desaparecido numerosas víctimas de la mafia. En la actualidad, sin embargo, de aquel pasado no tan glorioso apenas quedaban las tiendas y los grandes restaurantes.

El padre de Konrad había sido un hombre de gran visión empresarial. Por eso, en cuanto la última de sus hijas salió rumbo a la universidad, había dividido la gran casa familiar en pisos más pequeños que se habían vendido a muy buen precio cuando las familias neoyorquinas empezaron a mirar a su alrededor, en busca de viviendas algo más asequibles que en otras zonas más céntricas de la ciudad. Su mujer, ahora viuda, se había quedado con el piso de la planta baja y dos de sus tres hijas vivían también en el edificio.

Konrad pulsó el timbre con impaciencia, pero no tuvimos que esperar demasiado. Enseguida se abrió la puerta y una mujer de mediana edad abrió la puerta.

—¡Konrad, hijo! ¡Qué sorpresa!

Sin más se abalanzó sobre él, lo envolvió en un abrazo asfixiante y empezó a besarlo en ambas mejillas una y otra vez. Asustada al ver semejante despliegue de cariño, retrocedí un paso. La madre de Konrad era casi tan alta como él, llevaba el pelo, muy blanco, recogido en un moño anticuado y sus ojos azules tenían el mismo brillo pícaro que los de su hijo.

Konrad esperó, paciente, a que lo besara por última vez antes de hacer las presentaciones.

—Esta es Monika, mi madre. Mamá, te presento a Alicia Palafox, mi novia.

—¡Tu novia! —Se llevó las manos a las mejillas, incrédula, pero enseguida se repuso y alargó los brazos hacia mí, dispuesta a someterme al mismo proceso de despachurramiento.

—En realidad, solo desde hace unas semanas…

Traté de refrenarla, asustada, pero no sirvió de nada y me vi obligada a soportar un apretado abrazo. Por fortuna, al tercer beso, Konrad apartó a su madre sin la menor ceremonia y se la echó al hombro.

A pesar de los gritos y las protestas de Monika, comprendí que aquello también debía de formar parte del aparatoso ritual de bienvenida de la familia Landowski y rogué para que la pobre mujer no acabara con una fractura de cadera.

—¡Qué sorpresa! —repitió una y otra vez, sin dejar de mirarme con curiosidad, cuando Konrad la depositó de nuevo en el suelo sana y salva—. ¡Voy a traer algo para celebrarlo!

Al instante desapareció rumbo a la cocina. Konrad debió de notar que aún no me había repuesto del recibimiento y me lanzó una sonrisa tranquilizadora.

—Me juego lo que quieras a que ahora mismo está llamando a mi hermana mayor, así que prepárate para conocer al resto de la familia.

Lo miré algo horrorizada.

—¿Son…? ¿Son todos tan vehementes?

—Espera y verás. —Fue la poco tranquilizadora respuesta.

En ese momento regresó su madre con una botella de licor y tres vasos pequeños.

—Es *nalewka*, la bebida tradicional polaca —explicó mientras llenaba los vasitos hasta el borde—. La receta es secreta y ha ido pasando de padres a hijos de unas pocas familias nobles desde hace generaciones.

Alzó su vaso para hacer un brindis:

—¡Por la emoción que me produce haber conocido a mi futura nuera cuando ya casi había perdido la esperanza! *Na zdrowie!*

Konrad, consciente de mi incomodidad, me hizo una seña para que guardara silencio.

—*Na zdrowie!*

Se llevó el vaso a los labios y se lo bebió de un trago.

—Bebe, bebe, querida —me animó su madre al ver que yo seguía con el vaso en alto sin saber qué hacer.

—*Nasdrovie!* —brindé por fin en un polaco terrible, antes de vaciar el vaso.

El licor, con un 45 por ciento de alcohol —aunque a mí me pareció un 200 por ciento—, me abrasó la garganta, los pulmones y el estómago, y me produjo una tos convulsiva que hizo que se me saltaran las lágrimas.

Monika se apresuró a darme unas palmaditas en la espalda, al tiempo que decía en tono consolador:

—No te preocupes, Alicia. Al final haremos de ti una polaca como Dios manda.

—Ali…, por… favor —conseguí decir entre ataque y ataque de tos.

Al ver que la madre de Konrad volvía a hacer ademán de llenar los vasos, empecé a agitar los brazos en una negativa frenética.

—Yo no puedo beber más. Esto… el médico me lo ha prohibido terminantemente. Me sometieron a un trasplante de hígado hace dos años y ya no quedan más de mi talla.

La expresión de Monika se nubló al oír aquello.

—¡Un trasplante! Así que lo más probable es que no podáis tener hijos. —A pesar de sus esfuerzos por ocultarlo, su decepción era patente, y la verdad es que me sentí fatal por engañarla.

—Tonterías, mamá, Ali ya está recuperada por completo. Ya verás, te vamos a dar media docena de nietos fuertes como *koniks*. Los *koniks* —me explicó con amabilidad, fingiendo que no veía mi cara de horror— son una raza de caballos originaria de Polonia, pequeñitos pero matones.

Al escuchar semejantes planes de futuro, empecé a sentirme mareada. Por fortuna, en ese mismo instante llamaron al timbre.

Monika corrió a abrir y enseguida volvió con una atractiva mujer alta y morena, que identifiqué al instante como una de las hermanas de Konrad. La recién llegada lanzó un chillido ensordecedor y se abalanzó de un salto sobre su hermano, que la recibió con los brazos abiertos.

Aún no había cesado el escándalo cuando el timbre sonó de nuevo. Monika corrió a abrir mientras que yo, aturdida por tanto jaleo, me dejaba caer encima de uno de los anticuados sillones del salón. Otras dos mujeres, un poco más jóvenes que la anterior, altas, morenas y muy guapas también, hicieron su aparición y el festival de gritos subió unos cuantos decibelios. Al menos, me dije con alivio, ya estamos todos. Konrad, con los brazos sobre los hombros de dos de sus hermanas, se volvió hacia mí sonriente:

—¡Os presento a mi novia, Alicia Palafox! Ali, estas son Julita, Dorota y Agnieszka, mis insoportables hermanas pequeñas. Sabía que bajarían a cotillear en cuanto se enterasen.

Me puse en pie y me acerqué a ellas con la mano tendida, pero Julita, la mayor, se apresuró a estrecharme con fuerza entre sus brazos sin notar mi rigidez.

—No hagas caso de mi hermano, Alicia. Le encanta hacernos rabiar. Llámanos Julie, Dolly y Annie, te resultará más sencillo.

—Por favor, llamadme Ali —dije con una sonrisa trémula.

Tuve que aguantar que todas me abrazaran por turno varias veces. No esperaba semejante acogida y me sentía incómoda por tener que mentir a aquellas amables mujeres que me recibían con ese afecto un tanto excesivo.

—Cuéntanos cómo ha podido el impresentable de mi hermano pescar a una chica como tú.

Annie, la menor, me miró con franca curiosidad, pero no me dio tiempo a explayarme con el maravilloso cuento de hadas que tenía preparado, porque su hermana intervino en ese momento.

—Ahora que te miro bien, Konrad —Julie le dio un repaso de arriba abajo—, ¿qué has hecho? ¡Estás increíble!

Konrad sacó pecho y alzó una ceja.

—Lo sé, hermanita. Ahora me llaman Konrad el Irresistible. Y ¿sabes otra cosa, mamá? He dejado de fumar.

Entonces empezó un fuego graneado de preguntas que ninguna de las cuatro mujeres le dejaba contestar. Cuando al fin consiguió meter baza, lo único que dijo Konrad —con una expresión de rendido enamorado bastante patética, en mi opinión— fue:

—Todo se lo debo a Ali.

Al ver que todas las miradas se volvían hacia mí y temerosa de que se repitieran los besos y los abrazos, me refugié detrás del sofá y les lancé una sonrisa vacilante.

Monika, emocionada, se llevó las manos a su amplio pecho de madre consoladora.

—¡Oh, Ali, jamás podré agradecerte lo suficiente lo que has hecho por mi pequeño!

—La verdad es que, en efecto, el pobre empezaba a dar bastante asco.

El comentario burlón de Dolly le valió acabar encima de la vitrina de pino macizo en la que su madre guardaba la vajilla de las grandes ocasiones. Un castigo que, por lo visto, Konrad había utilizado con frecuencia a lo largo de los años. En cuanto sus hermanas se desmandaban, hala, a meditar a la vitrina.

—¡Bájame! —chilló la joven agitando los pies en el aire, pero los demás seguimos a lo nuestro sin prestarle la menor atención.

—¡Esto hay que celebrarlo! —exclamó Monika, y se apresuró a rellenar los vasos mientras Julie iba a la cocina a buscar tres más.

Aturdida aún por el recibimiento y por los gritos de Dolly, decliné con mi mejor sonrisa falsa el vaso que me tendían. Desde luego, no estaba dispuesta a tomar ni un trago más de aquel licor infame.

—Ah, claro, tu hígado.

La madre de Konrad asintió comprensiva y le dio mi vaso a Dolly, que al menos se había calmado un poco.

Noté que Annie me miraba con extrañeza, pero no me apetecía empezar de nuevo con las explicaciones, así que le dirigí otra de mis deslumbrantes sonrisas de: «Hola, soy Ali, ¿quieres ser mi amiga?». Aunque, a juzgar por el modo en que la menor de las hermanas Landowski entornó los ojos con desconfianza, no causó el efecto deseado.

Justo entonces llegó Julie con el resto de los vasos y, después de un montón de brindis más, los dejaron junto con la botella de *nalewka*, ya casi vacía, sobre la mesa de centro. Aliviada, me apresuré a dejar el mío con el resto. Al final me había visto obligada a brindar con sopa de remolacha, pues Monika decía que daba mala suerte hacerlo con agua y no había encontrado en la nevera nada mejor.

La madre de Konrad decretó que después del largo viaje estaríamos hambrientos y, a pesar de que lo negué con vehemencia, insistió en sacar algo de picoteo. En casa de los Landowski hablar de «picoteo» era quedarse muy corto: el banquete que siguió era más parecido a una cena de Acción de Gracias para cincuenta invitados.

El flamante marido de Julie bajó en cuanto lo avisaron y, enseguida, la mesa de comedor quedó casi sepultada debajo de fuentes llenas de arenques en crema, la mencionada sopa de remolacha, *bigos* de salchichas y col, *pulpety*, albóndigas de carne… y, de postre, *makowiek,* un gigantesco pastel de semillas de amapola.

—Mamá siempre tiene alguna cosilla preparada por si vienen invitados —comentó Konrad al ver mi cara.

«Alguna cosilla», me dije impresionada. ¡Por Dios! La nevera de la señora Landowski era la cueva de Alibabá de la cocina polaca. Sin embargo, comí con apetito y, sorprendida, lo encontré todo riquísimo. Ahíta después de dar cuenta del último trozo de pastel, dejé el tenedor en el plato, levanté la vista y sorprendí a mi vecino mirándome muy divertido.

—Estaba todo delicioso.

La madre de Konrad me dio unas palmaditas en el dorso de la mano con evidente aprobación.

Estuvimos comiendo, bebiendo y riendo hasta bien pasada la medianoche. Al final, fue el marido de Julie, que era el que más madrugaba al día siguiente, el que puso fin a la reunión, y el resto lo siguió de mala gana.

—Esta es vuestra habitación.

Monika nos mostró el pequeño dormitorio que tenía siempre en impecable estado de revista para las visitas, esperadas o inesperadas. La decoración, algo recargada y anticuada —como la del resto de la casa—, resultaba, sin embargo, muy acogedora.

—Muchas gracias, Monika, pero yo…

Traté de hacerle una seña a Konrad con disimulo, pero él hizo como que no se daba cuenta.

—Gracias, mamá, buenas noches.

La besó en la mejilla con cariño. Su madre le devolvió el beso multiplicado por tres, y cuando lo soltó noté que tenía los ojos empañados.

—Me ha encantado que trajeras a Ali a casa, Konrad.

La sonrisa me salió regular, y tuve que soportar con resignación un nuevo abrazo y dos pares de besos en las mejillas antes de que nos dejara solos por fin.

—Konrad…

—Ya sé, ya sé. —Me empujó con suavidad para que entrara en el dormitorio—. Somos novios, Ali. Los novios duermen juntos, al menos en este siglo. Son camas gemelas, no tienes nada que temer. Vaya, ahora que me acuerdo, yo no uso pijama. No te importa que duerma desnudo, ¿verdad?

—Pues sí, la verdad es que me importa. Al menos, ponte una camiseta y unos calzoncillos.

—Está bien —gruñó—, pero seguro que no pego el ojo. ¿Vas tú primero al cuarto de baño? Es la segunda puerta a la derecha.

Saqué un camisón y la bolsa de aseo de mi maleta y escapé a toda prisa de aquella inesperada intimidad. Aunque alargué el proceso todo lo que pude, a los diez minutos estaba lista para irme a la cama. De puntillas, por si, con un poco de suerte, Konrad ya se había quedado dormido, me acerqué a la puerta y giré el pomo con suavidad. Pero no debía de ser mi día de suerte, porque la luz seguía encendida y mi vecino estaba de pie justo delante de mí, sin más vestimenta que unos bóxers de algodón.

Caí en la cuenta de que hasta ese momento no lo había visto sin camiseta y no pude evitar que mis ojos se demoraran unos segundos de más en ese torso musculado en el que, al cabo de unos meses de ejercicio regular y dieta sana, no quedaba ni rastro de grasa. La sonrisa vanidosa que se dibujó en sus labios me devolvió de nuevo a la realidad.

Ligeramente avergonzada, aparté la mirada y carraspeé un par de veces antes de subir de un salto a mi cama y taparme con las sábanas hasta la barbilla. Durante un buen rato, Konrad deambuló por la habitación con los andares presumidos de un pavo real, pero al ver que yo fingía estar enfrascada en una novela que había encontrado encima de la mesilla de noche, lanzó un suspiro y, por suerte para mi paz mental, se fue a lavar los dientes de una vez.

Apagué la luz y, con los ojos clavados en el techo y casi sin respirar, esperé a que regresara. Abrió la puerta despacio y lo oí mascullar un par de maldiciones al golpearse con lo que sospeché que debía de ser mi maleta. También noté el segundo exacto en el que se acostó por la ventolera que desencadenó al levantar las sábanas. A pesar del cansancio del viaje tenía la sensación de que me iba a resultar imposible pegar ojo. Escuché con atención, a la espera de una respiración regular que indicase que mi vecino se había dormido, pero, por más que me esforcé, no oí nada.

KONRAD

Cuando regresé al dormitorio la luz estaba apagada. La oscuridad era total y tuve que caminar a tientas hasta mi cama. Me mordí la lengua para no soltar un alarido cuando me hice papilla el dedo pequeño del pie. Me quedé quieto hasta que se me pasó un poco el dolor y, por unos instantes, estuve a punto de caer en la tentación de confundirme y acabar en la cama de Ali. Sin embargo, gracias a la férrea fuerza de voluntad que había desarrollado en los últimos meses, logré controlar el impulso. Paciencia, me dije, un poco más de paciencia.

—Konrad… —dijo bajito.

—Dime, Ali.

—No puedo dormir.

—Vaya. ¿Te preocupa algo?

—Aparte de tener que compartir dormitorio contigo en casa de tu madre y de que en breve saldremos rumbo a España para asistir a una boda que no me apetece lo más mínimo con una gente que me apetece aún menos, la verdad es que no mucho.

—Entonces duérmete.

Obediente, Ali se quedó en silencio un buen rato y, cuando ya empezaba a sentir el primer abrazo del sueño, su voz me espabiló de nuevo.

—Konrad…

—¿Qué pasa ahora?

—En realidad, sí que hay una cosa que me preocupa.

Con un suspiro de resignación, me volví hacia ella a pesar de que no lograba distinguir nada en la oscuridad.

—Venga, dispara.

—Verás, antes, cuando estábamos todos juntos, me sentía un poco culpable. No me gusta la idea de engañar a tu madre ni a tus hermanas y, bueno, cuando he ido al baño me he encontrado a Annie por el pasillo y me ha dado por confesar.

—¿El qué? —pregunté con interés.

—Pues que en realidad no éramos novios. Claro que no quería contarle la deprimente historia de mi vida y le he dicho… —La oí coger aire y, por fin, soltó del tirón—: Le he dicho que lo hemos hecho porque estás escribiendo un guion en el que una pareja mayor finge que se va a casar para despistar a unos mafiosos chinos que les persiguen porque han osado inaugurar más de diez tiendas «todo a cien» en su territorio sin pagar el *pizzo,* o como se diga en chino el impuesto de «protección», y que querías meterte en el papel de los protagonistas en profundidad.

—¿Una pareja mayor? ¿No lo dirás por mí? —Ese pequeño detalle era lo que más me había molestado de toda la delirante explicación.

—No, claro —se apresuró a tranquilizarme—, lo he dicho por decir. Para disimular mejor, ya sabes.

Apaciguado, le hice una nueva pregunta:

—Y ¿ese pequeño embuste es lo que te preocupa? Ali, que nos conocemos y sé que te chifla contar mentiras.

—¡Yo no cuento mentiras! Puede que alguna vez me dé por adornar un poco la realidad, pero… —Debió de decidir que sería mejor no perderse en liosas explicaciones—. En fin, tienes razón, lo que realmente me preocupa es lo que dijo Annie.

—Que fue…

—Pues que no se creía una palabra, que saltaba a la vista que babeabas por mí, que era la primera mujer que habías traído aquí en tu vida, que tu madre llevaba años poniéndole velas a la Virgen de Częstochowa para que le presentases por fin una novia, que…

—¡Bueno, bueno! Es suficiente, ya me hago una idea. —En cuanto cogiera a la entrometida de mi hermanita por banda, la subiría a la vitrina y dejaría que se pudriese ahí arriba el resto de su vida—. Y ¿de verdad te has tragado esa sarta de bobadas?

—Pues…

—Son cosas de Annie. Tú ni caso.

—¿Seguro?

—Segurísimo. Anda, duérmete, que tienes que estar agotada con la tensión de hoy. Por cierto, Ali, lo has hecho muy bien.

—¿Tú crees? —Detecté la ilusión en esa corta pregunta.

—Claro que lo creo, y ahora a dormir. Buenas noches.

—Buenas noches, Konrad. Gracias.

Obediente, dejó de hablar y poco después escuché su respiración regular. La imaginé tapada hasta la barbilla, profundamente dormida, con su suave melena de color miel desparramada sobre la almohada, y tuve que combatir con decisión las ganas terribles que me entraron de meterme en su cama y abrazarla. Solo abrazarla.

Me costó un poco más que a ella, pero, por fin, yo también me dormí.

Capítulo 26

Ali

Al final nos quedamos tres días en casa de la madre de mi vecino. Lo más curioso era que había disfrutado de cada segundo, y eso que Monika, cada vez que se cruzaba conmigo en el pasillo, me estrechaba entre sus brazos y me daba las gracias con los ojos anegados en lágrimas.

La convivencia con los Landowski resultaba fácil y divertida. Era raro el día en que alguna de las hermanas no se pasaba por el piso de su madre. Annie, que seguía en la universidad y estaba de vacaciones, bajaba todos los días. De paso, Konrad aprovechó nuestra estancia en Nueva York para ver a su agente y organizar su nuevo proyecto y, salvo para comer y cenar, casi no paraba en casa.

En un primer momento, no me había hecho demasiada gracia quedarme sola en un medio hostil, pero la calidez de la madre y las hermanas de Konrad enseguida habían acabado con mis recelos.

Había algo casi atávico en el hecho de que varias mujeres se reunieran para guisar en una luminosa cocina decorada con lustrosos azulejos de principios de los sesenta, sin parar de intercambiar risas y cotilleos. Hasta entonces, no había sido plenamente consciente de hasta qué punto había añorado el calor humano, el intercambio continuo de charla intrascendente, el reírme de cualquier tontería.

Las Landowski, al igual que su hermano, me habían acogido con los brazos abiertos —excepto cuando los cerraban en torno a mí con fuerza, claro está— sin manifestar perplejidad alguna ante mis comentarios. Tampoco las había sorprendido en ningún momento intercambiando miradas de extrañeza por esa pulsión incontenible que me caracterizaba de colocar a mi manera los numerosos adornos que había diseminados por encima de todas y cada una de las superficies de la casa. En definitiva, me habían aceptado tal y como era haciéndome sentir una más de la familia, algo que no me pasaba desde que mi padre murió.

Ahora mismo, encajonada de nuevo en el estrecho asiento de un avión, me sentía mucho más tranquila que la última vez gracias a esos pocos días de ensayo general, en los que no había faltado la diversión. Cada minuto de aquel periplo en el que me había embarcado de muy mala gana, todo hay que decirlo, me convencía más y más de que, con la ayuda de Konrad, lograría recuperar todo aquello a lo que había dado la espalda hacía unos años.

Aterrizamos en el aeropuerto de Barajas con apenas media hora de retraso y cogimos un taxi que culebreó por el tráfico enloquecido de una de las horas punta de la tarde, hasta detenerse frente a la verja metálica de una urbanización de pequeños adosados a las afueras de Madrid.

Titubeé frente al portero automático con la mano en el aire.

—Ya has hecho lo más difícil —me animó mi acompañante—. Un reencuentro ligeramente incómodo, una boda en la que pienso comer lo que me dé la gana, te pongas como te pongas, y bailar contigo hasta altas horas de la madrugada y *voilà:* ¡Bienvenida al resto de tu vida!

Konrad hacía que todo sonara tan sencillo… Inspiré hondo y pulsé el timbre; unos segundos después, la verja de la entrada se abrió con suavidad. Arrastramos las maletas por uno de los caminos enlosados que rodeaban una piscina central y nos detuvimos frente al número seis. Sin embargo, antes de que me diera tiempo a llamar de nuevo, la puerta se abrió y mi madrastra, que a pesar de que debía de rondar los sesenta seguía siendo una mujer muy atractiva, nos saludó con esa reserva suya que yo recordaba tan bien.

—Bienvenida a casa, Ali.

Intercambiamos un par de besos corteses y noté la mirada curiosa que le lanzó a Konrad, quien observaba con interés el frío recibimiento. No había avisado de que iría con él porque... porque... Porque, en fin, imagino que sería mi subconsciente haciendo de las suyas; al menos, esa era la manera educada con la que mi psiquiatra aludía a ciertos comportamientos míos poco claros.

—Elena, te presento a Konrad, mi prometido. Te agradecería que pasaras al inglés, porque no habla ni una palabra de español, aunque según él lo entiende bastante bien.

No hubo rastro de vacilación en mis palabras. En menos de un segundo había llegado a la conclusión de que, ya que había que mentir, lo mejor era hacerlo a lo grande. Al fin y al cabo, lo de «prometido» sonaba mucho más definitivo que un simple «novio».

—¡Tu prometido! —Mi madrastra no pudo ocultar su sorpresa, pero se recuperó enseguida y preguntó en un correcto inglés con acento británico—: Caramba, es una noticia fantástica. ¿Cuándo os casáis?

—En cuanto Konrad encuentre un hueco en su agenda. Ahora está muy ocupado con su nueva película. ¿Verdad, amor?

—¿Eres actor? —Elena lo miró de arriba abajo con nuevo interés.

—Soy guionista, pero a pesar de lo que dice Ali, te aseguro que no esperaremos mucho. Estoy impaciente.

Muy en su papel, me lanzó una mirada abrasadora y tuve que

echar mano de todo mi autocontrol para no poner los ojos en blanco.

Entonces mi madrastra debió de caer en la cuenta de que llevábamos un rato parados frente a la casa, a la vista de cualquier vecino cotilla que acertara a pasar por allí, y nos invitó a entrar.

—Pasad, pasad, por favor.

Tras atravesar el pequeño recibidor nos condujo al salón. La decoración, de una elegancia un poco excesiva, seguía siendo la misma que cuando me marché, y con repentina nostalgia recordé la atmósfera desenfadada y acogedora de la casa de Monika.

KONRAD

Tomamos asiento en el sofá en medio de un silencio incómodo y me sorprendió la actitud envarada de mi vecina. A pesar de sus rarezas, nunca había notado que Ali tuviera dificultad para relacionarse con nadie, pero saltaba a la vista que era incapaz de relajarse y ser ella misma en presencia de su madrastra. Tomé nota mental de aquel descubrimiento tan interesante y empecé a charlar con desenvoltura del viaje, de la temperatura que nos había recibido en España en comparación con la que habíamos dejado atrás en Nueva York y de todos los lugares comunes que se me ocurrieron, hasta que el sonido del timbre me dio la oportunidad de recuperar el aliento.

Ali aprovechó que su madrastra había salido al recibidor para agradecerme mi intervención.

—Uf, Konrad, menos mal. Me había quedado en blanco.

—Pues prepárate, que esto se anima. —Solo tuve tiempo de hacerle esa advertencia, antes de que un hombre apareciera en el umbral del salón.

—¡Ali, cuánto tiempo!

El recién llegado se plantó junto al sillón, tomó la mano de

Ali y la hizo ponerse en pie para darle dos besos que aterrizaron demasiado cerca de su boca. Lo único que me gustó de aquel recibimiento fue la evidente rigidez de mi vecina ante aquella vehemencia inesperada.

—Estás estupenda. —Aunque el significado exacto de aquellas palabras se me escapaba, el tono del tipo chorreaba toneladas de admiración y me entraron ganas de enseñarle los dientes.

—Hola, Nacho. —Ali esbozó apenas una sonrisa incómoda.

Examiné con fijeza al hombre que había ocupado los pensamientos de mi querida vecina tanto tiempo. Lo primero que me llamó la atención fue que el cuerpo del tal Nacho ya no era el del delectable campeón de surf del que ella me había hablado. Al parecer, el superdeportista se había relajado con los años y una barriga incipiente ejercía cierta presión contra los botones de su camisa; no era algo demasiado llamativo, pero ahí estaba. Noté que los ojos de Ali se detenían un poco más de la cuenta sobre aquella ligera protuberancia.

«¡Punto para mí!», me dije con entusiasmo.

—Qué bien que hayas vuelto.

La increíble sonrisa blanca que acompañó a aquel comentario hizo que la expresión de Ali se suavizara. El tipo era guapo y lo sabía y, de pronto, tuve la desagradable impresión de que mi incauta vecina empezaba a derretirse delante de mis ojos.

«Punto para él», reconocí fastidiado.

En ese momento, se oyó una llave en la cerradura y, unos segundos después, la hermanastra de Ali hizo su entrada triunfal, cargada de bolsas de conocidas marcas que soltó en el suelo de cualquier manera.

—Hola, Ali. Siento no haber estado en casa para recibirte, pero ya ves, estoy liadísima con la boda. Aún tengo que comprar un montón de cosas.

A pesar de la deslumbrante sonrisa que exhibía, los ojos azules de Paula traicionaron un cierto desagrado al posarse en su prometido, que aún sostenía la mano de Ali entre las suyas. Este notó su mirada y la soltó en el acto, al tiempo que daba un paso atrás. Como si la acabara de ver el día anterior, Paula besó a su hermana en las mejillas antes de volverse hacia su novio.

—Hola, cariño.

Para un espectador interesado como yo, aquel beso fue más una muestra de posesión que un símbolo de amor. Con rapidez desvié los ojos hacia Ali, cuyo rostro seguía impasible. Sin embargo, estaba más pálida y noté que tragaba saliva. Bien, había llegado mi turno de intervenir.

Caminé un par de pasos hasta llegar a su lado, le rodeé la cintura con un brazo y me incliné con soltura para depositar un beso ligero sobre su boca antes de decir:

—¿No me presentas, amor mío?

Leí el pasmo más auténtico en los ojos de los recién llegados; estaba claro que mi maquiavélica vecina había querido contar con la ventaja que da la sorpresa.

—Por supuesto, cariño. —La sonrisa de Ali habría cegado al propio sol—. Paula, Nacho, os presento a Konrad, mi prometido. Os agradecería que de aquí en adelante hablarais en inglés.

—¿Tu prometido? —repitieron en español, pero lo entendí.

Detecté dos emociones muy distintas en sus rostros: rabia en los de ella y absoluta incredulidad en los de él. Entonces me dije, convencido, que ahí había más de lo que se apreciaba a simple vista.

—Ya veo que Ali no os había hablado de mí, ¿no es cierto, niña mala? —Aproveché para besarla de nuevo y en esta ocasión me tomé mi tiempo.

Cuando al fin me aparté, noté cuatro cosas más: una, las mejillas de mi prometida postiza estaban muy coloradas; dos, el idiota de su ex se moría por partirme la cara; tres, los labios de Paula, apretados en una línea rígida, habían adquirido un tono blancuzco;

cuatro, tenía una erección de campeonato que esperé que no fuera demasiado evidente. Mi Ali, a pesar de que ella misma no tenía la menor idea, era una bomba sexual.

La voz de Elena, que conservaba su gélida serenidad, despejó un poco la tensión que se había adueñado de la atmósfera del salón.

—Os enseñaré vuestro cuarto por si queréis refrescaros un poco antes de la cena.

Nos condujo por una estrecha escalera hasta el primer piso y abrió la puerta de una de las habitaciones.

—Por suerte había decidido instalarte en el cuarto de invitados. Así tendréis más espacio —dijo antes de dejarnos a solas.

—Uf, menos mal. Uno de mis mayores temores era que mi madrastra me hubiera reservado mi antiguo dormitorio. El cuarto de invitados, salvo las veces que jugué a tinieblas con Sandra en él, no encierra apenas recuerdos para mí. Además, tenemos el cuarto de baño dentro y... —Dio una vuelta sobre sí misma y se detuvo en seco—. ¡Vaya!

Yo había seguido la dirección de su mirada y sonreí con picardía.

—Caramba, carambita, una cama de matrimonio para nosotros solos... —susurré insinuante.

Como siempre que estaba nerviosa, Ali empezó a alinear los escasos objetos que había sobre una cómoda. Cuando terminó, se volvió hacia mí y dijo con resolución:

—Imagino que no tengo que recordarte que eres un caballero.

Apoyé la barbilla sobre mis nudillos, en una copia exagerada del pensador de Rodin, y me quedé así unos segundos.

—¿Un caballero? —repetí por fin, al tiempo que movía la cabeza con fingido pesar—. Me temo que no.

—Sí que lo eres.

Ali frunció el ceño, acusadora.

—No, Ali, no te empeñes. No lo soy.

Como siempre que trataba de reforzar alguno de sus argumentos, puso los brazos en jarras y me miró con severidad.

—Pues estos días tendrás que serlo.

Me encogí de hombros. En ese asunto no estaba dispuesto a comprometerme.

—Veré lo que puedo hacer.

Debió de pensar que sería mejor no insistir por el momento, aunque no pudo evitar que sus ojos traicionaran su inquietud cuando sobrevolaron de nuevo la cama de matrimonio que, para rematarlo, no era de las grandes.

—¿Qué te han parecido?

El brusco cambio de tema no me desconcertó lo más mínimo.

—Tú madrastra pertenece a un tipo de mujer muy característico; atractiva y sensual en apariencia, pero fría en la cama.

—¡No me refería a eso! —Frunció su deliciosa boca en un mohín de disgusto—. Me parece asqueroso que hayas pensado en ella en ese sentido. ¡Podría ser tu madre!

—Qué quieres que te diga, uno es como es y, por si quieres saberlo…

—No, no quiero.

—He estado con mujeres mucho mayores que yo y puedo asegurarte que en la mayoría de los casos he quedado más que satisfecho —proseguí sin inmutarme por su evidente desagrado—. Tu hermana, en cambio, es una copia desvaída de ti misma. La he visto darte un buen repaso. ¿Qué te juegas a que en breve la vemos con un pañuelo como este —toqué con un dedo la *pashmina* que Ali llevaba anudada al cuello con aire informal— o algo por el estilo?

—Qué tonterías dices.

Con un movimiento de la mano descartó por completo la idea de que Paula, que según me había contado le había demostrado una clara animosidad desde que eran niñas, pudiera desear imitarla en algo.

—Sí, claro, tonterías. —Empleé el tono de un hombre para el que la psicología femenina no tiene secretos—. En cuanto a tu ex…

—Te agradecería que ya no te refirieses a él como mi ex —me interrumpió muy digna—. Nacho es el futuro marido de mi hermana.

—Francamente —me dirigí a ella con la misma paciencia que empleé para enseñar a mi hermana Dolly a bailar salsa—, no entiendo qué has podido ver en un payaso engreído como él. Salta a la vista que se considera una especie de regalo de los dioses para las pobres mujeres terrícolas. Y además, tiene barriga.

—¡No tiene barriga!

Sostuve su mirada en silencio, hasta que ella se vio obligada a apartar los ojos.

—Solo un poco —reconoció por fin—, nada que no pueda solucionarse con la alimentación y el ejercicio adecuados. Está claro que Paula no se preocupa de él en ese aspecto. Quizá…

—Ni hablar.

De nuevo puso los brazos en jarras.

—Ni siquiera sabes lo que iba a decir.

—Te conozco y la respuesta es no. Ahora estás demasiado ocupada ocupándote de mí, redundancias aparte.

Sus ojos castaños recorrieron con indudable agrado mis hombros y el vientre plano que la camisa entallada —parte del equipo que habíamos comprado juntos en Nueva York antes de venir— subrayaba de un modo muy favorecedor, como ya me había informado el espejo.

—Tú ya no me necesitas. Jennifer tiene razón, estás guapísimo.

Encantado con aquel comentario saqué más pecho todavía, aunque me apresuré a rebatir la primera afirmación:

—Claro que te necesito, es pronto para abandonarme a mi suerte. Te recuerdo que si tú no hubieras estado ahí para impedirlo habría suplicado a la azafata que me sirviera la hamburguesa doble con patatas fritas y Coca-Cola.

—Eso es verdad. —Se quedó pensativa unos segundos—. Está bien, no me ocuparé de él. Ya no es nada mío. Si a mi hermana le gusta grasiento, con su pan se lo coma.

—Eso, con su pan. Hablando de pan, ¿bajamos a cenar?

—Vamos.

Sin embargo, antes de que pudiera salir del dormitorio, la inmovilicé contra la puerta apretando mi cuerpo contra el suyo y la besé con una pasión que a cada rato que pasaba me costaba más trabajo disimular. Cuando por fin la dejé marchar, Ali tan solo tuvo fuerzas para mirarme con la boca entreabierta y la respiración agitada. En respuesta a su muda pregunta sonreí y dije:

—Cada vez que te beso se te suben los colores y no sabes lo guapa que te pones. Vamos a enseñarles a esos dos qué aspecto tiene una pareja ardientemente enamorada.

Ali no dijo nada, pero como ya he comentado alguna vez, soy bastante experto en las reacciones del cuerpo femenino y estoy seguro de que en ese instante ardía con el mismo fuego que me abrasaba a mí.

La cena no se pareció en nada a las que habíamos disfrutado en casa de mi madre. Para empezar, nos sentaron en un comedor muy formal y nos fuimos sirviendo por turnos, no como en casa, donde las bandejas se dejaban en el centro de la mesa y nos abalanzábamos sobre ellas al grito de: «¡Tonto el último!».

La conversación a menudo resultaba algo forzada. Ali se limitó a picotear lo que se había servido en el plato y apenas despegó los labios en toda la noche. Cuando Nacho dejó de presumir de lo indispensable que resultaba en el prestigioso bufete de abogados en el que trabajaba, le tocó el turno a Paula de alardear de su nuevo puesto como locutora en una emisora de radio en la que llevaba años de prácticas, y en cuanto se le acabaron los nombres de personajes famosos que restregarnos por la cara, se hizo el silencio.

241

Vi que Elena abría la boca y, juzgando que lo más probable sería que hiciera un comentario sobre el frío que hacía en Madrid o algo por el estilo, me apresuré a tomar la palabra.

—¿Os ha contado Ali lo de su nueva tienda?

La aludida me hizo señas para que me callase, hasta que notó que su madrastra la miraba con perplejidad. Entonces fingió un atragantamiento y se golpeó el pecho varias veces para disimular.

—¿Una nueva tienda? Ni siquiera sabíamos que tenía otra. ¿Qué es? ¿Un puesto de chuches? —Paula se rio de su propio chiste.

—¿De verdad no os lo ha contado? —Fingí no ver la mirada de reproche de mi vecina y le dediqué una sonrisa indulgente—. Amor mío, eres demasiado modesta. En realidad, es una de las cualidades que más admiro de ti. Tienes otras muchas, por supuesto, pero no creo que una cena familiar sea la ocasión idónea para sacarlas a relucir... —Fruncí los labios en un gesto lascivo que me valió dos miradas furibundas: la de mi prometida y la de su exnovio, pero continué imperturbable—: No, Paula, nada de chuches. Ali es una de las diseñadoras de telas más *in* del momento en Estados Unidos. Su tienda de la Quinta Avenida está siempre llena de famosos. Mi propia hermana se encontró allí con Olivia Palermo y Sarah Jessica Parker hace unas semanas. —Nada de famosetes de segunda para mí. Además, seguro que esas dos también compraban allí—. El éxito ha sido tal que su socia y ella se han visto obligadas a abrir una segunda tienda en Los Ángeles. Creo que han invitado a Jennifer Lopez y a Chris Hemsworth a la inauguración.

Consciente de los tres pares de ojos incrédulos que se clavaban en mí —Ali, con los codos apoyados sobre la mesa, había escondido los suyos detrás de las manos—, me detuve para recuperar el aliento y, de paso, darle otro sorbo a ese rioja tan rico que me habían servido.

—Dijiste que trabajabas en una fábrica.

Paula se dirigió a Ali como si acabara de asesinar a alguien.

Seguro que había disfrutado de lo lindo imaginando a una Ali sudorosa, trabajando de sol a sol por un sueldo mísero en una de esas ruidosas fábricas en las que no tienes tiempo ni de ir a mear.

Sin salir de detrás del escondite de sus manos, Ali dijo con voz débil:

—Y trabajé en una de ellas unos meses después de terminar el máster. Quería conocer el proceso completo por dentro. —Por fin alzó la cabeza y sonrió con aire de disculpa, pero solo consiguió esbozar una mueca nerviosa.

—Elena comentó que vivías en una cabaña al lado del mar —insistió su ex.

Por lo visto, para él tampoco era lo mismo imaginar a una Ali viviendo en la miseria y con el corazón destrozado, que a una Ali triunfadora, dueña de dos tiendas y con un novio potente; está bien, lo de «potente» había sido una pequeña licencia poética.

—Bueno, si te gusta llamar cabaña a una de las propiedades en primera línea de mar más exclusivas de Cape Cod… —comenté como quien no quiere la cosa.

—¡Mamá!

Paula se volvió hacia su madre igual que una niña que necesita la confirmación de un adulto para aceptar una cosa que no entra en su cabeza.

—Cálmate, Paula. La madre de Sandra nos habló de la casa de Ali, ¿recuerdas?

—Ya, pero yo pensé…

Jamás había visto un caso tan patente de celos patológicos; tenía muy claro cuál de las dos hermanas estaba realmente necesitada de ayuda psicológica.

—¿Un poco más de *roast beef,* Konrad? —Elena trató de cambiar de tema.

—No gracias, Elena. Estaba riquísimo, pero estoy lleno.

La mirada aprobadora de Ali se posó sobre mí unos segundos,

pero, por una vez, no lo dije con la boca pequeña. Me sentía como si me hubieran hecho un lavado de estómago a sesenta grados; el pobre había encogido unos cuantos centímetros en los últimos tiempos.

Entre Elena y yo mantuvimos la conversación yendo y viniendo, alejada de terrenos pantanosos, y la velada acabó en paz. O más o menos en paz, teniendo en cuenta, claro está, que Paula seguía con aquella expresión de gorila cabreado y que la actuación de su novio, que parecía incapaz de dejar de devorar a Ali con la mirada —una Ali callada y ausente, quien, con los ojos bajos, se dedicaba a trasladar el mismo trozo de carne de un lado al otro del plato—, no contribuía a aliviar su enfado.

Todos suspiramos aliviados cuando la cena terminó por fin. En cuanto acabamos de recoger, Nacho se despidió enseguida con la excusa de que al día siguiente tenía una reunión muy importante. Ali comentó que estaba agotada y se fue a acostar poco después. Pensé que sería buena idea dejarla tranquila un rato, así que me puse la cazadora y salí al diminuto jardín trasero añorando un cigarrillo.

Poco después, la puerta ventana se abrió de nuevo y Paula, con una copa en una mano y un pitillo en la otra, se puso a mi lado.

—¿Fumas?

Por unos segundos la tentación resultó casi irresistible. Sin embargo, después de tantos meses ya sabía que, si conseguía superar aquellos terribles tres minutos en los que el síndrome de abstinencia te golpeaba con la fuerza de un mazo, ya no volvería a pensar en nicotina en un buen rato.

—No, gracias. No desde hace meses.

—Al menos beberás, ¿no? —Me ofreció su copa, pero volví a negar con la cabeza.

—Lo estoy dejando.

—Por el bien de Ali, espero que no estés pensando en dejar el sexo también —comentó provocativa.

—Eso nunca, al menos no con ella.

Noté que no le había gustado mi respuesta y me alegré. Paula Palafox no me caía demasiado bien. Después de dar una larga calada a su cigarrillo, volvió a la carga.

—Me sorprende que estés pensando en casarte con mi hermana. A ver, no me interpretes mal. Sé que es muy guapa y por lo que has contado esta noche resulta un buen partido, pero seguro que has notado que Ali está un poco…

Dejó la frase en el aire y esta sobrevoló como una nube tóxica a nuestro alrededor.

—¿Un poco qué?

—¿De verdad no te has dado cuenta? —Alzó una ceja con incredulidad—. No quiero que pienses que soy una zorra por lo que te voy a decir, solo quiero avisarte. Ali siempre ha estado algo desequilibrada. Cuando era adolescente estuvo varios años acudiendo todas las semanas al psicólogo.

Apoyó la mano sobre mi brazo, como si quisiera ofrecerme consuelo, pero yo la aparté sin demasiada delicadeza.

—Para tu información, Ali no me ha ocultado nunca que sigue yendo al psiquiatra, aunque, en mi humilde opinión, lo único que necesita para curarse es dejar atrás el pasado, el *sórdido pasado* —deletreé despacio las palabras con evidente mala leche—, de una vez.

Me levanté del sillón.

—Empieza a hacer frío, será mejor que vaya a acostarme.

Paula se levantó a su vez y colocó las palmas de las manos sobre mi pecho.

—Perdona, Konrad. No quiero que te enfades. No te vayas todavía, por favor.

Se alzó de puntillas hasta que su boca quedó casi pegada a la mía. Saltaba a la vista que, a diferencia de su hermana, Paula conocía de sobra el poder de sus armas de mujer. Me hubiera bastado inclinarme unos centímetros para besarla, pero lo que hice fue girar un poco la cabeza y susurrarle al oído en tono acariciador:

—¿Sabes, Paula…? —Ella se apretó más contra mí, pero mis siguientes palabras la hicieron ponerse rígida—. Cuando tienes a una mujer como Ali esperándote en la cama, resulta imposible pensar en nadie más.

Con suavidad, la cogí por las muñecas, aparté sus manos de mi pecho y di un paso atrás. Antes de desaparecer dentro de la casa me volví a mirarla por última vez.

—Sobre lo que dijiste antes, quiero que sepas que sí.

—¿Sí? —repitió desconcertada.

—Sí, pienso que eres una zorra.

Sin sentir el menor remordimiento por mi rudeza, subí de dos en dos los escalones que conducían a la habitación que compartía con Ali.

Capítulo 27

Ali

Había sido una velada espantosa. No había dejado de sentir en toda la noche los ojos de mi hermana cargados de inquina fijos en mí. De verdad que la situación resultaba abracadabrante. Igual que el refrán ese que mi padre empleaba tan a menudo y que yo —una niña por aquel entonces— no tenía ni la menor idea de lo que significaba. ¿Cómo era…? ¡Ah, sí! «Tras cornudo, apaleado». Y nunca mejor dicho, porque además de haberme puesto los cuernos en mi propio dormitorio —y con mi osito de peluche de testigo—, parecía que encima era yo la culpable.

El pobre Konrad había hecho lo que había podido para distender el ambiente, pero la cosa no tenía remedio; además, mucho de lo que pasaba era culpa suya, por insistir en que debía regresar a enfrentarme con el pasado. Volver había sido un error. En el fondo, estaba muy a gusto en mi casa, intercambiando cada pocos meses una carta —poco efusiva, aunque muy educada, eso sí— con mi madrastra. No había ninguna necesidad de reunirnos de nuevo.

Y ver a Nacho…

Con el ceño fruncido, examiné mi reflejo en el espejo del cuarto de baño mientras me lavaba los dientes, recordándome que Nacho ahora era el prometido de mi hermana. «Prometido de mi hermana», «prometido de mi hermana»; haría bien en repetírmelo al menos un par de veces cada dos horas.

Al verlo aparecer tuve la sensación de que los últimos cuatro años solo habían sido un mal sueño. Dijera lo que dijera Konrad de su barriga, seguía siendo el chico guapo y rubio del que había estado enamorada desde siempre. Solo cuando llegó mi hermana y le plantó aquel beso en la boca que llevaba estampado un «propiedad privada de Paula Palafox», recordé que daba igual lo que sintiera por él. Nacho ya no estaba en mi vida y nunca lo estaría.

Parpadeé varias veces al ver que mis ojos se llenaban de lágrimas, pero no iba a llorar. Moví la cabeza con decisión y terminé de enjuagarme la boca. Luego me puse el pijama de algodón nada sexi que había comprado, previsora, al comprender que todo el mundo daba por hecho que Konrad y yo dormiríamos juntos.

¡Konrad! ¡Debía de estar a punto de subir! Pensar que los próximos días tendríamos que compartir la cama me sacó de golpe de aquel estado de autocompasión abyecta. Tenía que hacer algo. Estudié atentamente la situación. Luego me subí al colchón y medí su longitud en palmos. Una vez estuve segura de dónde estaba el centro exacto, con unos almohadones en forma de rulo que estaban en una banqueta al pie de la cama tracé una línea perfectamente recta. Me alejé unos pasos para contemplar mi obra y, complacida con el resultado, aparté una esquina de las sábanas y me metí en mi lado de la cama, lo más pegada posible al borde.

Acababa de subirme las sábanas hasta la barbilla cuando Konrad entró en el dormitorio como si lo persiguiera una manada de toros, o de elefantes, o de otro tipo de bichos, pero de esos grandes y que hacen mucho ruido, y se detuvo en seco frente a la cama.

—Mmm.

—Mmm, ¿qué?

Sin contestar, cogió el pijama que le había obligado a comprar en Nueva York y desapareció en el cuarto de baño. Unos minutos después salió de nuevo con los pantalones puestos y el pecho al aire.

—Konrad, ¿te importaría ponerte la camisa?

—Sí, me importa.

—Estamos en pleno invierno.

—Ya te he dicho que a mí me gusta dormir des-nu-do —lo deletreó como si yo fuera retrasada o estúpida o las dos cosas a un tiempo—. Da gracias al cielo de que me haya puesto el pantalón para respetar tu pureza virginal.

Resoplé de un modo poco femenino.

Sin hacer caso de mi evidente fastidio, se dirigió a su lado de la cama y dio un tirón tan fuerte de las sábanas que los rulos que había colocado con tanto esmero salieron despedidos.

—¡Konrad!

—Uy, perdón.

Pero tenía esa sonrisita en los labios y ese brillo en sus ojos azules que indicaban que, en realidad, no se arrepentía lo más mínimo. Se tumbó de espaldas y el colchón se hundió bajo su peso.

—Se está bien aquí —dijo con las manos cruzadas detrás de la nuca y sin molestarse en taparse.

Sin los rulos casi podía sentir el calor de su cuerpo, así que, con disimulo, me acerqué un poco más al borde.

—Si sigues así, te vas a caer al suelo.

¿Cómo podía saber lo que hacía si ni siquiera me había mirado? A veces, mi vecino me daba un poco de miedo.

De pronto, se puso de costado y se incorporó sobre el codo

con la cabeza apoyada en la mano. ¿Se había acercado más o eran imaginaciones mías?

—Te noto tensa.

—Tensa, ¿yo? Qué tontería. —Soné ligeramente falta de aliento.

—Mmm.

No me gustó un pelo su forma de pronunciar ese simple «Mmm».

—Ya sé. —Se puso de rodillas sobre el colchón—. Te daré un masaje.

—No, no necesito ningún masaje —susurré con cierta agresividad; acababa de caer en la cuenta de que aquella casa era muy pequeña y que, seguramente, tendría las paredes finas.

—Haz caso al doctor Landowski, Ali. Él sabe bien lo que necesitas…

¿Eran otra vez imaginaciones mías o había detectado algún tipo de doble e, incluso, de triple sentido en sus palabras?

—Que no hace fal…

De repente, no sé muy bien cómo me encontré tumbada boca abajo en el centro de la cama con Konrad sentado a horcajadas sobre mis nalgas.

—¡Konrad, he dicho que no! —Traté de no alzar la voz más de lo necesario, al tiempo que forcejeaba para liberarme.

—Quieta, Ali, que no voy a violarte. Al menos, de momento.

Aunque lo segundo lo dijo mucho más bajo, lo oí a la perfección.

—No tiene gracia.

—¿No? —El muy idiota soltó una risita entre dientes, pero enseguida se calmó—. Ahora en serio, Ali —noté que me pasaba su manaza por encima del omóplato derecho—, tienes aquí un nudo del tamaño de una manzana.

—¿De verdad? —repetí preocupada; era cierto que los últimos

días había estado muy tensa con tantos cambios, tantas casas distintas, tantos…

—Muy en serio, pero hoy es tu día de suerte, pequeña. Soy experto en masajes descontracturantes.

—Me parece que tú eres experto en casi todo.

—¿Será posible? Noto cierta desconfianza. —Le oí chasquear la lengua varias veces, como si mi actitud le hubiera desilusionado profundamente, antes de decir con paciencia—: Ali, me conoces, sabes que nunca haría nada que tú no quisieras, no hay nada que temer. Si hasta tenemos nuestra propia palabra de seguridad.

En eso no mentía. Salvo aquel día que, según él, no me había entendido, siempre había respetado la palabra de seguridad al instante. Además, era verdad que notaba cierta tirantez en la espalda.

—Está bien. ¿Qué tengo que hacer?

—Tú nada, solo relajarte y disfrutar. —Se levantó de un salto y fue al cuarto de baño, de donde volvió con mi bote de crema hidratante. Luego apagó todas las luces excepto la de su mesilla de noche—. Venga, ponte en posición.

Aparté la almohada y me tumbé boca abajo. Estaba algo nerviosa, así que empecé a hablar.

—Así está bien, ¿verdad? ¿Pongo los brazos arriba o abajo? ¿Qué técnica utilizas: tailandesa, sueca, drenaje linfático…? Una vez estuve a punto de darme uno de esos con cantos rodados, pero empecé a pensar en qué espaldas habrían estado antes aquellas benditas piedras y…

Sentir su peso sobre la parte alta de mis muslos —un peso que, aunque considerable, no resultaba molesto— cortó de raíz mi ataque de verborrea.

—Ahora a callar —dijo, al tiempo que me subía la camisa del pijama hasta dejar mi espalda al descubierto.

—¡Rojo!

Bufó como hacía *Mizzi* cuando estaba molesta.

—¿Qué quieres? ¿Que te llene la camisa de crema? Venga, cierra los ojos de una vez y piensa que estás en una paradisíaca isla desierta…

—Si estuviera en una isla desierta, ¿quién me daría el masaje? Eso no tiene ningún sentido, Konrad, la verdad es…

—¡Ali, calla de una vez!

Algo en su tono hizo que le obedeciera al instante. Cerré los párpados y apreté los labios con fuerza, decidida a no interrumpirlo más, y me concentré en el frescor del chorro de crema sobre la piel de mi espalda, que al instante fue reemplazado por el calor que desprendían sus manos nervudas.

Konrad tenía razón. Era un experto en masajes. Sus dedos se movían con maestría a lo largo de mi espalda, deteniéndose unos segundos en ciertos puntos estratégicos como los hombros y el cuello para deshacer nudos de tensión. Mis puños se aflojaron y, sin poder evitarlo, un suspiro de placer escapó de mis labios. Entonces supe que, a partir de ese momento y por el resto de mi existencia, asociaría ese mismo placer con el aroma del té verde.

—Oh, Konrad, eres el rey de los masajes —ronroneé.

No dijo nada, pero sus manos se aventuraron por mi costado con la misma cadencia acariciadora y sentí las puntas de sus dedos rozándome los pechos. Me tensé de nuevo. Aquello era… Aquello era… Me mordí la lengua para no gritar «rojo» o, simplemente, para no gritar. En realidad, no deseaba que parara. Quería que esas manos continuaran deslizándose por mi piel eternamente. Quería que… Un gemido ahogado brotó de mi garganta.

Me pareció oírlo decir algo así como «frígida, los cojones», pero lo descarté en el acto, convencida de que ni siquiera Konrad sería capaz de soltar semejante barbaridad.

—¿Cómo va ese chisporroteo…? —susurró en mi oído que, a juzgar por la súbita humedad que sentí entre los muslos, tenía hilo directo con otras partes más íntimas de mi cuerpo a pesar de que los libros de anatomía no dijeran nada al respecto. Sin embargo, yo estaba demasiado abismada en esas sensaciones tan placenteras como desconocidas para contestar. De repente, me liberó de su peso y me dio la vuelta. Sorprendida traté de abrir los ojos, pero él lo impidió colocando la palma de la mano sobre mis párpados.

—No, todavía no. Confías en mí, ¿verdad, Ali?

Asentí, a pesar de que no lo tenía demasiado claro y noté el tacto suave y fresco de un tejido en el rostro. ¿Me iba a vendar los ojos? ¿A mí? Por lo visto, se había tomado al pie de la letra el dichoso libro del que habíamos tomado prestada la palabra de seguridad.

La lógica me decía que debía sentir temor, pero lo único que sentía era una profunda excitación. Con Nacho no jugaba a esas cosas. En realidad, no jugábamos a nada; con preliminares y demás, el asunto no solía durar más de cinco minutos. Aquel pensamiento me hizo sentir desleal.

¿Qué clase de mujer era yo? En el cuarto de baño había estado a punto de llorar al pensar en mi ex, y dos minutos después me derretía —y nunca mejor dicho; padecía una curiosa flojera, como si mi cuerpo se hubiera vuelto líquido— con las caricias expertas de un hombre por el que no albergaba ningún tipo de sentimiento romántico.

Konrad terminó de atarme el pañuelo alrededor de los ojos y, con mucha lentitud, empezó a desabrocharme la camisa del pijama. Imaginé que eran los dedos de Nacho los que me rozaban, provocativos, cada vez que soltaba uno de los botones; fantaseé con la idea de que eran los labios de mi auténtico amor los que trazaban una línea recta desde mi ombligo hasta la pequeña cavidad situada entre mis clavículas; que era la punta de su lengua la que recorría esas mismas clavículas y sus dientes perfectos los que mordisqueaban mi hombro derecho, produciendo pequeños espasmos de placer que convergían en mis pezones y los tensaban de un modo casi doloroso.

Pero, sin previo aviso, los ojos verdosos de Nacho adquirieron un inconfundible matiz azul brillante, cargado de burla y de ternura. Moví la cabeza a uno y otro lado. No quería serle infiel a aquel Nacho imaginario que me acariciaba con tanta habilidad, pero por más que luchaba, el rostro sonriente de mi vecino se superponía sobre el de mi ex hasta borrarlo por completo.

En ese momento, la cálida humedad de una boca sobre uno de mis pechos me hizo arquearme con violencia. Aquella nueva explosión de placer desencadenó una onda expansiva que alcanzó hasta la última molécula de mi cuerpo y, de nuevo, no pude contener un gemido. Convencida de que se avecinaba la explosión final, el Big Bang que me haría desintegrarme en millones de partículas, me quedé de piedra cuando él se apartó con brusquedad.

—¿Cómo que Nacho? —Su voz destilaba una rabia espesa y caliente.

¡Cielos! ¿De verdad había pronunciado el nombre de mi ex en voz alta? Piensa, piensa, me dije frenética mientras me quitaba el pañuelo de los ojos.

—¿Qué pasa con Nacho? —traté de ganar algo de tiempo.

—Eso es lo que me gustaría saber a mí. ¿Qué cojones pasa con Nacho? —Su tono subía por momentos—. Te tenía al borde del orgasmo y, sin venir a cuento, vas y me lanzas ese «Nacho» en toda la cara.

—No, no era Nacho. —Solté una risa que sonó más culpable que el pecado—. Macho. He dicho que eres muy macho.

—Te crees que soy idiota, ¿verdad? —Lo que asomó a sus ojos

una fracción de segundo, ¿fue dolor?—. Bien, quizá tengas razón. Buenas noches.

Se alejó lo máximo que permitía la cama y me dio la espalda.

—Konrad… —Me sentía terriblemente culpable, pero él se limitó a estirar el brazo para apagar la lamparilla.

Sin saber qué hacer, me quedé muy quieta, con los ojos fijos en las tinieblas del techo. Konrad tenía razón en enfadarse como lo había hecho. ¿A qué venía pensar en otro en un momento como aquel? ¿Acaso podía considerarme infiel por disfrutar con las caricias de un hombre cuando había sido la propia infidelidad de mi ex lo que había terminado con nuestro noviazgo hacía más de cuatro años? Era ridículo.

Titubeante, me acerqué a él y deslicé la yema del dedo por su espalda desnuda. Él se apartó un par de centímetros más y se subió las sábanas a la altura de las orejas. Lo intenté de nuevo.

—Konrad, perdóname.

—Duérmete, Ali. Es tarde y ha sido un día muy largo.

Yo siempre había creído en la necesidad de hacer las paces antes de irse uno a la cama, para poder empezar de cero a la mañana siguiente. Con los únicos con los que no había puesto en práctica mi teoría era con Paula y con Nacho, pero había cosas que no tenían perdón; aún se me saltaban las lágrimas cuando pensaba en Yogi.

—Verás, yo… —No sabía por dónde empezar, pero tenía claro que no podía dejar que Konrad se fuera a dormir enfadado conmigo—. Cuando he visto a Nacho… Mi estómago…

—Sí, ya lo sé. Ha chisporroteado. —Si el sarcasmo se pudiera pesar, a bote pronto habría calculado unos cien kilos.

—No, no ha chisporroteado. En realidad, con Nacho jamás ha chisporroteado.

—Venga, Ali, no empieces con tus cuen… —De repente, se

volvió hacia mí y, aunque no podía verlo en la oscuridad, supe que tenía las pupilas clavadas en mi rostro—. ¿Jamás? ¿Lo dices en serio?

—Claro que lo digo en serio. Por eso me he sentido tan infiel.

—¿Infiel? A ver, que me he perdido. ¿No habíamos quedado en que había sido él quien te había puesto los cuernos con tu hermana?

—Ya, ya lo sé, pero me parece desleal disfrutar más de las caricias de una persona de la que no estoy enamorada que de las del hombre que ha sido el amor de mi vida y… —¿Había sido eso un escupitajo? Traté de concentrarme de nuevo en mi explicación—. Y por eso he dicho su nombre, ¿lo entiendes?

—Jamás he entendido ninguna de esas sandeces que se instalan en el cerebro femenino sin venir a cuento y, francamente, no creo que vaya a empezar ahora. En fin, te perdono.

—¿De verdad?

Le sonreí en la oscuridad.

—De verdad. Anda, ven aquí.

Hizo que me diera la vuelta y me abrazó por detrás. Sus manos olían a té verde y el calor de sus caderas contra mi trasero resultaba de lo más reconfortante.

—¿Chisporroteas?

Se me escapó una risita de felicidad y me acomodé mejor contra él.

—No, ahora no chisporroteo. Ahora estoy muy, muy a gusto.

Y creo que me dormí.

KONRAD

¡Jo… demonios! Ahora era yo el que chisporroteaba; bueno, más que chisporrotear volvía a estar en el mismo estado caliente-barra-cachondo que unos minutos antes. Hundí la nariz en el cuello de Ali y aspiré el aroma del té verde o del amor verdadero, no habría sabido establecer la diferencia, que desprendía su piel. Eso sí, un día me iba a matar de un infarto. Todavía podía sentir el nombre de su ex atravesando mi corazón, y que conste que en esta ocasión no estaba utilizando una figura literaria: me dolía de verdad.

Ali pegó aún más su trasero contra mi estimada fuente de orgullo masculino y, si no hubiera sabido por su respiración calmada que estaba profundamente dormida, le habría hecho entender de una vez por todas la diferencia entre un simple chisporroteo y un incendio descontrolado. Chasqueé la lengua y la abracé más fuerte mientras trataba de dominar mi lujuria a base de inspiraciones profundas, hasta que mi cuerpo recuperó cierto grado de normalidad. Entonces, el cansancio acumulado durante aquel largo día hizo acto de presencia y casi al instante me quedé dormido.

***

Al día siguiente, Ali y yo desayunamos solos en la pequeña mesa de la cocina. Elena nos había dejado una nota diciendo que se iba a jugar al golf y que no regresaría para comer y, por suerte, no había ni rastro de Paula. La ceremonia tendría lugar en dos días, así que imaginé que estaría muy ocupada con los últimos detalles.

Le di un buen mordisco a la tostada untada con aceite de oliva y tomate, y rematada por una deliciosa loncha de jamón serrano, sin apartar los ojos del rostro de mi adorable vecina. Ella trataba de fingir que no se daba cuenta, pero el color iba y venía en sus mejillas. Me pasé la punta de la lengua por el labio superior, en teoría para recoger una pepita que se me había quedado pegada, y Ali se atragantó. Le di unas palmaditas en la espalda, al tiempo que alzaba una ceja insinuante.

—Pensando en lo de esta mañana, ¿eh?

—¡Konrad! —dijo cuando consiguió dejar de toser—. Casi me ahogo. Y no… —se puso más roja todavía—, no estaba pensando en eso.

—Mentirosilla.

Soltó una risita llena de picardía.

—Esto está delicioso, prueba.

Puse la tostada muy cerca de sus labios y le dio un mordisco sin hacer una sola mueca. No había duda, mi Ali estaba en vías de recuperación. Debió de pensar lo mismo que yo, porque, de pronto, me lanzó una sonrisa que me robó el aliento.

—Seguro que si la señora Williams me viera en estos momentos, pensaría que soy una desvergonzada, pero ¿sabes qué? No me importa lo más mínimo.

Su expresión traviesa era irresistible. Me incliné y la besé en los labios; sabía a tomate y a jamón, a felices para siempre, a cigüeñas cargadas de bebés… Ali se apartó con suavidad, tomó mi rostro entre sus manos y, con las pupilas clavadas en las mías, afirmó solemne:

—Te debo mucho, Konrad Landowski. —No me dio tiempo a protestar ni a decir que había sido un placer, porque me obligó a bajar un poco más la cabeza y susurró en mi oído—: Y lo confieso: estoy deseando que llegue esta noche.

Pasé de cero a cien en menos de un segundo y supongo que ella adivinó mis intenciones, porque volvió a soltar aquella pícara risita antes de levantarse de un salto de la silla y poner cierta distancia de por medio.

—Ali, no puedes decirme esas cosas y luego alejarte de mí —protesté enfadado—. Eso se llama calentar al personal.

Al parecer, se tomó mi frase como un cumplido, porque abrió los brazos y anunció a voz en grito:

—¡Me gusta calentar al personal! A partir de ahora lo convertiré en la misión de mi vida.

—Por encima de mi cadáver.

—Aguafiestas. —Volvió a lanzar una de esas carcajadas cantarinas y se me erizaron los pelos de la nuca.

Aprovechamos la ocasión para hacer turismo por Madrid. El día era soleado, pero hacía mucho frío, a pesar de lo cual decidimos subir al segundo piso de uno de esos autobuses turísticos que iba sin capota. Bien abrazados para conservar el calor, señalábamos entre risas cualquier cosa que nos llamara la atención. La ciudad me pareció acogedora y llena de magia, aunque lo más probable era que la magia se debiera a la bellísima mujer que hacía de cicerone. Subimos y bajamos en todas las paradas en las que había algo interesante que visitar; entramos en una docena de bares o más y en cada uno pedimos una caña y una tapa, y Ali comió y bebió casi tanto como yo sin hacer ni una sola alusión a posibles brotes de salmonelosis o botulismo. Cuando regresamos, bien entrada la noche, aún nos duraba la borrachera de risas, cervezas y besos, pues yo no había desaprovechado una sola oportunidad de besarla y abrazarla, y ella había respondido con entusiasmo.

Sin embargo, cuando después de varios intentos de girar la llave en la cerradura conseguimos entrar en la casa sin dejar de reír, nos topamos con las miradas desaprobadoras de varios de sus ocupantes, que en ese momento salían del comedor.

—Podías haber avisado de que llegarías tan tarde. Mamá estaba preocupada. —Los ojos de Paula brillaban furiosos.

Ali se serenó en el acto y pidió disculpas.

—Tonterías. —Elena trató de rebajar la súbita tensión—. Ali ya me había avisado de que no los esperásemos para cenar. Nosotros acabamos de terminar.

—Os ayudo a recoger.

Con los ojos bajos, mi vecina le quitó a Elena los platos sucios que llevaba en la mano y se dirigió a la cocina.

Cuando terminó de recoger, Ali se escabulló discretamente en dirección al pequeño jardín de la parte posterior de la casa. Al parecer, no fui el único que lo notó, porque Nacho se apresuró a seguirla.

Sentí un súbito ataque de celos y apreté los puños, pero decidí dejarlos en paz. Al fin y al cabo, en algún momento tendrían que hablar a solas. Así pues, fui al salón y, decidido a utilizar todo mi encanto, me senté al lado de Paula —quien, por cierto, se había escaqueado a la hora de recoger— para que no se percatara de la ausencia de los otros dos.

Capítulo 28

Ali

Alcé la barbilla para que el aire frío de la noche refrescara mi rostro acalorado mientras revivía por enésima vez, entre avergonzada y excitada, los acontecimientos matutinos en el dormitorio. El instante preciso en el que había abierto los ojos con una maravillosa sensación y había descubierto la cabeza de cabellos oscuros a la altura de mi estómago. Luego esa misma cabeza había ido bajando y bajando… ¡Cielos! Cada vez que lo pensaba volvía a experimentar la misma oleada de deseo salvaje.

—Ali.

La voz de Nacho sonó muy cerca de mi oído y me hizo dar un respingo. Las impúdicas, aunque deliciosas, imágenes se desvanecieron de golpe.

—¡Nacho, qué susto me has dado! —Me llevé la palma de la mano al pecho en un intento de calmar mi corazón.

—Perdona, Ali, estabas tan ensimismada que no he podido evitarlo. ¿En qué pensabas?

La sola idea de confesar cuáles habían sido mis pensamientos en los últimos minutos hizo que se me subieran los colores; por supuesto, no tenía la menor intención de contarle nada. Por otro lado, quizá habría sido mi buena obra del día informarle de que existían ciertas prácticas sexuales que se salían del habitual té, chocolate y café. A lo mejor Paula me habría agradecido algo por una vez en su vida.

—Me preguntaba qué habría sido primero, el huevo o la gallina.

Soltó una carcajada como si aquella idiotez, que era lo primero que se me había pasado por la cabeza, fuera muy divertida.

—Alicia, caricia, siempre con sus preguntas filosóficas…

Escuchar el estúpido apelativo de nuestros tiempos de novios, pronunciado en tono acariciador, me revolvió algo por dentro y tuve que morderme el labio para que no temblara. Pero entonces pensé en Konrad; mejor dicho, escuché su voz burlona dentro de mi cabeza: «¡Jo… demonios, Ali! No irás a perder los papeles por semejante gilipollez, ¿verdad?» y su rudeza característica alejó en el acto cualquier peligro de venirme abajo.

—En fin, Nacho, quería darte la enhorabuena por tu boda.

Vaya, estaba orgullosa de mí misma. No me había temblado la voz ni un poquito.

—Sí, mi boda.

Soltó un suspiro y agachó la cabeza. En otros tiempos, me habría abalanzado sobre él para tocarle la frente a ver si tenía fiebre o me hubiera apresurado a abrazarlo, pero tal vez hubiera madurado por fin, porque lo único que sentí fueron ganas de poner los ojos en blanco.

—¿Sabes una cosa, Ali?

No, no la sabía, aunque me olía que no me iba a apetecer nada escucharla. Me limité a mirarlo con la misma cara de póquer que solía poner mi vecino, mientras me decía a mí misma que quizá pasábamos demasiado tiempo juntos; no contenta con escuchar su voz en mi cabeza, también había empezado a copiar sus expresiones faciales. Por desgracia, Nacho ya había empezado a contarme «esa cosa» y no me quedó más remedio que prestarle atención.

—Siempre he querido disculparme, pero por unas cosas o por otras, hasta hoy no he tenido ocasión. Aquello fue un error, tienes que creerme. —Carraspeé incómoda. Sinceramente, no tenía ni pizca de ganas de tener semejante conversación en aquellos momentos—. Fue Paula. No dejaba de acosarme. Puede que no resulte muy caballeroso, pero es la verdad y...

—No, no resulta muy caballeroso. —Le corté sin contemplaciones—. Además, siempre he detestado a la gente que echa la culpa de lo que le pasa al que tiene al lado. Eras mi novio, Nacho. Puede que resulte anticuada, pero yo creo que la fidelidad es uno de los pilares de la pareja. Puedo entender que te sintieras atraído por Paula. Esas cosas pasan y nadie tiene la culpa... o quizá sí.

»Te pongo un ejemplo: imagina que eres una de esas ovejas que están todo el día come que te comerás, pues digo yo que si está concentrada en su pedacito de parcela, con su hierba fresca, sus tréboles y sus margaritas, ¿por qué va a ir el animalito a pastar al prado de al lado? —La verdad es que me había quedado poético a la par que esclarecedor, pero al ver que Nacho fruncía el ceño con perplejidad, me dejé de metáforas—. Tu deber era contármelo, Nacho. Hablarlo conmigo.

—No quería hacerte daño, Ali. —Me miró suplicante—. Sabía que enterarte te destrozaría.

—Claro, seguro que piensas que pescaros en mi propia cama, como Dios os trajo al mundo, fue mucho más llevadero, ¿verdad? Eso no duele tanto, qué va. —Examiné el suelo con atención, convencida de que encontraría un charco de sarcasmo a mis pies, pero no había nada. En fin, aquella conversación no llevaba a ninguna parte—. En realidad, ya no tiene importancia. Ha pasado demasiado tiempo, demasiadas cosas. Ahora Paula y tú os vais a casar, vais a tener un hijo, así que, como dijo Longfellow: «Deja que el Pasado muerto entierre a sus muertos». —Fruncí el ceño—. Aunque reconozco que nunca he entendido bien esa frase. ¿Cómo va a enterrar el Pasado muerto a sus muertos si ya está muerto?

Pero, al parecer, Nacho no estaba dispuesto a iluminarme.

—¿Sabes que se quedó embarazada a propósito? —soltó a quemarropa.

—Yo…, esto…

La conversación llevaba camino de convertirse en una de las más incómodas de mi vida. Estaba deseando largarme de allí, así que di un paso en dirección a la casa, pero él me sujetó por los hombros y me obligó a seguir escuchando.

—Lo habíamos dejado hacía unos meses y, de pronto, se presentó en una fiesta a la que sabía que me habían invitado. Yo iba un poco borracho… —Sin querer, lo prometo, las órbitas de mis ojos se desplazaron hacia arriba—. Y acabamos haciéndolo en una de las habitaciones de la casa, encima de los abrigos.

—De verdad, Nacho, no es necesario que me des tantos detalles.

Sin hacer caso de mi evidente malestar, él siguió con aquel desagradable auto de fe dispuesto a confesar hasta el final. No entendía que Torquemada hubiera podido disfrutar con aquel tipo de espectáculos.

—Me dijo que no era necesario que utilizase preservativo, que ella seguía tomando la píldora. Dos meses después, me llamó para anunciarme que estaba embarazada. Y yo… Yo no tuve más remedio que aceptar casarme con ella.

Con suavidad, le aparté las manos de mis hombros.

—No sé qué quieres que te diga, Nacho. Es vuestra vida, vuestras decisiones. Yo no tengo nada que ver.

Sin embargo, volvió a sujetarme y me dio una ligera sacudida.

—Claro que tienes algo que ver, Ali. En cuanto te he visto lo he sabido. ¡Te quiero! Es a ti a quien he querido todo este tiempo.

¡Pum!

Tras la inesperada explosión, el universo se quedó en silencio. Hasta la martilleante canción de *reggaeton* con la que la vecina caribeña nos había deleitado media docena de veces había dejado de sonar. En los últimos años había soñado un millar de veces con escuchar esas mismas palabras. Me había quedado despierta muchas noches imaginando una escena similar en la que, aunque los detalles podían variar, las palabras no cambiaban nunca.

«Es a ti a quien he querido todo este tiempo.»

Las había escuchado una y otra vez en mi cabeza, las había escrito en los márgenes de algunos de mis dibujos, las había paladeado con hambre de etíope. Bien. Pues por fin acababa de escucharlas, directas de la boca del hombre al que había amado desde niña y por el que había dejado mi vida en *stand by* más de cuatro años. Sin embargo, no había ni rastro del triunfo que había esperado sentir.

Me estaba haciendo un poco de daño, la verdad, así que forcejeé para soltarme.

—Lo siento, Nacho. Es demasiado tarde. Yo ya no siento nada por ti.

Y según lo decía, me di cuenta de que era cierto. Me había aferrado al recuerdo idealizado de mi ex con uñas y dientes, pero hacía mucho que ya se había apagado hasta el último rescoldo de aquel amor, dejando tan solo las cenizas. Konrad había estado en lo cierto desde el principio. Konrad. Quien seguro que me habría regañado por utilizar una frase hecha y esas imágenes tan manidas, aunque solo fuera en mis pensamientos.

El recuerdo de mi impertinente vecino dibujó una sonrisa en mi boca.

—¿Te parece divertido?

Parpadeé desconcertada.

—¿El qué?

—Me dices que ya no sientes nada por mí y sonríes.

—No ha sido una sonrisa, era una mueca. A veces se me queda enganchado un músculo en la comisura de la boca. Verás, es un extraño síndrome llamado *musculitis facial intermitente* que…

Nacho me cortó sin miramientos.

—¿De verdad quieres hacerme creer que estás enamorada de ese tío tan basto?

—¡Konrad no es basto! —Me apresuré a defenderlo, aunque me vi obligada a rectificar—. Está bien, un poco basto sí que es, pero es un hombre tierno, comprensivo, un amante maravilloso…

—¡¿Me estás diciendo que con él sí disfrutas del sexo?!

A juzgar por el énfasis que imprimió al «sí», la sola idea lo enloquecía. Orgullo de macho herido, qué típico de los hombres. Coloqué las yemas de los dedos sobre los globos oculares para impedir que hicieran de las suyas.

—Como comprenderás, Nacho, ese tipo de detalles forman parte de la intimidad de cada uno. Y no quiero seguir hablando de esto. Soy la prometida de Konrad y, al contrario que otras personas —no pude resistirme a lanzarle ese pequeño dardo—, nunca haría nada a sus espaldas. Buenas noches.

Muy digna, caminé despacio hacia la puerta ventana y desaparecí en el interior de la casa. En cuanto estuve fuera del alcance de sus ojos, me olvidé de la dignidad y apresuré el paso. Estaba deseando ver a Konrad y contarle que su tratamiento había funcionado, que estaba completamente curada; decirle que…

Al pasar por delante de la puerta del salón me quedé clavada en el umbral. Konrad y Paula, abrazados en mitad de la habitación, se besaban apasionadamente.

Capítulo 29

Elena

No se me había escapado el brillo de celos en los ojos de Konrad cuando vio que Nacho seguía a mi hijastra al jardín. Noté el esfuerzo de contención que hacía para no salir detrás de ellos, pero como había sospechado desde un principio, el prometido de Ali era un hombre inteligente y, en vez de eso, optó por ir al salón para tratar de distraer a mi hija Paula.

Me entretuve en ordenar un poco la cocina. Los dejaría un rato a solas, pero no demasiado. Conocía a Paula de sobra y sabía muy bien de lo que era capaz. Cuando calculé que había pasado el tiempo suficiente, me dirigí al salón y me crucé con Ali, que iba en la misma dirección.

Mi hijastra se detuvo en seco y de su rostro desapareció cualquier vestigio de color. Con un mal presentimiento, seguí la dirección de su mirada y vi a Paula con los brazos entrelazados alrededor del cuello de Konrad, besándolo con ardor. Porque no cabía duda de que era ella la que se pegaba a él como una mala hierba. Aquella escena duró apenas unos segundos. Konrad se liberó enseguida de los brazos que atenazaban su cuello y apartó a mi hija con brusquedad.

—¡Ali, no!

De un salto se plantó a su lado, la sujetó por los brazos y la obligó a mirarlo a los ojos.

—Respira, respira —ordenó—. Así, despacio. Muy bien, lo estás haciendo muy bien.

Comprendí que Ali estaba al borde de uno de esos ataques de pánico de los que la madre de Sandra me había hablado; una de esas crisis que la habían convertido en una reclusa en su propia casa.

Noté que mi hijastra hacía dolorosos esfuerzos por inspirar, pero, después de un par de minutos angustiosos, la calma de Konrad y la firmeza con la que le hablaba consiguieron alejar por fin el peligro de un ataque inminente.

—Yo… —Evitaba mirar a Konrad y resultaba angustioso escuchar el temblor de su voz—. Será… será mejor… Me voy a mi cuarto.

Sin embargo, Konrad no parecía dispuesto a dejarla marchar.

—Ali, escucha, no es lo que piensas. Yo…

Ali cerró los ojos y alzó una mano para detener su explicación con un gesto de derrota. En ese momento alcé los ojos para mirar a Paula y la vi fruncir los labios en una mueca cargada de malicia.

—Por favor, Konrad, no.

—¡Ali! —insistió él, al tiempo que le daba una ligera sacudida.

—No quiero oírlo, de verdad, da igual —dijo Ali con voz débil.

Konrad levantó la mirada hacia mí en una súplica desesperada y comprendí —aunque lo cierto era que llevaba dándole vueltas desde hacía varios meses— que ya no podía seguir haciendo la vista gorda con los defectos de mi hija. Había llegado el momento de intervenir.

—Quédate un rato más, Ali. —La firmeza de mi voz la hizo vacilar—. Ya va siendo hora de que tengamos una charla que llega con más de cuatro años de retraso.

—Oh, Ali, siento que… —intervino Paula, desolada en apariencia; mi hija se había equivocado de vocación: tendría que haber sido actriz.

—¡Calla, Paula! Esta vez no te saldrás con la tuya.

—¡Mamá!

Hice oídos sordos a su interrupción.

—Sé que tendría que haber actuado de otra forma cuando me enteré de que habías sorprendido a Nacho y a Paula en… —carraspeé— en situación comprometida, pero te fuiste a Estados Unidos y… —Me detuve un instante, tratando de encontrar las palabras apropiadas—. Me dije que con la distancia llegarías a la misma conclusión que había llegado yo hacía años; que solo era cuestión de tiempo, pero me temo que dejé pasar demasiado.

Ali me miró sin comprender.

—¿Qué conclusión?

—Que Nacho no era para ti.

Escuché un resoplido indignado y al volverme descubrí al prometido de mi hija debajo del umbral de la puerta. Sin embargo, su presencia no iba a detenerme ahora. Tendría que haber hablado mucho antes.

—Notaba cómo tratabas de adaptarte a él en todo momento, cómo reprimías tu propia personalidad para ser aceptada en su círculo de amistades. Nunca eras tú misma, sino la versión que pensabas que a Nacho le gustaría más.

—Pues a pesar de esos esfuerzos, sus amigos seguían pensando que eras una chiflada —soltó Paula. El veneno que destilaba aquel comentario hizo que Ali agachara la cabeza.

La mirada que le lancé a Paula la acalló en el acto.

—Debería haber hablado mucho antes, pero confieso que a mí también me pudieron los celos.

Al escuchar aquella palabra, mi hijastra abrió mucho los ojos, y Konrad, que parecía muy interesado en mis explicaciones, aprovechó para tomarla de la mano. Ella se desasió de inmediato y se alejó de él.

—¿Celos?

—Celos. Celos del amor que tu padre sentía por ti, la hija de su primera mujer, a la que nunca logró olvidar. —Ali abrió la boca para decir algo, pero la detuve con un movimiento de la mano y la volvió a cerrar—. Fui yo la que, como se dice vulgarmente, pesqué a tu padre. —Hice una mueca y me encogí de hombros—. En eso reconozco que mi hija se parece mucho a mí.

—¡Mamá!

Pero en esta ocasión tampoco hice caso de la indignación de Paula.

—La soledad le llevó a mí y salimos unos meses. Sabía que en realidad no estaba enamorado, pero yo sí estaba loca por él y no paré hasta que conseguí que se casara conmigo. Imagino que al menos tú, Nacho —dije, incapaz de reprimir la ironía—, podrás imaginar el método que utilicé.

Paula se dejó caer sobre uno de los sofás, se llevó el puño a la boca y se mordió los nudillos.

—Al igual que tu padre, tú, Ali, eres una persona brillante que se sale de la norma. Con vosotros no se podía hablar de reglas, sino de excepciones. En realidad, eso era lo que más me atraía de Gonzalo: esa originalidad que a veces rayaba en la extravagancia. Vivir a su lado era una eterna y maravillosa sorpresa. En cambio, cuando faltó yo también deseé morir y me dediqué a aplastar en ti los rasgos que más me recordaban a él.

Ali tragó saliva y sus ojos adquirieron un brillo sospechoso. Su prometido la agarró de nuevo de la mano y, esta vez, no se soltó.

—Tanto Paula como yo supimos siempre que para él tú eras lo primero. —Moví la cabeza con una sonrisa triste—. Los celos, como sabéis (aunque quizá alguno de vosotros haya tenido la increíble suerte de no haberlos experimentado jamás), son malos consejeros. Paula creció envidiándolo todo de ti y yo no hice nada para cambiar la situación. Desde pequeña siempre le diste sin protestar lo que ella quería: tu muñeca preferida, aunque sabías que te la devolvería con la cara llena de rayajos de bolígrafo; o tu cuento favorito, que acabaría con varias páginas arrancadas. Pero a pesar de todo, nunca fue suficiente. De hecho, las cosas fueron a más hasta que, finalmente, pasó lo de Nacho.

Me detuve, sin saber si seguir o dejarlo ahí, pero entonces mi mirada se cruzó con los ojos azules de Konrad, que seguía con el brazo por encima de los hombros de Ali en un gesto protector.

—Sigue, por favor —me animó.

No había vuelta atrás.

—Pero a diferencia de mí... —No me gustaban las confesiones, sobre todo, porque lo que iba a decir no iba a dejar a mi hija en buen lugar. A pesar de eso, inspiré hondo y solté, por fin, lo que había callado tanto tiempo—. Tú, Paula, ni estás enamorada de Nacho ni el hijo que esperas es suyo.

—¿Qué dices, Elena? —preguntó Nacho muy pálido.

—¡Eso es mentira! —Paula me miró con odio—. ¿Cómo puedes decir eso?

De pronto, me invadió una serenidad de la que no había gozado en mucho tiempo.

—Es la verdad, Paula. No eres un modelo de discreción. Sé que salías con un hombre casado y que, cuando él se negó a dejar a su esposa, no paraste hasta liar a Nacho.

—¡Es mentira, Nacho, tienes que creerme!

Pero, al parecer, el hombre que se habría convertido en mi yerno en unos pocos días sabía hacer cuentas y sacar sus conclusiones igual que cualquier otro.

—No habrá boda.

Nacho apretó los puños con fuerza. Incluso desde esta distancia advertí que temblaba.

—¡Nacho!

—No quiero volver a verte.

Lo dijo en voz muy baja. Parecía a punto de llorar y, por una vez, me dio cierta pena. Nunca había sentido gran simpatía por Nacho, y en los últimos tiempos tan solo había pensado en él como un peón útil en una partida en la que mi hija tenía mucho que perder. Abandonó la habitación a toda prisa y no tardamos en oír el portazo que dio al salir.

—¡Estarás contenta, ¿no?! ¡Has arruinado mi vida!

Las lágrimas se deslizaban por las mejillas de Paula, pero la conocía demasiado bien. No eran lágrimas de pesar, sino de pura rabia.

—No lo creo, pero no estaba dispuesta a que tú arruinaras la de tu hermana por segunda vez. Ali —me volví hacia mi hijastra, que seguía en estado de *shock*—, no dejes que lo que has visto te haga dudar del hombre al que amas. Conozco a mi hija y sé cómo se las gasta. Esta vez has elegido bien. En cuanto os vi juntos por primera vez, comprendí que Konrad y tú estáis hechos el uno para el otro. Sé valiente y no renuncies a la felicidad.

Al ver que ella no decía nada, Konrad decidió intervenir.

—Exacto. ¿Ves, Ali? Haz caso de lo que dice Elena, una mujer de lo más inteligente. Por cierto, ¿recuerdas cuando te dije que no estaba seguro de ser un caballero? —Ali lo miró con cierta perplejidad—. Pues eso, que no lo soy y te lo voy a demostrar. Verás, tu hermana Paula no me pone lo más mínimo. Es egoísta, caprichosa, manipuladora y ni siquiera es tan guapa como se cree.

Paula soltó una exclamación, pero él siguió impertérrito. Desde luego, no era ningún caballero, pero había que reconocer que había algo en el prometido de mi hijastra que resultaba extremadamente atrayente.

—No es la primera vez que me ataca, pero tampoco se lo tengas en cuenta. Ya sabes que las mujeres me encuentran irresistible. —Las comisuras de la boca de mi hijastra se elevaron en una sonrisa casi imperceptible—. El caso es, Ali, que teniéndote a ti cerca es difícil, por no decir imposible, dejarse distraer por otra mujer.

Esta vez la sonrisa de Ali, entre insegura y agradecida, se hizo más ancha y, en respuesta, arrancó otra de Konrad cargada de ternura.

—En fin, nosotros nos vamos a dormir. Estamos agotados de hacer turismo. Buenas noches, Elena. —En sus ojos leí una gratitud infinita, pero no lo sentí como un premio; no era por él por quien había dejado a mi hija en evidencia. Lo curioso era que Konrad Landowski, a pesar de resultar algo tosco, me gustaba—. Y buenas noches a ti también, Paula. Espero que pierdas esa molesta costumbre de abalanzarte sobre el primero que pasa.

Con esa última andanada, salió del salón arrastrando a Ali consigo.

—¿Cómo has podido hacerme esto? —lloriqueó Paula—. Voy a ser el hazmerreír: una madre soltera a la que dejan plantada unos días antes de la boda.

Me encogí de hombros. Paula era mi hija y no me gustaba que quedara en ridículo, pero había faltado demasiadas veces a mi deber para con mi hijastra.

—Unas veces se gana y otras se pierde, Paula. Es una lección que antes o después todo el mundo tiene que aprender. Y por el niño no te preocupes, estoy dispuesta a hacerme cargo de él. Creo que esta vez seré capaz de hacerlo mejor. —De pronto, se me ocurrió algo terrible—. Solo espero que no le dé por llamarme abuela.

El fabuloso sentimiento de paz que me invadió me tomó desprevenida y, por unos segundos, pude escuchar en mi cabeza la voz risueña de mi marido.

—Buena chica.

Capítulo 30

Ali

Me daba vueltas la cabeza mientras Konrad, con una mano apoyada en la parte baja de mi espalda, me conducía con firmeza hasta el dormitorio. Todavía no me había recuperado de la impresión de verlo en brazos de Paula; cada vez que pensaba en ello, toda la angustia y el malestar del pasado volvían multiplicados por veinte.

Como si fuera una niña, Konrad me obligó a sentarme en la cama, me sacó los zapatos y me quitó el jersey. Cuando empezaba a desabotonarme la blusa, reaccioné y lo sujeté de las muñecas.

—Konrad.

Dirigió hacia mí esos singulares ojos azules que parecía que siempre estuvieran de fiesta, y la ternura que leí en ellos me acarició el alma.

—Solo te ayudo a acostarte.

Sin soltarle las muñecas y prendida aún en sus ojos, hice la pregunta que me atormentaba:

—¿Te gusta Paula? —Abrió la boca, pero yo no había terminado aún—. Dime la verdad, por favor. No soportaría que me mintieras.

La sonrisa que se dibujó en sus labios, acompañada de un

extraordinario despliegue de atractivos surcos en las mejillas, encendió las primeras chispas en mi estómago.

—¿Tú crees que, después de conocer a una mujer como tú, podría sentir algo por Paula?

Las chispas encendieron nuevas chispas y estas a su vez continuaron multiplicándose, hasta que se me ocurrió que quizá lo de «una mujer como yo» no era un cumplido precisamente. El chisporroteo se apagó y un doloroso vacío ocupó su lugar.

—¿Una mujer como yo? —repetí temerosa de lo que fuera a decir.

La sonrisa de Konrad se ensanchó aún más.

—Ya has oído a tu madrastra: eres una mujer excepcional. Qué lástima no haber conocido a tu padre. Estoy seguro de que nos hubiéramos llevado muy bien.

Sí, yo también estaba convencida de ello. Al igual que con mi padre, con Konrad nunca me había preocupado ser yo misma. La expresión de sus ojos hizo que mi estómago empezara a hacer cosas alarmantes de nuevo, así que cambié de tema y saqué a relucir otro de los asuntos que me preocupaban.

—No me creo que Paula tuviera celos de mí. Ella siempre ha sido la integrada, la popular… Nadie se ha reído nunca de ella por aparecer con botas de agua en un día soleado, o por tener largas y, aunque no te lo creas, muy interesantes conversaciones con una amiga invisible.

Konrad, que seguía de cuclillas a mis pies, me tomó de las manos.

—Paula *sigue* —recalcó la palabra— teniendo celos de ti. Yo diría que es algo patológico relacionado con vuestro padre. Quizá deberíamos buscar una *ouija* en algún lado y consultarlo con el querido Freud, pero, la verdad es que me importa bastante poco.

Fruncí los labios con desaprobación. A veces Konrad resultaba tremendamente insensible.

—Se tiró a Nacho para fastidiarte, y hoy ha intentado seducirme a mí por el mismo motivo, pero yo —se dio un puñetazo en el pecho en su mejor pose de macho dominante— no soy un tío fácil como el capullo de tu ex.

—No digas palabrotas —le regañé—. Además, eso de que no eres fácil… No me pareció que opusieras mucha resistencia.

—No, ¿eh? —Entornó los ojos un momento—. ¿Qué te parece que hagamos una prueba? Venga, ponte de pie.

—¿Una prueba?

Debía de reconocer que una de las cosas que más me gustaban de Konrad era su capacidad de sorprenderme, así que dejé que me ayudara a ponerme en pie.

—Tú me echas los brazos al cuello, me das un beso y vemos si hay alguna diferencia en mi reacción.

—Bah, eso no es nada científico. —Descarté aquel peregrino experimento con una mueca de desdén.

—¿Tienes miedo? Alzó una ceja, burlón.

Di una patada en el suelo; Konrad me había cogido la medida hacía tiempo y sabía de sobra que era incapaz de resistirme a un desafío. Con decisión le rodeé el cuello con los brazos.

—Preparados, listos… ¡ya!

Me puse de puntillas, pegué mi boca a la suya… y ya no hubo nada más que sus labios abrasadores y la pasión inflamada con la que me estrechaba entre sus brazos.

—Konrad, Konrad… —gemí en su boca.

Pero él no me oía o, si lo hacía, desde luego no parecía dispuesto a parar. Nunca me había besado con aquella especie de demencia. En realidad, nadie más me había besado así, con un frenesí que me estaba volviendo loca. Loca, demencia…, unas palabras que, por una vez, no me producían el menor temor.

No sé cuánto tiempo pasó ni cómo habíamos llegado a la cama, pero solo volví a la realidad cuando Konrad, que estaba tumbado encima de mí desnudo de cintura para arriba, se incorporó sobre los codos y se separó un poco. Yo tenía la blusa desabrochada y, si hubiera sido un concurso, habría resultado difícil decidir quién de los dos jadeaba más fuerte.

—¡Jo... demonios, Ali! No sabes cómo me pones —susurró con una voz ronca que me puso la carne de gallina.

Bueno, quizá no lo sabía con exactitud, pero si juzgaba por mi estado, taquicárdico perdido, podía imaginarlo a la perfección.

—Konrad... —A ver, no es que estuviera suplicándole, pero ¿a cuento de qué venía parar en seco en un momento tan peliagudo? Sin embargo, él negó con la cabeza con decisión.

—No, no podemos seguir. Antes quiero que veas una cosa.

Esta vez ni siquiera traté de controlarlos; mis ojos se pusieron en blanco *motu proprio*. Ciertamente, había encontrado personas poco oportunas a lo largo de mi vida, pero, en mi opinión, Konrad Landowski se llevaba la palma. Sin hacer caso de mi expresión de fastidio, se levantó y me ayudó a hacer lo mismo. Una rápida ojeada a su entrepierna me reveló que, al menos, no era yo la única que sufría y aquel pensamiento, aunque no muy cristiano, me reconfortó.

Lo observé buscar algo en el armario y, por fin, sacó un montón de hojas encuadernadas con una sencilla espiral. ¿Iba a contarme un cuento? Me entraron ganas de soltar una de esas palabrotas a las que él era tan aficionado. Ahora sí que no entendía nada de nada.

—Es mi guion. —Me lo tendió y yo lo tomé sin saber qué decir—. Quiero que lo leas.

—¿Ahora?

—Ahora. No quiero que luego me acuses de yo qué sé qué. Ya te he dicho que conozco a las mujeres y sus diabólicos procesos mentales demasiado bien.

Parecía muy decidido, así que me dirigí hasta la butaca que estaba en un rincón arrastrando los pies y leí el título sin mucho entusiasmo: *Me vuelves loco*.

Hice una mueca. Mal empezábamos.

Fruncí el ceño y pasé la página. Cuarenta y cinco minutos después cerré el cuaderno, lo apreté contra mi pecho y alcé la vista hacia él.

—¿Y bien?

Me había metido tanto en la historia que no me había dado cuenta de que Konrad esperaba impaciente. Incluso lo vi mordisquearse una uña con nerviosismo.

—Soy yo.

Su nuez subió y bajó en la garganta cuando tragó saliva.

—Sí y no.

Apreté más fuerte el cuaderno contra mi pecho.

—La protagonista está como una cabra.

—Es distinta.

—Y la pobre acaba fatal.

Se encogió de hombros, pero a mí no me engañaba; no estaba tan sereno como aparentaba.

—Esta vez me ha dado por el drama.

—¿Tú crees que yo también acabaré así?

Me mordí el labio, para evitar que temblara.

—No. Tu historia tiene otro final.

Me tendió unos papeles que sostenía detrás de la espalda con un pulso poco firme.

Cogí los tres folios y lo miré con fijeza, pero él me hizo un gesto, invitándome a leer. Por fin, bajé la mirada a los renglones escritos a máquina. A medida que leía, notaba las comisuras de mis labios cada vez más tirantes mientras trataba de reprimir una sonrisa de felicidad. La palabra «fin» llegó demasiado rápido para mi gusto.

—Así que seis hijos fuertes como *konics*.

Levanté las cejas.

Konrad carraspeó.

—Bueno, tres también es un buen número.

—Y vivieron felices para siempre en una preciosa casa de color rojo oscuro al borde de una playa paradisíaca.

—A veces también viajaban por placer: Boston, Nueva York, Madrid… Y aprovechaban que no estaban los niños para… —Esta vez fue él quien alzó las cejas varias veces.

—Y una adolescente deslenguada hacía de canguro acompañada siempre de un chucho asqueroso.

—Alto ahí. Yo no he hablado en ningún momento de chuchos asquerosos, sino de un can de pelo elegantemente rizado, fruto de una aristocrática mezcla de razas.

La sonrisa que llevaba rato tratando de disimular se extendió por mis labios, incontenible.

—Sabes que te quiero, Konrad Landowski.

En dos zancadas se colocó a mi lado y tomó mi rostro entre las manos.

—No, no lo sabía, pero llevo tiempo deseándolo con intensidad.

Sus palabras eran una caricia y mi estómago… Vamos, que me río yo de las famosas mariposas esas que tienden a revolotear en estómagos desprevenidos.

—La verdad es que yo tampoco lo sabía, aunque ahora que lo pienso creo que ya te quería cuando no eras más que un *foferas* entrometido. Me he dado cuenta al verte con Paula. Solo de pensar que tú también podías haberte enamorado de ella… —Se me humedecieron los ojos, pero él no permitió que me hundiera en recuerdos desagradables.

—Recuerda a tu amigo Longfellow y eso de que el Pasado muerto, bla, bla, bla. Lo cierto es que ya sabemos cómo termina esta historia. Tú misma acabas de leerlo. —La ternura de su mirada me derritió el corazón—. Así que ¿qué tal si empezamos por el principio?

A esas alturas, yo ya estaba más que dispuesta a que nos dejáramos de charlas, lecturas y demás y nos pusiéramos al lío, así que no dudé en abrazarlo y besarlo con toda la pasión que no sabía que llevaba dentro.

Y aquella se convirtió en la primera de una sucesión interminable de noches llenas de lujuria, de risas y, sobre todo, de mucho, muchísimo amor.

EPÍLOGO

JENNIFER

—Llévame yaaa, Señor, pero antes…

El canto de alabanza favorito de la señora Williams interrumpió mis juegos con *Peluquín*. Levanté la vista y la descubrí plantada en la terraza.

—¡Hola, señora Williams! ¿Qué? ¿Espiando como de costumbre? —grité desde la playa sin dejar de agitar el brazo.

Al ver el modo en que volvía los ojos y las palmas al cielo, me imaginé que rogaba con fervor a su Inquilino que diera paciencia a su Humilde Sierva porque —como me había repetido un millón de veces— a pesar de lo que se había esforzado aquella difícil semana en la que, como Favor Especial hacia su querida señorita P., se había quedado a cuidarme, yo seguía tan vocinglera como de costumbre y no había conseguido meter en mi cabeza dura que las Mujeres Virtuosas debían ser vistas, pero no oídas.

La verdad es que le había cogido cariño a la señora Williams. Bueno, y también me encantaba hacerla rabiar. La vi cruzar las manos sobre el mango de la escoba y apoyar en ellas la barbilla puntiaguda como una auténtica bruja. Seguro que se estaba acordando de la dichosa semanita en la que, según ella, me había mostrado desordenada, alocada y contestona. A menudo me repetía que, en vez de Jennifer, me pegaba más llamarme Eva, como aquella Mala Mujer que un buen día se aburrió de pasear desnuda por su jardín, la muy cochina, y decidió meterle Malas Ideas en la cabeza al pobrecillo de Adán quien, por otra parte, siempre le había parecido un Calzonazos.

Sin embargo, me debía un favor y lo sabía. Gracias a mí había descubierto su nueva Misión en la Vida. Una tarde, aburrida de que no hubiera nadie con quien charlar, encendí el televisor (un invento que hasta entonces ella había considerado Diabólico) y la invité a ver juntas *Las Kardashian*. Aquello le abrió los ojos al Depravado Mundo de los *realities*. Desde entonces no pasaba un día sin que mandara una carta a los directores de los programas, a las productoras o a los actores que aparecían en ellos avisándoles de que el día del Juicio Final se acercaba a Pasos de Gigante y que todos ellos, Panda de Pervertidos, iban a ir derechitos al Infierno. Las cartas solían terminar más o menos así: «Cuando acaben chamuscados hasta las pestañas en el Fuego Eterno, y sufriendo las Terribles Torturas que les esperan a los Pecadores Irredentos, que nadie venga a acusarme de no haber hecho lo Imposible por salvarlos».

Lancé un nuevo chillido y corrí por la playa entre risas y gritos seguida de cerca por aquella Criatura del Maligno, que era como la señora Williams llamaba a *Peluquín*. Y todo porque, en cuanto empezaba a barrer, se lanzaba a morderle la escoba y, por muchas patadas que trataba de pegarle, el perro no consentía en soltarla hasta que Konrad o yo se lo ordenábamos.

Lo curioso es que un día la señora Williams nos sorprendió a todos reconociendo (cito casi literal) que gracias a la influencia de su querida señorita P. (ahora, por desgracia, señora L.), que como todos sabían era una Santa, la chiquilla (o sea yo) había acabado el curso con muy buenas notas. Claro que casi al momento lo estropeó, diciendo que no entendía por qué la señorita P. (por lo visto, le costaba hacerse a la idea de que se hubiera casado con Konrad, alias «semejante Bárbaro») quería que me dieran una beca para ir a una de esas Universidades en las que abundan las Orgías y donde los estudiantes fuman Drogas Alucinantes. Según ella, su querida señorita P. o señora L., un Corderito Inocente en medio de una Manada de Lobos, se equivocaba de medio a medio al querer mandarme allí a pesar de sus consejos, que no por gratuitos resultaban menos sabios, a graduarme en Maldad.

Lo de la graduación en Maldad era su rollo favorito. La tía lo repetía sin cambiar ni una coma. Yo me partía de risa, porque al segundo seguía:

«Y hablando de Maldad, estos días me ha tocado ver Ciertas Cosas que pondrían los Pelos de Punta a otras personas que no tuvieran la Mente tan Abierta como yo».

«¿Qué me dice, señora Williams?», preguntaba yo entonces con mi mejor expresión de inocencia.

«Sí, hija, sí. En cuanto me doy media vuelta, los sorprendo besándose como dos Perros en Celo. Da igual la hora, el día o el lugar. ¿Ves? Ya están otra vez. Pensé que al casarse con la bendita señora L., el señor Landowski se convertiría en un ejemplo para el resto, un Pecador Arrepentido que vuelve a la Senda del Bien. ¡Aleluya! Pero nada más lejos de la realidad. Es más, estoy segura de que ese Belcebú de mirada Maliciosa está decidido a arrastrarla con él al Abismo. La casa está muy lejos del orden que reinaba antaño; a cualquier hora de la mañana o de la noche se oyen gritos, ladridos y carcajadas y…». Al llegar a ese punto se persignaba unas cuantas veces y bajaba la voz. «No voy a contar aquí el estado en el que me encuentro las sábanas de su cama día sí y día también. Pobre señora L.», suspiraba entonces pesarosa y encantada a la vez. «Cuando imagino el futuro —su barriga hinchada por la Semilla del Mal— tengo que recordarme a mí misma que el Señor escribe Recto con renglones Torcidos».

***

Lo cierto era que la señora Williams no exageraba ni un poquito, me dije agachándome a recoger el palo de *Peluquín* una vez más. Ya estaban esos dos dale que te pego. En teoría, Konrad y Ali habían bajado a la playa para ayudarme a recoger conchas para un proyecto de la clase de arte, pero al parecer se habían olvidado por completo, concentrados como estaban en devorarse el uno al otro. No había visto nada igual. Era una atracción tan potente como la de los rayos tractores de la Estrella de la Muerte que atraparon al Halcón Milenario; pero ni siquiera Han Solo le comía los hocicos a Leia de esa manera.

Como ya he comentado en una ocasión, tengo buen ojo para las parejas y esta estaba cantada. Había que estar muy ciega para no pillar las miraditas que se lanzaban el uno al otro desde el minuto uno.

Por eso, decidí dejarles un poco de intimidad, me volví y tiré el palo al mar con todas mis fuerzas. *Peluquín* salió disparado detrás. Cerré los ojos y disfruté con la brisa veraniega que apartaba el pelo de mi cara mientras pensaba en el mogollón de cosas que habían pasado en los últimos meses.

Aún no podía creer que hubiera terminado el curso con una nota media de A. Hasta una periodista me había hecho una entrevista para el periódico local; la típica historia de la adolescente problemática cuya vida cambia por completo gracias a un hada madrina de carne y hueso y bla, bla, bla. «Una Cenicienta adolescente» lo había titulado la muy cursi, pero en la foto yo salía reguapa.

La verdad es que me puse tan contenta que decidí llevarle un ejemplar a mi madre. Por suerte, la Harley antediluviana de Norman no estaba a la vista. Lo más seguro era que hubiera ido a hacer un trabajito de los suyos. Cabrón. Ojalá lo pillara la poli de una vez, lo encerraran y tiraran la llave al mar.

Golpeé la puerta con los nudillos un par de veces y entré. El olor a porro y a falta de limpieza, la gran cantidad de prendas sin lavar y los cacharros sucios desparramados por todas partes resultaban mareantes. Mi madre fumaba sentada a la mesa con la mirada perdida.

—Hola —dije.

Alzó los ojos hacia mí sin mostrar la menor sorpresa.

—¿Qué quieres?

Tragué saliva. No es que esperase que se levantara de un salto y me abrazara, pero, aun así, aquella indiferencia me dolió. Sin decir nada dejé el periódico encima de la mesa, abierto por la página en la que salía el reportaje. Ella le echó un vistazo sin ganas.

—Ahora no tengo la cabeza para leer tonterías. —Sus ojos se posaron en la foto y frunció el ceño—. Eres tú.

—Me han hecho una entrevista. He sacado las mejores notas de mi curso.

Se quedó callada unos segundos. Al parecer, esta vez había conseguido sorprenderla.

—Así que vas a seguir con tu ricacha —dijo al fin, con las pupilas fijas en el montoncito de ceniza que acababa de caer encima de la formica.

—Se llama Ali y sí. —Me encogí de hombros en un intento de parecer tan indiferente como mi madre—. Voy a seguir con ella hasta que acabe el instituto. Ali dice que, si sigo así, lo más probable es que me den una beca para ir a la universidad.

—Qué interesante. —Su boca se abrió en un bostezo.

Nos quedamos unos minutos en silencio. Mientras tanto, observé su aspecto prematuramente envejecido, en el que cada vez resultaba más difícil encontrar algún rastro de su antigua belleza.

—Bueno, me voy.

—Adiós.

Me dirigí hacia la puerta, pero antes de salir me volví una vez más y me pareció que sus labios temblaban.

Por suerte, la repentina rociada de gotas de agua helada, regalo de *Peluquín* al sacudirse, me arrancó de aquel inquietante miniviaje en el tiempo. En realidad, no tenía sentido darle demasiadas vueltas al asunto. Vale que debía de haber llegado la última al reparto de madres, pero, a cambio, tenía un hada madrina y un *hado* padrino bastante enrollados. En cuanto llegué a casa esa tarde, Ali notó que estaba triste y sin decir nada me abrazó con fuerza.

Molaba bastante, porque desde que se había casado con Konrad, la gente ya no le daba asco o repelús o lo que fuera. Debía de haberla curado a base de morreos; la verdad es que el tío no se cansaba. Claro que tampoco daba la sensación de que a ella le disgustara tanto toqueteo.

Lo de la boda me había sorprendido un poco, lo reconozco. En cuanto regresaron de España, Konrad empezó a organizarla. Tardó exactamente dos semanas y fue superromántico. Vino la madrastra de Ali desde España, una tía que me recordaba a Elsa, la de la peli de *Frozen*, esa que cosa que toca, cosa que congela. También vinieron la madre y las hermanas de Konrad y el marido de la mayor. En cuanto me las presentaron comprendí por qué Konrad es como es. Yo pensaba que las Kardashian eran un festival, pero al lado de las Landowski… ¡buah!

La ceremonia fue en Our Lady of the Cape. Ali se había ocupado de la decoración y la iglesia estaba preciosa; parecía salida de un cuento de hadas. Si alguna vez encuentro a un tío que merezca la pena le voy a pedir a Ali que me ayude a organizarlo todo, pero bueno… Aún queda mucho tiempo para pensar en bodas.

Peluquín soltó el palo a mis pies y ladró como si estuviera de acuerdo, así que me agaché para recogerlo y volví a lanzárselo al mar.

¡GRACIAS!

Gracias por leer *Me vuelves loco*. Espero que hayas disfrutado.

¿Quieres saber cuándo saldrá mi próximo libro? Puedes suscribirte a mi Newsletter en www.isabelkeats.com (solo te enviaré información sobre futuros lanzamientos), seguirme en Twitter @IsabelKeats o dar «Me gusta» en mi página de Facebook.

Las opiniones son muy útiles para ayudar a otros lectores a encontrar mis libros.

Agradezco todo tipo de opiniones, tanto positivas como negativas.

Mis otras novelas son:

El protector, Algo más que vecinos, Empezar de nuevo, Abraza mi oscuridad, Vacaciones al amor, Nada más verte, Cuéntaselo a otra, Te quiero, baby, Un bonsái en la Toscana, Mi tramposa favorita, Escrito en mis sueños, Escrito en las estrellas.

Y mis relatos:

Patas de alambre, Nunca es tarde.

¡Espero que los disfrutes también!

52747989R00185

Made in the USA
San Bernardino, CA
29 August 2017